WILDIS STRENG

Ohrenzeugen

ALLES HASENREIN? Der Hohenloher Bauer und passionierte Kleintierzüchter Rudolf Weidner wird nachts vor seinem Hasenstall mit einer Axt erschlagen. Die einzigen Zeugen sind 25 Deutsche Riesenschecken. Bei der Leiche wird eine Taschenuhr entdeckt, in die ein Datum eingraviert ist. Außerdem entdeckt die Spurensicherung verschiedene DNA-Spuren auf dem Griff der Tatwaffe.

Die ermittelnden Kommissare Heiko Wüst und Lisa Luft hören sich zunächst unter den Hohenloher Kleintierzüchtern um, da diese mit dem Opfer den letzten Abend verbrachten. Doch auch die Witwe des Ermordeten ist verdächtig. Der Tod ihres Mannes berührt sie kaum. Das Eheleben der beiden war zerrüttet, da Rudolf nicht nur dem Alkohol zugeneigt war, sondern auch wegen seiner Hasen kaum noch Zeit für die Familie hatte.

Wildis Streng, geboren 1978 in Crailsheim, arbeitet als Lehrerin für Deutsch und Bildende Kunst in Philippsburg. Darüber hinaus ist sie als Malerin, Fotografin und Autorin tätig. Nach zahlreichen Kurzgeschichten in Anthologien gibt sie mit dem Krimi »Ohrenzeugen« ihr Debüt als Romanautorin.

WILDIS STRENG

Ohrenzeugen

Kriminalroman

GMEINER *Original*

Personen und Handlung sind frei erfunden.
Ähnlichkeiten mit lebenden oder toten Personen
sind rein zufällig und nicht beabsichtigt.

Besuchen Sie uns im Internet:
www.gmeiner-verlag.de

Im Ehnried 5, 88605 Meßkirch
Telefon 07575/2095-0
info@gmeiner-verlag.de

2. Auflage 2012

Lektorat: Claudia Senghaas, Kirchardt
Herstellung: Christoph Neubert
Umschlaggestaltung: U.O.R.G. Lutz Eberle, Stuttgart
unter Verwendung eines Bildes von: © imago13 / Fotolia.com
Druck: Fuldaer Verlagsanstalt, Fulda
Printed in Germany
ISBN 978-3-8392-1191-5

Für Heiko

DIENSTAG, 14. APRIL, 1.17 UHR

Rudolf schwankte. Es waren wohl wieder ein paar Bier zu viel gewesen, das musste er zugeben. Aber anders war sein Leben auch nicht zu ertragen.

Sein einziger Lichtblick war die Sauferei. Und dann vielleicht noch die Hasen. Die Deutschen Riesenschecken. Das war alles, worauf er sich noch freute mit seinen 56 Jahren.

Sein Atem bildete kleine Dampfwölkchen. Trotzdem war die Luft wärmer als letzte Woche, und die Narzissen im Vorgarten sprossen hoffnungsvoll. Bald würden sie blühen.

Aus dem Stall kam wütendes Hundegebell.

»Ruhe!«, brüllte Weidner, aber die Tiere wollten sich nicht beruhigen. Verdammte Biester.

Die Tür zum Hasenstall schwang mit vertrautem Knarren auf. Ein Blick ins Halbdunkel genügte und er wusste, dass alles in Ordnung war. Seine Champions reckten sich schläfrig, gähnten löwenartig oder hoben erstaunt die Ohren, horchten. Sie erkannten ihn.

Prachtvolle Kerle waren es, Rassestandard und mehr, beim letzten Volksfest hatte er fünf erste Preise und den Gesamtsieger geholt. Da hatte der Fritz nur so geglotzt, der mit seinen mageren drei Preisen.

Er verzog seinen Mund zu einem freudlosen Grinsen. Sein Lieblingsrammler Alfred kam zum Gitter und schnupperte an seinem ausgestreckten Finger. Die schneeweißen Schnurrhaare bebten. Plötzlich stellte der Deutsche Riesenschecke die enormen Ohren auf. Wendete sie in eine bestimmte Richtung. Auf einen Punkt, der sich hinter Rudolf befand. Schnaufend drehte sich der Mann um. Und dann wurde es schwarz um ihn.

DIENSTAG, 14. APRIL, 8.23 UHR

Kriminalkommissar Heiko Wüst zündete sich eine Zigarette an. Nicht, dass er noch nie eine Leiche gesehen hätte. Aber hier im Hohenlohischen kamen Morde doch eher selten vor. Meistens rief man nach ihnen, wenn in Kneipen geschlägert wurde und es um irgendwelche Lappalien ging. Oder zu einer Party, bei der die Musik zu laut war. Zu Ladendiebstählen und zu jungen Typen, die mit Ecstasy im P1 erwischt wurden. Eher so was.

Aber das hier, das war schon ein anderes Kaliber.

Die Axt steckte genau im Gesicht des Mannes. Mittendrin. Sie hatte sein Gesicht regelrecht gespalten. Blut hatte die Leiche nahezu unkenntlich gemacht, und der massige Körper lag rücklings im Dreck. Ein metallisch-süßlicher Geruch stieg von dem Toten auf und verpestete die Umgebung.

Schon gar nicht passte ein solcher Mord zum beschaulichen Dorf Tiefenbach im Norden Crailsheims. Tiefenbach war eine Gemeinde mit etwas über tausend Einwohnern. Ein verschworenes Dorf mit einer Kirche, einem Kindergarten und einer Grundschule. Ein Dorf mit vielen Höfen, mit Bauern, die mit dem Bulldog durchs Dorf fuhren und alle grüßten, denen sie begegneten, weil sie eben alle kannten. Jeder kannte jeden in der kleinen Gemeinde, die politisch als Stadtteil Crailsheims gehandelt wurde. Dennoch war Tiefenbach ein eigenständiger Ort. Ein Dorf, das in jeder Hinsicht überschaubar war. Und ein solcher Mord passte ganz einfach nicht hierher.

»Hat sich wohl umgedreht und seinen Mörder noch gesehen«, mutmaßte Lisa Luft, seine Kollegin. Sie sprach laut, weil sie das wütende Gebell übertönen musste, das aus dem Stall tönte. Offenbar hatten die Weidners gleich mehrere Wachhunde.

Heiko bezweifelte Lisas Vermutung. »Ob da noch Zeit zum Gucken war, weiß ich nicht«, gab er zu bedenken.

Er bemühte sich. Er musste sich immer um eine hochdeutsche Aussprache bemühen, wenn er mit ihr redete. Denn sonst konnte es passieren, dass sie erst ihre gezupften Augenbrauen zusammenzog, sodass sich eine ganz entzückende Falte zwischen ihren hellblauen Augen bildete und dann sagte: ›Hab' ich jetzt nicht verstanden‹. Weil sie ja selber ›aus dem Norden‹ kam, genauer gesagt, aus Nordrhein-Westfalen. Alles, was nördlich vom Saarland lag, war für den Hohenloher Norddeutschland.

Heiko wich einem der Spurensicherer aus, der ihn mit einem vorwurfsvollen Blick taxierte. Zu Mordfällen kam immer der Bus von der Schwäbisch Haller Spurensicherung. Nicht, dass Crailsheim keine Spurensicherung gehabt hätte. Sie hatten eine. Uwe war die Crailsheimer Spurensicherung. Aber die Haller waren dann doch besser ausgerüstet. Moderner und alles. Und nun streunten eben die drei Männchen in ihren weißen Mäntelchen wie Marsmenschen bei der Invasion über den Hof.

Heiko zog an seiner Zigarette, die dabei rot aufglühte, und sah zur Bäuerin hinüber, die seit einer halben Stunde unbeweglich an der Scheunentür lehnte und die Arme vor dem Körper verschränkt hielt. Sie weinte nicht, sie war nicht verzweifelt. Sie war neutral. Aber vielleicht war es auch nur der Schock.

Der Kommissar ging zu ihr und murmelte »Herzliches Beileid«. Sie reagierte nicht. »Mein Name ist Heiko Wüst, Kriminalkommissar.« Er atmete tief durch, dann fragte er: »Haben Sie gestern irgendetwas Ungewöhnliches bemerkt? Etwas, das anders war als sonst?« Erna Weidner schüttelte den Kopf. Graue Strähnen hatten sich unter ihrem blau geblümten Kopftuch gelöst und umrahmten ein Gesicht, das früher einmal sicher schön gewesen war, nun aber von der Gemütlichkeit des Alterns aufgeschwemmt wurde. Feine Falten durchzogen diese Züge und einige davon verwiesen auf Kummer. »Gar nichts hab' ich gesehen«, meinte sie tonlos. »War jemand auf dem Hof?«, fragte Heiko.

Wieder schüttelte die Bäuerin den Kopf.

»Niemand!«

»Warum war er denn am Hasenstall zu dieser späten Stunde?«, schaltete sich nun Lisa ein, die von hinten unbemerkt dazugekommen war.

»Wenn er besoffen war, ist er immer noch nachts zu da Hoosa, wenn er vom Silvio heimgekommen ist!«

Lisa blinzelte und folgerte aus dem Zusammenhang, dass ›Hoosa‹ ›Hasen‹ heißen musste. Komisches Land mit einer komischen Sprache.

»Dia hater geera ghett! Liawer wia sei eichini Leit!«

Lisa nickte lächelnd, hatte aber kein Wort verstanden.

»Er hatte die Hasen lieber als seine Familie?«, fragte nun Heiko und übersetzte damit gleichzeitig das zuvor Gesagte.

Die Frau winkte ab. »Was weiß ich«, murmelte sie und beendete damit das Gespräch.

»Wir werden Sie wannanders noch besuchen, Frau Weidner«, sagte Heiko nun.

Die Bäuerin zuckte mit den Schultern und ging ins Haus zurück. Heiko konnte ihre Reaktion immer noch nicht genau einordnen. Entweder wusste sie mehr, als sie zugab oder sie war in den Mord verwickelt oder aber die ganze Sache war ihr schlichtweg egal. Aber vielleicht war es auch nur der Schock. Denn die Leiche sah wirklich schrecklich aus.

»Zur Todesursache braucht man wohl nichts sagen«, meldete sich nun Uwe, der den weißen Plastikanzug der Spurensicherung trug, zu Wort. »Interessant ist aber, dass er sich vermutlich zu seinem Mörder umgedreht hat. Er muss ihn gehört haben.«

Heiko stimmte zu. Ein schwieriger Fall würde das werden, das war ihm jetzt schon klar. Denn die einzigen Augenzeugen waren 25 Deutsche Riesenschecken.

Uwe war ein guter Spurensicherer, und das seit 20 Jahren. Er verfügte über ein hervorragendes Gespür und war der unangefochtene König in seinem Ressort.

Heiko mochte ihn, er war ein zuverlässiger Kollege, auch wenn sein rockiges Styling nicht jedem in den Kram passte.

Er selbst, Kriminalkommissar Heiko Wüst, sah auch nicht immer aus wie dem Katalog entsprungen. Meistens trug er Jeans, vorzugsweise schwarz oder braun, und dazu irgendwas, was er schnell im Schrank fand. Manchmal leerte er auch nur nach und nach den Kleiderständer, bis er wieder waschen müsste. Wenn die Zeit knapp war.

Nur zu Dates stylte er sich akribischer. Aber die waren in letzter Zeit rar. Nicht, dass ihm das etwas ausmachen würde. Er war zwar schon 35, und seine Mutter fragte ihn andauernd, wann sie denn mit Enkeln rechnen könnte. Aber da konnte sie lange warten. Auf solche Sachen hatte er nicht die geringste Lust. Außerdem mochte er seinen Job. Sein Traumjob, durchaus. Die Arbeit füllte ihn aus, ja, das konnte man durchaus so sehen.

Gleich nach dem Abitur war er zur Polizei gegangen und hatte dann an der Polizeifachhochschule studiert. In Villingen-Schwenningen im Schwarzwald. Und er hatte sich unbändig gefreut, als er dann die Stelle als Kriminalkommissar in Crailsheim bekommen hatte. Denn ein echter Hohenloher, wie er einer war, konnte nur in der Heimat glücklich sein.

Und auch wenn Mordfälle selten waren: Zu tun gab es immer. Zumindest so viel, dass die Sache mit den Enkeln noch warten musste.

Eine Freundin konnte er sich in nächster Zeit mal wieder vorstellen, ja, vielleicht. Aber keinesfalls Kinder.

Und das Crailsheimer Kommissariat war nett. Schnuckelig. Nicht zu groß. Es war mitten in der Stadt neben dem Alten Schloss, das gar nicht wie ein Schloss aussah und bloß nach einem zerschossenen Gebäude aus Vorkriegszeiten benannt war. Und dort war sein Arbeitsplatz, sein Büro.

Es war klein und nicht besonders schick, aber er mochte es. Dasselbe galt für Crailsheim. Nicht groß, nicht schick, aber nett. Und was das Wichtigste war: Crailsheim war seine Heimat.

Das Polizeirevier Crailsheim lag neben dem Jugendgefängnis. Gegenüber befand sich der Spitalpark, wo man im Sommer, auf einer Bank sitzend, seine Mittagspause verbringen konnte. Heiko hatte das Revier vom ersten Tag an gemocht. Hier wurde gearbeitet und das merkte man. Und die Atmosphäre war gut. Konstruktiv.

Schutzpolizei und Kriminalkommissariat waren hier in den beiden Flügeln untergebracht, und die Gebäudeteile verband eine kurze Brücke. Die Brücke war rundrum verglast und gab einem so immer ein bisschen das Gefühl, ein Stück weit über dem Boden zu schweben.

Lisa und Heiko betraten den hellgrauen Linoleumboden des Reviers und machten erst einen kurzen Abstecher in ihr Büro, um ihre Jacken abzulegen.

Anders als in den meisten Büros gab es in ihrem keine Gummibäume, Yuccapalmen und Fici Benjamini. Heiko hatte es nicht so mit Pflanzen und hatte stattdessen ein kleines Mineralienarrangement auf seiner Seite der Fensterbank platziert. Mineralien waren sein Hobby und er war begeisterter Sammler.

Den Mangel an floralen Dekoelementen glich Lisa mit den drei farbenprächtigen und immer blühenden Orchideen auf ihrer Seite wieder aus. Die wuchtigen Schreibtische hatten sie so gestellt, dass sie sich direkt gegenübersaßen. Und das war auch gut so, denn schließlich waren sie ja ein Team.

Die Kommissare hängten ihre Jacken über die bordeauxroten Bürodrehstühle. Dann fischte Heiko seine neueste Errungenschaft, einen Rhodonit, aus seiner Hosentasche und legte ihn auf die Fensterbank. Zufrieden betrachtete er das Ergebnis für einen Moment. Sekunden später waren Sie auf dem Weg zur Spurensicherung in den obersten Stock.

»Der Bericht aus Ulm dauert noch«, meinte Uwe.

In Ulm war die Pathologie, die auch für Crailsheim und Schwäbisch Hall zuständig war. Was wiederum bedeutete, dass sich das Ganze manchmal ziemlich hinziehen konnte. »Aber so, wie ich das sehe, war der Mann knülledicht. Und die Todesursache steht ja wohl kaum zur Debatte.« Er wies mit einer Kopfbewegung auf einen kleinen Hocker, auf dem die blutverschmierte Axt deponiert war.

Heiko schauderte.

»Da brauche ich übrigens noch die DNA von der Familie, also von allen, die die Axt schon mal in der Hand gehabt haben.«

»Wo hat er sich denn gestern wohl so zulaufen lassen?«, fragte Heiko.

»Die haben da eine Kneipe in Tiefenbach, wo die alle hingehen, soviel ich weiß. Da Silvio, glaub ich! Eine Pizzeria, wenn ich nicht irre.«

»Habt ihr Fußabdrücke?«, wollte Lisa wissen.

Uwe schüttelte den Kopf.

»Nur Löcher im Schotter. Aber das hilft uns nicht. Aber mit dem hier können wir ganz sicher was anfangen!«, setzte er hinzu und wischte sich über die Glatze, die er immer sehr gründlich rasierte.

»Das Opfer hatte das hier in seiner Hand.«

Der Spurensicherer schwenkte mit theatralischer Geste ein Cellophantütchen vor den Nasen der Kommissare. »Das Mordopfer hat die Taschenuhr abgerissen.«

»Fingerabdrücke?«, wollte Heiko wissen.

Uwe schüttelte den Kopf. »Leider nix Brauchbares! Vielleicht DNA, das muss ich noch überprüfen.«

Lisa studierte interessiert die goldfarbene Uhr. »Ist die echt?«

»Ja«, bescheinigte Uwe, »echt Gold.«

»Und auch sonst wertvoll«, informierte Heiko.

»Jugendstil, würde ich sagen! Mäandermuster auf der Seite! Guter Zustand außerdem, keine Flecken auf dem Ziffernblatt, sehr guter Zustand sogar.«

»Du kennst dich damit aus?«, staunte Lisa.

»Ein bisschen. Ich interessiere mich für antike Sachen!«, erläuterte Heiko, was Lisa mit einem »Oh!« quittierte.

»Jugendstil war nochmal wann?«

»Anfang 20. Jahrhundert!«, meinte Heiko gedankenverloren.

Uwe nahm ihm wieder die Uhr aus der Hand. »Das Interessanteste ist aber sicherlich das Datum.«

»Was für ein Datum?« Lisa ließ nicht locker. Uwe drehte die Uhr um, sodass man die Gravur auf der Rückseite sehen konnte. »27. Okt 1914«, las Heiko.

»Na toll. Das kann ja alles Mögliche sein.«

»Besser als nichts, würde ich sagen!«, konstatierte Uwe und reichte Heiko die Uhr. »Könnt ihr mitnehmen. Aber schnell wieder bringen«, sagte er dann und reichte es Lisa mit großer Geste. »Und denkt an die DNA, die brauche ich wirklich dringend.«

»Am besten, wir zeigen die Uhr mal der Familie. Vielleicht haben die eine Idee, wem sie gehören könnte!«, schlug Heiko vor.

Und so setzten sie sich in Heikos BMW M3 und fuhren nach Tiefenbach.

Der M3 war sein ganzer Stolz. Früher hatte er ihn benutzt, um Damen zu imponieren. Nicht, dass er unbedingt Wert legte auf die Art von Frau, die sich von einem BMW beeindrucken ließ. Aber es war amüsant, durchaus.

Jetzt war das Auto einfach ein Spielzeug. Das er aber ungeheuer liebevoll behandelte.

Sie parkten den Wagen und stiegen aus.

»Meistens ist es ja jemand aus der Familie. Oder jemand aus dem Bekanntenkreis!«, meinte Heiko.

Aus dem Stall ertönte wütendes Gebell von gleich mehreren Hunden.

Heiko sah auf die Uhr. Es war kurz nach drei. »So, dann wollen wir mal!«, forderte er seine Kollegin auf.

Sie wandten sich nach rechts, wo sich das Wohnhaus der Familie befand. Eine steinerne Treppe führte zur Haustür hinauf. Heiko klingelte.

Nach etwa einer Minute öffnete sich die Tür und ein junger Mann stand vor ihnen. Er war schlank, wenngleich etwas untersetzt, trug einen Blaumann und hatte das dunkle, leicht fettige Haar mittig gescheitelt.

Er musterte die beiden argwöhnisch und sagte dann einfach nur: »Ja?«

Heiko streckte ihm die Hand hin. »Kriminalkommissar Wüst und das hier ist Kriminalkommissarin Luft.«

Karl Weidner sog scharf die Luft ein. »Wegen dem Vater, nehm ich an?«

»Genau.«

»Dann kommt bitte rein. Die Mutter hat sich kurz hingelegt. Und die Silke ist im Geschäft.«

»Silke?«

»Meine Schwester.«

»Ah ja.«

»Setzt euch schon mal«, lud der Mann ein und schlappte voraus in die Küche.

Er wies auf eine Bank, die sich hinter einem Küchentisch mit geblümter Wachstuchtischdecke befand. Außerdem standen noch drei Stühle um den Tisch, deren Sitzflächen mit demselben Stoff wie die Bank bezogen waren – einem orangeroten Blümchenmuster.

Die Wände waren hellbraun gekachelt, und auf der beigefarbenen Arbeitsplatte, die sich an einen altertümlichen Gussstein anschloss, standen Schüsseln voller gekochter Kartoffeln.

Außerdem thronte an der linken Wand neben der Tür ein altes Buffet aus massivem, hellem Holz.

»Nett«, lobte Heiko, und »gemütlich«, schmeichelte Lisa.

»Ich hol die Mutter«, murmelte Karl und verschwand.

Wenige Minuten später erschien eine etwas derangiert wirkende Frau Weidner. Sie trug ihr Haar zu einem zerzausten Dutt aufgesteckt und versuchte mit fahrigen Handbewegungen, die Frisur noch etwas zu richten.

Ansonsten trug sie eine der berühmten Kleiderschürzen und eine hellbraune Hose.

»Also Karl, du kannst doch die Leute nicht in die Küche setzen«, tadelte sie und der kleine Mann duckte sich sofort.

»Ist doch gemütlich«, beruhigte Lisa und schüttelte der Frau die Hand.

»Wollt ihr was trinken?«

»An Mouscht?«, bot Karl an. Die Kommissare winkten ab.

Mutter und Sohn setzten sich auf die Stühle.

»Wie geht es Ihnen denn so?«, fragte Heiko mitfühlend.

»Wie soll's mir schon gehen! Der Rudi ist tot!«, antwortete die Weidnerin. Dann sah sie auf ihre Hände. Die Handrücken waren von dicken Adern durchzogen, die von lebenslanger harter Arbeit zeugten.

»Und das Geschäft muss weitergehen. Der Hof läuft nicht von alleine.«

»Ja, das kann ich mir vorstellen, dass das viel Arbeit ist.«

Heiko räusperte sich. »Also, wir müssen euch noch einige Fragen stellen.«

Frau Weidner sagte nichts, also fuhr Heiko einfach fort: »Bitte versteht das nicht falsch, wir müssen das fragen: Wo wart ihr denn gestern um die Zeit?«

»Sie denken, dass wir den Vater umgebracht haben?«, ereiferte sich nun Karl.

Frau Weidner hob die Hand, was offenbar genügte, um Karl von weiteren Ausführungen abzuhalten.

»Also. Wir waren hier, der Karl und ich. Die Silke war unterwegs, aber wann die heim ist, weiß ich nicht. Wir sind alle berufstätig, wissen Sie.«

»Ja, und was haben Sie gemacht?«

»Wir haben ferngesehen. ›Wer wird Millionär‹, glaube ich.«

»Ja, genau!«, bestätigte Karl, eifrig nickend.

»Und sonst? War irgendwas Ungewöhnliches?«

Lisa registrierte die tiefliegenden Augen der Bäuerin. Sie schien sehr mitgenommen zu sein. Karl schnippte plötzlich mit den Fingern. »Doch, ja. Gestern Nacht haben die Hunde angeschlagen!«

»Um wieviel Uhr?«, fragte Heiko.

»Ihr fragt aber … halt, ich glaub', um viertel zwei! Ich hab nämlich auf die Uhr geschaut!«

»Und warum haben Sie nicht nachgeschaut?«, wollte Lisa wissen.

»Ach, die bellen auch, wenn auf dem Feld eine Katze vorbei läuft. Denken Sie, ich hätte ihn damit … retten können? Um Gottes Willen!« Der junge Bauer stützte seinen Kopf in die Hände.

Die Kommissarin legte ihm tröstend eine Hand auf den Arm.

»Machen Sie sich keine Vorwürfe. Sie hätten nichts tun können.«

Weidner schniefte und wischte sich über die Augen.

Hilfloses Schweigen entstand, das Heiko schließlich brach: »Und noch was anderes.« Er fischte das Cellophantütchen mit der Uhr aus der Tasche.

»Diese Uhr hatte Ihr Mann in der Hand. Wir nehmen an, dass sie dem Mörder gehört. Haben Sie sie schon mal gesehen?«

Frau Weidner nahm das Tütchen in die Hand, setzte

sich eine auf dem Tisch liegende Lesebrille auf und betrachtete die Uhr eingehend. Dann gab sie sie an Heiko zurück und nahm die Brille ab. »Kommt mir tatsächlich irgendwie bekannt vor. Aber ich komm im Moment nicht drauf.«

»Keine Chance? Wenn wir den Besitzer der Uhr hätten, hätten wir nämlich mit großer Wahrscheinlichkeit auch den Mörder.«

Die Bäuerin dachte kurz nach. »Vielleicht täusche ich mich auch. Es ist ja oft so, dass man solche Sachen nicht bewusst wahrnimmt. Und wenn ich es mir genau überlege, nein, ich denke, ich täusche mich.«

Heiko senkte die Lider und faltete die Hände. »Und wir bräuchten noch die DNA von Ihnen und Ihren Kindern.«

Die Bäuerin berührte ihre Adern auf dem linken Handrücken und sagte dann: »Sie glauben doch nicht ernsthaft, dass wir den Vater umgebracht haben? Einer von uns? Auf keinen Fall! So was tun wir nicht. Wir sind evangelisch! Und wenn Sie mich jetzt entschuldigen würden, ich muss das Vieh füttern.«

»Aber, aber, das denkt doch niemand!«, beruhigte Lisa, die die Empörung der Frau gut nachvollziehen konnte. »Es geht nur um die Fingerabdrücke auf der Axt, die Sie ja sicherlich auch schon in der Hand hatten. Wenn Sie kurz den Mund öffnen, dann können wir es sofort hinter uns bringen, es geht auch ganz schnell.«

Die Bäuerin verdrehte die Augen und ließ dann

zu, dass das Wattestäbchen, das Heiko im Handumdrehen aus seiner Jackentasche zog, auf ihrer Mundschleimhaut entlangfuhr. Auch Karl ließ die Prozedur widerstandslos über sich ergehen.

»Vom Max ist das aber schwieriger, der ist in Stuttgart und die Silke ist im Gschäft!«, murmelte die Bäuerin.

»Der hat doch die Axt eh net ouglangt! Mim schaffa hat der's net sou!«, kommentierte Karl. Heiko registrierte den Zynismus in der Bemerkung.

»Macht nix, das kriegen wir hin.« Die Kommissare erhoben sich. »Ein paar Fragen hätten wir allerdings noch. Wir würden dann morgen noch mal bei Ihnen vorbeischauen! Vielleicht treffen wir dann auch Ihre Tochter an?«

Die Bäuerin erhob sich ebenfalls. »Bitte. Kein Problem.«

»Wie wär's mit einer leckeren Pizza?«, schlug Heiko vor. »Schließlich haben wir quasi schon Feierabend. Und bei der Gelegenheit können wir die Leute im Da Silvio ein bisschen genauer unter die Lupe nehmen.«

»Gute Idee«, fand Lisa. Und so setzten sie sich in Heikos BMW M3 und fuhren zum Restaurant. Stets stellte er den BMW etwas abseits von allen anderen Autos ab, damit niemand mit der Türe einen Kratzer in den Lack würde fabrizieren können. Was natürlich zur Folge hatte, dass man immer ein Stück laufen musste, wenn man mit ihm unterwegs war.

›Da Silvio‹ prangte da in verschnörkelten Lettern auf einem angeleuchteten Metallschild. ›Ristorante Pizzeria‹ stand darunter. Solche Kneipen gab es in Hohenlohe zuhauf. Die älteren Männer des Dorfes hatten da ihre Stammtische und die Pärchen aßen am Wochenende ihre Pizza. Sie stiegen die hölzerne Treppe zum Gastraum hoch, aus dem Gemurmel drang. Heiko öffnete die Tür und sie traten ein.

Der Raum war nicht groß für ein Restaurant. Dunkle Holztäfelung. An den Wänden Hirschgeweihe, dazwischen Ölgemälde mit verschiedenen Ansichten von Venedig. Im Ganzen eine etwas grotesk wirkende Mischung aus Italien-Kitsch und rustikaler deutscher Einrichtung. Dunst waberte umher, um das Rauchverbot scherte sich hier anscheinend niemand.

An den Fenstern, die mit beigefarbenen Gardinen verhangen waren, standen enorme Weinflaschen, allesamt leer. Ein Pärchen saß an einem Zweiertisch und an einem größeren Tisch, über dem ein Schild mit der Aufschrift ›Stammtisch‹ hing, hockten zwei ältere Herren und ein jüngerer Mann. Sie alle hatten ein Hefeweizen vor sich stehen und unterhielten sich angeregt.

Außerdem entdeckte Heiko noch zwei Frauen, Mittvierzigerinnen, Typ frisch geschieden, mit hennaroten Haaren, die sich hinter großen Rotweingläsern verschanzten.

Heiko und Lisa wurden kurz gemustert und durch allgemeines Nicken begrüßt. Der Kommissar wies auf einen freien Tisch am Fenster und die beiden setzten sich. Ein kleiner, rundlicher Mann mit Halbglatze und Schürze trat hinter der Theke hervor und werkelte umständlich an seinem Notizblöckchen herum. »Buona sera, Signori«, sagte er.

Lisa strahlte. Eine Möglichkeit, Italienisch zu reden! Sie liebte Fremdsprachen und schnappte überall ein bisschen was auf. Nur mit Hohenlohisch hatte sie es nicht so. »Vorrei per favore un vino rosa«, bestellte sie begeistert.

Der Wirt zog eine schmale Augenbraue hoch. »Vino ROSSO«, verbesserte er, lobte aber gleich darauf mit einem ›molto bene‹ ihre Kenntnisse. »Und der Herr?«, fragte er nun, an Heiko gewandt.

»Ein helles Hefe«, orderte Heiko, »und eine Pizza Funghi!«

»Und für mich einen großen italienischen Salat«, meldete sich nun Lisa.

Der Mann nickte, klappte schwungvoll den Notizblock zu und verschwand in der Küche. Was die Weiber bloß immer mit ihrem Salat haben, dachte Heiko. Das ist doch nix zum Essen. Maximal Vorspeise. Und Lisa musste doch wirklich nicht auf ihre Figur achten. Sie war eher zu dünn für seinen Geschmack. Aber gut. Attraktiv. Eine hübsche Frau. Er würde sie schon mal besser kennenlernen wollen, wenn sich die Gelegenheit ergäbe.

»Und? Was meinst du?«, fragte Lisa.

Heiko machte ein »Hm«. Schön der Reihe nach. Der Wirt kam zurück und stellte die Getränke auf den Tisch.

»Un vino ROSSO per la bella Signorina«, sagte er mit hochgezogenen Augenbrauen, »und ein Helles.«

Heiko nahm einen Hohenlohischen Einschlag in seiner Intonation wahr. Die beiden bedankten sich. Der Wirt wandte sich zum Gehen, aber der Kommissar räusperte sich.

»Ja?«, fragte der Italiener.

»Ich hätte da eine Frage! Kennen Sie Rudolf Weidner?«

Der Wirt wirkte betreten. Am Stammtisch war es schlagartig still und man konnte die gespitzten Ohren geradezu sehen.

»Schlimm, was mit dem armen Rudi passiert ist, ganz schlimm!«, kommentierte er dann. »Wieso, was issn mim Rudi?«, fragte nun eine dunkelhaarige, schlanke Frau in den 50ern, die hinter die Theke getreten war.

»Den hens heid Nacht umbroochd, waasch du des nouni?«, schaltete sich nun einer der Stammtischbrüder ein und trank einen Schluck Bier. Die Frau wirkte ehrlich schockiert.

»Wie? Warum?«, stammelte sie und alle Farbe wich aus ihrem ebenmäßigen Gesicht, das von relativ buschigen Augenbrauen gekrönt wurde.

»Mit arra Axt henn se em da Schädel eigschloocha!«, informierte der ältere Mann.

»Woher wissen die das denn?«, wisperte Lisa. »Das war doch erst heute Nacht!«

Heiko winkte ab. »So was verbreitet sich schnell. In den meisten Dörfern gibt es ein Informationsnetz von Leuten, die sich gegenseitig per Telefon informieren. Und wenn auch nur einer von denen was mitkriegt …!«

»Und weiß man schon, warum?«, forschte nun die Frau, die mittlerweile ein Glas in der Hand hielt und es hingebungsvoll trockenrubbelte.

»Nein, ich kann mir das auch gar nicht erklären! Wer konnte denn bitte den Rudi nicht leiden!«, meinte nun der rothaarige, jüngere Mann.

»Der wor a reechder Kerle«, attestierte nun wieder der Ältere, bevor er einen Schluck aus seinem Bierglas nahm.

›Reechder Kerl‹ bedeutete auf Hohenlohisch ›anständiger Mann‹, wie Heiko Lisa nun erläuterte.

Der unmittelbare Nachbar, ein blonder, untersetzter Herr im Rentenalter, wiegte daraufhin den Kopf hin und her. »So ohne war der auch nicht«, gab er zu bedenken.

»Ich kann's gar nicht glauben. Gestern sind wir noch alle hier zusammengesessen«, meldete sich jetzt der Jüngere wieder. Alle hoben stumm ihre Gläser auf das Opfer und tranken einen weiteren Schluck Weizen.

Heiko nickte Lisa kurz zu und stand auf.

»Entschuldigung, habe ich das gerade richtig mitbekommen? Wart ihr gestern Nacht mit dem Opfer zusammen?«, fragte er nun in Richtung Stammtisch.

»Do isser ghogt«, schaltete sich nun der, der sich zuerst zu Wort gemeldet hatte, wieder ein und deutete auf einen leeren Stuhl. Er trug sein spärliches graues Haupthaar zum Seitenscheitel frisiert, eine Brille saß auf seiner Nase und er hatte eine bordeauxfarbene Strickweste an.

»Wie kann denn so was passieren! Wer konnte denn bitte den Rudi nicht leiden!«, jammerte nun der Rothaarige wieder, der tatsächlich irgendwie verwaist wirkte.

»Das würde ich auch gern wissen«, konterte Heiko. Der Blonde blickte ihn nun aus stahlblauen Augen stechend an.

»Wieso?«

»Ich bin von der Polizei. Kommissar Wüst!«, stellte sich Heiko vor. »Habt ihr was dagegen, wenn wir euch ein paar Fragen stellen?«

Der mit der Weste schüttelte den Kopf. »Awwa«, machte er, was eigentlich »Ach was« bedeutete, und fuhr dann auf Hochdeutsch fort, »die Polizei, dein Freund und Helfer!« Alle grinsten. Auch, wenn sie nicht unbedingt scharf darauf waren, interviewt zu werden, so schien ihnen die Vorstellung, vielleicht wichtige Zeugen zu sein, doch zu schmeicheln.

»Habt ihr noch Platz für uns?«, fragte Heiko nun, und die Männer wiesen auf die freien Stühle. Die beiden älteren waren wohl zwischen 60 und 70, schätzte Heiko, der Rothaarige hingegen erst um die 35. Trotzdem sah der jüngere irgendwie verbraucht aus. Der Kommissar winkte seiner Kollegin, die sich die Gläser schnappte und zum Tisch kam.

»Sind Sie auch bei der Polizei?«, fragte der Rothaarige nun eher scherzhaft. In seiner Vorstellung waren Frauen sicherlich idealerweise Hausfrau und Mutter und hatten ansonsten nicht viel zu melden.

Aber solche hatte Lisa gefressen, das wusste Heiko. Sie verzog ihren Mund zu einem schiefen Lächeln.

»Lisa Luft, Kommissarin.« Der Rothaarige schluckte und nickte.

»Ihr Name?«

»Ich bin der Herbert.«

»Wie weiter?«, fragte Heiko und zündete sich eine Zigarette an. Der Blonde folgte seinem Beispiel.

»Herbert Winterbach.«

»Und ihr?«, fragte Heiko. Lisa guckte irritiert. Dabei hatte er ihr schon hundertmal erklärt, dass in Hohenlohe und weiten Teilen Baden-Württembergs beim Siezen im Plural immer ›ihr‹ verwendet wurde.

»Friedrich Maler«, stellte sich der Blonde vor.

»Wilhelm Held, Oberstudienrat«, gab der Strickwestenträger Auskunft.

Heiko bemerkte, dass der Oberstudienrat wohl zum Namen dazugehörte. »Und ihr seid gestern also mit dem Mordopfer hier am Stammtisch gesessen?«

Die drei nickten schweigend.

»Und wann ist der Rudolf Weidner heim?«

»Silvio? Wann issn der Rudi gestern heim?«, rief Maler in die Richtung, in die der Italiener verschwunden war.

Der Wirt kam aus der Küche. »Der Silvio hockt

nämlich auch immer dabei, wenn nicht so viel los ist«, fügte er hinzu.

Der Wirt setzte sich nun auch wirklich auf den einen freien Stuhl, als würde er eigentlich da und nirgends anders hingehören, und dachte angestrengt nach.

»Um eins?«

»Und Ihr Name ist?«, verlangte Lisa zu wissen. Der Italiener verbeugte sich leicht. »Campo. Silvio Campo! Piacere!«

Herbert überlegte und auf seiner Stirn bildete sich eine Längsfalte. »Also ich war da aber schon daheim.«

»Ii doch aa«, sagte nun der Oberstudienrat.

»Stimmt«, nickte nun Fritz Maler, »und der Rudi und ich, wir sind noch dageblieben und dann um eins auch nach Hause.«

»Und, hat's irgendwie Krach gegeben?«, fragte Heiko.

Die schlanke Italienerin kam und brachte die Pizza und den Salat. Die Pizza sah sehr appetitlich aus und ein unvergleichlicher Duft stieg von ihr auf. Kein Vergleich zu Lisas blödem Salat, wie Heiko feststellte.

»Da isses immer aweng laut«, schaltete sie sich ein. »Maria Campo«, stellte sie sich vor und wünschte dann »Guten Appetit.«

»Aber nix Gravierendes«, sagte Held schnell. »Wir diskutieren halt!«, präzisierte Herbert und trank noch einen Schluck.

»Und um was geht es denn immer so bei euren Diskussionen?«

Herbert zuckte die Achseln. »Politik. Die Leute. Alles Mögliche.«

»Und halt üwwer d'Hoosa!«, fügte der Oberstudienrat hinzu.

Lisa fragte sich, warum man denn über Hosen diskutieren sollte, und stocherte im Salat.

»Mir hewwa alle Hoosa«, verkündete nun Held.

Das hoffte Lisa allerdings inständig für die Herren.

»Ich, der Fritz und der Silvio, wir haben Holländer. Der Fritz hat auch noch Riesenschecken. Und der Herbert züchtet Großsilber«, erklärte der Oberstudienrat Held.

»Und der Rudi hat auch Riesenschecken gehabt«, fügte Herbert hinzu.

Lisa stöhnte. »Könntest du das mal übersetzen?«

»Die Herren sind im Kleintierzuchtverein und züchten alle Kaninchen.«

Aha, die seltsamen Bezeichnungen gehörten also zu Kaninchenrassen. Wieder was gelernt, dachte sich Lisa.

»Und Herr Maler züchtet die gleiche Rasse wie Herr Weidner!«, fuhr Heiko fort.

Sofort hob Maler abwehrend die Hände. »Halt, aber bloß, weil der beim Volksfest drei Preise mehr wie ich gekriegt hat, bring ich den doch net um!«

Heiko sog scharf die Luft ein. Das war ein interessanter Gedanke. Auf die Idee wäre er jetzt gar nicht gekommen. Aber wer weiß, wozu die Kleintierzüchter so fähig waren!

»Ha, da war schon immer so eine Konkurrenz zwischen euch zweien. Ihr mit euren Schecken!«, überlegte nun Herbert laut.

»Quatsch!«, ließ sich nun der Oberstudienrat vernehmen. »Schwätz net sou an Dreeg raus!«

»Sie waren also der Letzte, der Herrn Weidner lebend gesehen hat!«, fragte Lisa den blonden Maler.

»Ich und der Mörder!«, berichtigte der.

»Natürlich. Und als Sie rausgegangen sind, was haben Sie da gemacht?«

Maler räusperte sich und sagte auf Hochdeutsch: »Wir sind nach Hause gegangen. Die Kirchberger Straße rauf. Und bei der Staffel haben wir uns getrennt.«

»Staffel?«

»Treppe«, übersetzte Heiko.

Lisa nickte und spießte ein Stück Gurke auf. »Und dann?«

»Bin ich nach Hause zu meiner Frau. Und ja, die kann das bestätigen.«

»Und Sie?«, wandte sich Lisa kauend an Herbert. Heiko betrachtete seine Kollegin sinnend. Sie sah ganz bezaubernd aus, wenn sie Zeugen befragte. So streng.

»Ich bin recht früh nach Hause und hab' noch ein bisschen ferngeschaut.«

»Und Sie, Herr Oberstudienrat?«

»Ich bin schon um zwölf heim. Und dann war ich da halt. Alleine. Leider«, gab der Auskunft und senkte die faltigen Lider.

»Wieso?«, hakte Lisa nach.

»Mei Fraa – äh, meine Frau – ist vor zehn Jahren gestorben.«

»Das tut mir leid«, meinte Lisa und Heiko nickte mitfühlend.

»Und ich hab' ferngeschaut«, wiederholte Herbert.

Heiko hob abwehrend die Hand. »Es ist löblich, dass ihr der Polizei helfen wollt, meine Herren. Aber anders als beim ›Tatort‹ brauchen wir eure Alibis nur, wenn wir einen von euch verdächtigen! Und dann sagen wir euch schon Bescheid. Uns wäre wichtiger, dass ihr uns sagt, ob jemand was gegen den Rudolf Weidner hatte. Ob er vielleicht Schulden hatte. Eine Affäre oder so? Hatte er eine Affäre?«

Die Herren schüttelten einvernehmlich und heftig die Köpfe.

»Do hätt der doch gor ko Zeit ghett dafür! Mit seina Hoosa!«, meinte Held und trank einen Schluck aus seinem schon deutlich geleerten Glas. »Ja, also, da war er gar nicht der Typ dafür«, bekräftigte Maler.

»Hm«, machte Heiko. ›Hm‹ war die hohenlohische Universaläußerung und konnte je nach Intonation einfach alles bedeuten. Geübte Hohenloher wussten die stimmlichen Feinheiten eines jeden ›Hms‹ entsprechend zu interpretieren, Lisa hatte da immer so ihre Schwierigkeiten.

»Und hatte er finanzielle Probleme? Schulden?«

»Reich war er nicht, der Rudi, aber arm auch nicht!«, gab Maler Auskunft. »Der hatte schon seinen Mercedes und seine 200.000 auf der Bank. Für einen Kredit war der auch viel zu spießig.«

»Und gibt es irgendwelche zwielichtigen Bekanntschaften? Verbindungen zum kriminellen Milieu? Wisst ihr da was?«, bohrte Heiko weiter.

Herbert schnaubte. »Also, jetzt will ich euch mal was sagen: Der Rudi war ein ganz Anständiger! Den könnte man sich als Letztes als Zuhälter oder Dealer vorstellen.«

Heiko schüttelte den Kopf. »So was meine ich auch nicht. Hat er mal jemanden beschissen oder so? Übervorteilt?«

Die Herren dachten angestrengt nach, was sich durch tiefe Längs- und Querfalten auf ihren Stirnen äußerte. Dann schüttelten sie wieder kollektiv die Köpfe.

Heiko stöhnte. Schwierig. Schließlich angelte er nach der Uhr. »Kennt jemand von euch diese Uhr?«, wollte er wissen. Er legte das Beweisstück zwischen die Hefeweizentulpen. Alle betrachteten sie sinnend, jedoch konnte keiner der Männer etwas über sie sagen.

Heiko beobachtete die drei genau, bemerkte aber bei keinem von ihnen etwas Verräterisches. Entweder sie kannten die Uhr tatsächlich nicht oder sie verstellten sich ausnehmend gut.

»Und das Datum? Der 27. Oktober 1914? Sagt das jemandem was?«

Wieder Kopfschütteln.

»Vielleicht ein Geburtsdatum?«, schlug Winterbach vor.

Heiko nickte. »Wäre möglich.«

»Und, was hältst du von der Truppe?«, fragte Heiko auf der Fahrt zurück ins Revier.

»Komischer Haufen«, fand Lisa. »Die wissen doch mehr, als sie zugeben!«

»Vielleicht wollen sie sich nur wichtigmachen«, schlug Heiko vor.

Lisa schnalzte mit der Zunge. »Die stecken da mit drin. Das hab' ich im Gefühl! Wenn schon nicht alle, dann wenigstens einer von denen.«

»Für heut' reicht es sowieso.« Heiko sah auf die Uhr. Zu gerne hätte er Lisa gefragt, was sie heute Abend machen würde. Um mit ihr etwas zu unternehmen. Aber er wusste nicht, wie.

Sonst war er nicht so schüchtern, keineswegs. Und er hatte sich auch nie über einen Mangel an weiblicher Gesellschaft beklagen können. Aber das waren alles – nun – Bekanntschaften gewesen.

Seine letzte Beziehung lag schon fünf Jahre zurück. Und als es vorbei gewesen war, hatte er sich Sita, eine Dackelhündin, geholt. Und seither hatte es keine Frau gegeben, die ihn wirklich interessierte. Egal. Er hatte sich sowieso für heute Abend mit Till zum Saunieren verabredet.

Diesmal trafen sie sich im Schenkenseebad in Schwäbisch Hall.

In seiner Kindheit war das Bad so ziemlich das Beste gewesen, was es an Freizeitmöglichkeiten gegeben hatte. Dabei war der Eintritt nicht gerade billig und das führte dazu, dass man nur zu besonderen Gelegenheiten – wie etwa an Geburtstagen – ins Schenkenseebad ging. Noch heute hatte Heiko immer, wenn er hierher kam, ein bisschen das Gefühl, er hätte Geburtstag.

Das Bad besaß ein großes Spielbecken, einen heißen Pool mit Sprudeldüsen und, was überhaupt das Beste war, eine Wasserrutsche. Keine besonders wilde Rutsche. Aber eine Rutsche. Mintgrün, mit zwei Wirbeln und einer scharfen Kurve.

Und nebenan war noch das Freibad mit dem Zehn-Meter-Turm, wo man als Junge seinen Mut beweisen konnte. Oder auch nicht. Aber Heiko war immer runtergesprungen, zähneknirschend zwar, aber er hatte sich getraut.

Heutzutage interessierte er sich sowieso eher für die Sauna. Im Schenkenseebad gab es mehrere Saunen, große, kleine, warme und heiße.

Dort traf er sich mit Till, seinem besten Freund, nach Feierabend öfter, um zu entspannen. Und nirgends konnte er dies besser als in der Sauna. Wenn heißer Dampf seine Lungen durchströmte, fühlte er sich innerlich und äußerlich sauber. Porentief rein, sozusagen.

Nicht zuletzt war das Ganze schön warm. Und er vermisste die Wärme des Sommers. Er war kein Wintermensch. Dieses ganze Getue um angebliche verschneite Märchenlandschaften konnte er überhaupt nicht nachvollziehen. Im Winter war es kalt. Kalt und nass. Man musste sich in dicke, unförmige Klamotten hüllen, wenn man nicht erfrieren wollte.

Igitt. Sommersauna war also heute genau das Richtige.

Die Sauna war bereits gut gefüllt, nur nach längerem Suchen hatte er noch einen leeren Schrank entdeckt. Er wickelte sich das Handtuch um – ein besonders flauschiges – und ging duschen.

Kurze Zeit später saß er neben Till auf der höchsten Stufe der Erdsauna. Etwa 30 Wellnesshungrige warteten hier auf den Aufguss.

Die Bänke waren im Sechseck angeordnet. In der Mitte stand ein großer Ofen, der wohlige Wärme verbreitete. Darauf lagen enorme Steine, auf die später das Duftmittel aufgegossen werden würde. Anders als in den meisten Saunen herrschte hier keine Grabesstille, sondern die Leute unterhielten sich angeregt. Murmelnd zwar, aber sie unterhielten sich.

Nur Heiko war nicht nach Reden zumute. Still brütete er vor sich hin. Endlich öffnete sich die Saunatür und ein mittelgroßer, kräftiger Mann mit dunkelblonder Bürstenfrisur trat ein. Er trug ein rotes T-Shirt und eine blaue Hose, in seiner Hand schleppte er einen Holzeimer und über der Schulter hing ein gelbes Handtuch.

»Guten Abend«, grüßte er mit osteuropäischem Akzent. Die Saunagänger erwiderten seinen Gruß.

»Ich bin Csaba«, fuhr er fort. »Heute habe ich für Sie Eukamenthol. Der Aufguss wird circa zehn

Minuten dauern. Wer nicht kann aushalten, soll rausgehen. Un jetz wünsch ich viel Spaß!«

Heiko schloss die Augen. Eukamenthol – das würde seinen Kopf wieder klar machen.

Csaba goss mehrere Schöpfkellen der duftenden Mischung auf die heißen Steine. Es zischte und sofort stiegen wohlriechende Dampfwolken auf. Den Anwesenden entrang sich ein zufriedenes Stöhnen. Mit beinahe religiöser Pietät wickelte Csaba nun das Handtuch zu einer Wurst und ließ es schnell über dem Kopf kreisen.

Zehn Minuten später stand Heiko mit Till draußen vor der Sauna.

»Hast du gut gemacht, Csaba«, lobte er, und der verschwitzte Saunameister dankte grinsend. »Rauchen wir eine?«, schlug Till vor, und Heiko nickte. Kurze Zeit später standen sie in der Raucherecke, der Kommissar mit seinem grünen Bademantel, den er immer in seiner Tasche mitschleppte, für nach dem Aufguss und fürs Kaffeetrinken an der Bar. Till hatte sich ein orangefarbenes Handtuch um den massigen Leib gewickelt.

»Und, erzähl!«, forschte Till.

Heiko steckte sich die Zigarette in den Mund, zündete sie aber noch nicht an.

»Echt brutal!

»Was ist brutal?«

»Ein Mord.«

»Mord?«, wunderte sich Till und zog die spärlichen roten Augenbrauen hoch. »In Crailsheim?«

Heiko senkte die Lider, was als Ja genügte, und zündete sich die Zigarette an.

»Und? Eifersüchtige Ehefrau? Verschmähter Liebhaber? Oder was is passiert?«

Heiko zog an der Kippe. »Also, so was hab' ich noch nie gesehen, noch gar nie!«, sagte er.

Till schürzte ungeduldig die Lippen. »Jetzt red doch endlich!«, forderte er.

»Dem Kerl steckte eine Axt mitten im Gesicht«, erzählte Heiko nun. Er deutete auf seine Nase. »Mittendrin. Und alles voller Blut. Ich hab' so was noch nie gesehen!« Wieder zog er an der Kippe.

»Und weiß man schon, wer?«

»Weißt du, das Gesicht war praktisch nicht mehr da. Die Axt ist ja ein breites Ding. So breit!«, Heiko zeigte mit den Händen die Größe.

»Brutal«, sagte Till. »Und? Hast du schon eine Idee?«

Heiko strich eine Falte in seinem Bademantel glatt. »Keine Ahnung. Aber das hat echt brutal ausgesehen!«

Lisa schloss die Wohnungstür auf. Sofort hörte sie forderndes Maunzen und Garfield, ihr rotgetigerter Kater, strich ihr um die Füße.

»Ja ja, ist ja gut«, beschwichtigte sie und eilte in die Küche. Ungeduldig hockte der Kater bereits vor seiner Futterschüssel und pendelte wild mit dem Schwanz hin und her.

Lisa öffnete eine Dose des ihrer Meinung nach

gewöhnungsbedürftig riechenden Katzenfutters und leerte den Inhalt in den Katzennapf. Elegant beugte Garfield seinen großen Kopf über die Schüssel und begann augenblicklich zu fressen. Lisa seufzte, ging ins Wohnzimmer und setzte sich aufs Sofa. Umständlich zog sie sich die Schuhe aus und wollte gerade die Füße hochlegen, als ihr Telefon klingelte. Der schrille Ton fuhr ihr durch Mark und Bein.

»Rinnnnnnng, Riiiinnnnnng!«, tönte es fordernd und hörte auch nicht auf. Mit einem unwilligen Stöhnen erhob sich Lisa aus ihrer bequemen Haltung und schlappte zum Telefon. Sie nahm den Hörer ab und meldete sich mit einem formlosen: »Ja?«

»Kind?«

Oh Gott, nicht das. Nicht ihre Mutter. Sie schloss die Augen und atmete entnervt durch. »Ja?«, sagte sie noch einmal.

»Ist alles in Ordnung? Du hörst dich aber gar nicht gut an!«

»Was soll denn sein?«, schnauzte Lisa. Schweigen am anderen Ende der Leitung. Lisa holte tief Luft.

»Tut mir leid, ich hatte einen anstrengenden Tag«, entschuldigte sie sich, obwohl ihr nicht nach Einlenken war. Sie wusste sowieso, was jetzt kommen würde.

»Kein Wunder«, schimpfte ihre Mutter. »Weißt du, ich verstehe ja nicht, was das Ganze soll. Ich finde wirklich, du könntest wieder nach Hause kommen! Der arme Stefan ist ganz unglücklich!« Garfield strich ihr um die Füße.

»Der braucht nicht unglücklich zu sein«, versetzte Lisa. »Der hat schließlich mich beschissen und nicht umgekehrt!«

»Sagt ja niemand, dass er keinen Fehler gemacht hätte«, fuhr die Mutter fort. »Aber man kann doch über alles reden. Du hättest ja nicht gleich sonst wohin müssen! Wie heißt dieses Kaff noch mal?«

»Crailsheim!«

»Bei Stuttgart, oder? Na wunderbar, meine Tochter wird eines Tages mal einen schwäbischen Schweinebauern heiraten!«

Lisa verzichtete darauf, ihrer Mutter zu erklären, dass Schwaben und Hohenlohe zwei völlig verschiedene Landstriche waren.

»Sonst noch was?«, meinte sie genervt.

»Aber Kind!« Ihre Mutter schlug einen versöhnlicheren Tonfall an. »Ich will doch wirklich nur das Beste für dich. Der Stefan ist doch im Grunde wirklich in Ordnung! Gib ihm doch noch eine Chance!«

»Ich überlege es mir«, log Lisa.

Fünf Minuten später saß sie tatsächlich auf dem Sofa. Endlich. Garfield hatte es sich auf ihrem Schoß bequem gemacht und verlangte, gestreichelt zu werden. Nachdenklich kraulte sie das weiche Fell und der Kater begann zu schnurren. Nein, sie würde Stefan keine weitere Chance geben. Er hatte seine Chance gehabt.

MITTWOCH, 15. APRIL

Als Erstes hatten sie Uwe die Uhr zurückgebracht. Lautstark hatte der Spurensicherer sich darüber beschwert, dass sie das Beweisstück so lange entführt hatten.

Nun waren sie auf dem Weg ins Büro, wurden aber prompt abgefangen. »Heiko und Frau Luft, kommt mal rein!«, dröhnte es vom anderen Ende des Flurs. Heiko seufzte. Sein Chef, Herr Ullrich, Georg Ullrich, genannt Schorsch. Meistens hockte er vor seinem hochmodernen Computer und spielte Solitär. Wenn die Kollegen bei ihm waren, minimierte er das Fenster mit dem Spiel immer schnell und glaubte, das würde keiner bemerken. Er war sicherlich der absolute Solitär-Champion. Aber überarbeiten tat er sich nicht. Er ließ arbeiten.

»Und, wie läuft's im Mordfall Weidner?«, wollte er wissen, als sie das Büro betraten. Er faltete die Hände über seinem Bierbauch, den er jeden Tag in ein andersfarbiges Hemd zwängte. Außerdem trug er dazu stets eine mehr oder weniger passende Krawatte. Immerhin war er ja der Chef. Sein schütteres graues Haar klebte er in Strähnen über die Glatze, um Selbige zu kaschieren.

Lisa, die noch Respekt vor ›Schorsch‹, wie ihn alle hinter seinem Rücken nannten, hatte, lächelte beflissen.

»Was habt ihr denn schon alles?«, drängte Schorsch.

Heiko räusperte sich. »Wir nehmen uns jetzt als Erstes seine Kumpels vom Kleintierzuchtverein vor, danach seine Frau und seine Kinder.«

Schorsch nickte. »Sou is reechd«, lobte er. »Und was gibt's vom Herrn Walter?« Heiko war immer kurz irritiert, wen der Chef meinte, wenn er nach einem Herrn Walter fragte. Für ihn und für alle anderen auf dem Revier war der Uwe einfach nur der Uwe.

»Eine Uhr hat er gefunden und die Axt untersucht er auch, aber sonst gibt es noch nicht so viel.«

Schorsch brummte gnädig. »Haja, dann müsst ihr halt herausfinden, was für eine Uhr das ist und von wem, gell? Also, dann könnt ihr das bei der Besprechung ja so sagen.«

Heiko hasste die Besprechungen. Jeden Morgen traf sich das ganze Revier und von jedem Fall gab es einen Bericht über die neuesten Erkenntnisse. Vor Leuten konnte er gar nicht gut reden und so hatte er es sich zur Gewohnheit gemacht, Lisa bei solchen Gelegenheiten reden zu lassen. Die Kommissare hatten sich schon zum Gehen gewandt, da wedelte Schorsch noch mit der Zeitung. Mit dem ›Hohenloher Tagblatt‹.

»Habt ihr das übrigens gesehn?«

Heiko warf seiner Kollegin einen Blick zu. Dann schüttelten sie beide den Kopf. »Jedenfalls sind die dran. Lest's euch mal durch«, wies der Chef an und warf die Zeitung in Heikos Richtung, bevor er sich wieder seinem Computer zuwandte.

Die beiden hatten sich mit einem Automatenkaffee am Tisch platziert und blickten nun gemeinsam in das Blatt.

Zunächst fanden sie eine kleine und sehr sachliche Notiz in der ›Südwestumschau‹. Schließlich wurden sie im Lokalteil fündig: Auf der ersten Seite prangte ein halbseitiger Bericht über den Mord. ›Beliebter Kleintierzüchter ermordet aufgefunden‹, stand da.

Im Artikel wurde der Tathergang geschildert. Frau Schumacher, die ›tief betroffene Nachbarin, die Herrn Weidner für so einen guten Menschen gehalten hat und die mit der ganzen Familie leidet‹, kam zu Wort.

Weidners Kollegen aus dem Kleintierzuchtverein wurden zitiert und lobten allesamt den ›guten Kerl‹, der ihnen nun abgehen würde. »Mit ihm haben wir einen besonderen Menschen verloren«, so Friedrich Maler, der Vorsitzende des Kleintierzuchtvereins Crailsheim e.V. und wie das Mordopfer erfolgreicher Züchter der Rasse ›Deutscher Riesenschecke‹.

Im folgenden Abschnitt wurde vollmundig die baldige Aufklärung des Falles durch die örtliche Kriminalpolizei versprochen.

Na dann.

»Das ist er also«, sagte Lisa und wies auf das dazugehörige Bild, unter dem die Bildunterschrift ›Der beliebte Kleintierzüchter mit seinem mehrfach preisgekrönten Rammler Alfred‹ stand. Heiko sah ihn sich genau an, denn vom Gesicht des Mordopfers hatte er bisher noch nicht viel gesehen.

Die Züge waren leicht aufgeschwemmt, aufgedunsen vielleicht. Hauchfeine Äderchen an der Nase zeugten von übermäßigem Alkoholgenuss. Ein verkniffener Zug zeichnete sich um den schmalen Mund ab, doch in den Augen lag ein triumphierendes Strahlen, das Stolz auf das Preisträgertier erahnen ließ.

Das schüttere Haar war am Oberkopf zu einer flotten Welle frisiert, wie man sie in den 50er-Jahren hatte. Kein schöner Mann, ganz sicher nicht. Aber ein netter. Früher wohl mal, zumindest. Umgänglich, bestimmt kein schlechter Kerl. Und trotzdem verbittert.

»Wie der den Hasen hält – Gott, das ist ja ein Riesenvieh!«

Heiko sah genauer hin. Die fleischigen Pranken des Züchters umfassten das enorme Tier, das in etwa die Größe eines Terriers hatte, und hielten es stolz in die Kamera. Unter dem Arm klemmte ein vergleichsweise mickrig erscheinender Pokal.

Der Hase selbst – oder korrekterweise das Stallkaninchen Alfred – blickte mit seinen schwarzumrandeten Augen eher erstaunt drein. Seine krallenbewehrten Pfoten streckte es dem Betrachter zu, sodass er Heiko ein bisschen an das Killerkaninchen aus Monty Python's ›Ritter der Kokosnuss‹ erinnerte.

Auffällig war aber doch, dass sich offenbar Weidners ganzer Stolz auf das Tier richtete. Als wäre der Hase eines seiner Kinder, das sich erfolgreich an einem Vorspielen in der Jugendmusikschule beteiligt hatte.

»Komischer Kauz«, fand Lisa, brachte es damit aber nicht ganz auf den Punkt, wie Heiko fand. Es war wohl komplexer.

Elementar für die Lösung des Falles würde sicherlich sein, die familiären Verhältnisse der Weidners genau zu klären.

Schorsch betrat den Besprechungsraum. Die Aufmerksamkeit aller Kriminalbeamten wandte sich ihm zu.

Auch, wenn er dauernd Solitär spielte, er strahlte durchaus Autorität aus.

Und dann sagte er den Satz, den er jeden Morgen vor der Besprechung sagte: »So, meine Damen und Herren, dann lassen Sie uns mal die neuesten Erkenntnisse zusammentragen.«

»Simon, leichsch du die Akte ou?«, sagte Heiko zu seinem Kriminalobermeister.

Gut, eigentlich war Simon Steinle gar nicht ›sein‹ Kriminalobermeister. Aber er war doch meistens bei den Fällen, die Heiko bearbeitete, mit im Boot. Und so gehörten sie schon irgendwie zusammen. Und zum Kriminalkommissar hatte es eben nicht ganz gereicht – was sich von alleine erledigen würde, wenn Simon das 40. Lebensjahr erreicht hätte, da dann alle Kriminalobermeister automatisch befördert wurden.

Aber bis dahin war er den Kriminalkommissaren unterstellt und wurde mit unliebsamen Aufgaben und

Laufjobs betraut. Noch dazu war Simon überzeugter Schwabe und Heiko liebte es, Hohenlohisch mit ihm zu reden. Der Kriminalobermeister lehnte sich betont lässig in seinen blauen Bürostuhl zurück.

»Gangat ihr scho?«, fragte er in bestem Schwäbisch. Heiko grinste. Lisa wirkte immer so niedlich überfordert, wenn sie zwei Dialekte auf einmal verstehen musste.

»Ja, meksch du des no?«

»Abber klaro, das waisch du doch!«, sagte Simon beinah beleidigt. Heiko konnte ihn leiden, obwohl er manchmal ein bisschen ein Klugscheißer war. Aber das hatten Schwaben wohl grundsätzlich so an sich. Und er tat ihm irgendwie leid. Als Quasi-Laufbursche hatte er nicht gerade den ruhmreichsten Posten. Zudem wohnte der aschblonde Mann mit dem spärlich-dünnen Haupthaar noch bei seiner Mutter. Eine Schlägerei hätte er auch nicht gewonnen, von der Statur her war er eher ein Hänfling. Trotzdem war Simon in Ordnung und machte seine Arbeit sehr zuverlässig und gut.

»Und kousch du amol bei den Juwelieren nach derra Uhr froocha, ob do ebber was waaß?«

»Zu Befehl, Herr Kommissar«, meinte der Kriminalobermeister und es hörte sich ziemlich schnippisch an.

Heiko verzog das Gesicht und legte einige Fotos der Uhr, die Uwe ihm hatte zukommen lassen, auf den Tisch. Simon nahm sie in die Hand und runzelte die Stirn.

»Ach ja, und hier!«, bat Lisa, nahm dem Schwaben die Aufnahmen mit einem unwiderstehlichen Lächeln wieder weg und suchte die mit der Gravur heraus. »Vielleicht kannst du ja mal beim Standesamt nachfragen, ob jemand mit diesem Datum was anzufangen weiß?«

Simon strahlte und nickte eifrig. »Für dich mach ich das doch gern, Lisa.«

»Und dann brauchen wir noch die DNA von einem Maximilian Weidner, wohnhaft in Stuttgart! Erledigst du das für mich, Süßer?«, frotzelte Heiko.

Simon nahm mit grimmigen Blicken den Telefonhörer ab und begann seine Arbeit.

Eine kleines Rudel von fünf Schäferhunden lief interessiert auf sie zu. Sie betrachteten den Hof offenbar als ihr Revier. Mit gesenkten Köpfen und leicht zurückgezogenen Lefzen begutachteten sie nun die Eindringlinge.

Heiko stellte sich vor Lisa, ganz Gentleman, und fixierte die Hunde. Das also waren sie, die Köter, die immer so wütend kläfften. Wenig vertrauenserweckend, befand Heiko

»Wolf! Hektor! Waldi! Adolf! Gottlob!«, tönte auf einmal eine Stimme aus einer kleinen Hütte. »Aus!« Sofort verzogen sich die Tiere in den Stall und eine junge Frau kam auf die beiden zu. »Entschuldigung«, begann sie. »Die sind ziemlich scharf. Die bewachen den Hof.«

Heiko bemerkte, dass Lisa tief durchatmete. Dann

fasste sie sich wieder. »Einer Ihrer Schäferhunde heißt Adolf?«, fragte sie ungläubig.

Die junge Frau lächelte etwas peinlich berührt. »Meim Vater seine Idee«, informierte sie dann und streckte Lisa ihre Hand hin. »Ich bin die Silke, Silke Weidner!«

Silke war im klassischen Sinne nicht hübsch zu nennen, hatte jedoch einen ebenmäßigen Teint und schönes, rotbraunes Haar.

Heiko und Lisa stellten sich ebenfalls vor und Heiko murmelte ein herzliches Beileid. Silke winkte ab und sagte nichts.

»Wie war Ihr Verhältnis zu Ihrem Vater denn?«, fragte Lisa sofort.

Die junge Frau zuckte die Achseln. »Er war schon ein rechter Kerl. Aber kein guter Vater und auch kein guter Ehemann. Herzensgut im Grunde, bestimmt!«

»Und die Hasen?«, fragte Heiko.

»Ou ja, die Hasen! Sein ganzer Stolz!«

»Heißen die auch Adolf und so?«, wollte Heiko wissen. Wieder grinste Silke und entblößte dabei ein makelloses Gebiss, dessen linker oberer Schneidezahn von einem blinkenden Schmuckstein geziert wurde.

»Soviel ich weiß, heißt sein Preisrammler Alfred. Und einen Oskar gibt es noch, aber welcher das ist, weiß ich nicht. Meine Mutter weiß es bestimmt, die hat immer beim Herrichten geholfen.«

»Herrichten?« Lisa konnte sich rein gar nichts darunter vorstellen.

Silke nickte und zündete sich eine Zigarette an.

»Für die Ausstellungen! Zuerst war das ein gemeinsames Hobby von meinen Eltern. Und dann waren die Hasen für meinen Vater irgendwann wichtiger als seine Frau! Und das Saufen beim Silvio auch.«

Die Zigarette glühte rot auf, als sie mit ihren etwas zu vollen Lippen daran zog.

»Und das hat Ihrer Mutter natürlich nicht gefallen«, mutmaßte Lisa.

Silke blies Rauch in die Luft. Er bildete dünne Schwaden. »Zuerst nicht und sie haben viel gestritten. Aber später war es ihr egal. Die haben nur noch so nebeneinanderher gelebt. Das ist ja oft so bei so langjährigen Ehen. Und als dann das Kind gekommen ist, hat mein Vater immer nur von der Schande geredet und mich kaum noch angeschaut. Die Mutter hat zu mir gehalten, immer.«

»Kind?«, fragte Heiko.

Silke nickte und zog wieder an ihrer Zigarette. »Ich hab' einen Sohn. Drei Jahre alt. Leon. Unehelich. Für'n Vater war das nicht okay.«

»Schaffen Sie?«, fragte Heiko weiter.

»Ich bin im Handelshof an der Kasse. Und der Leon bleibt dann bei der Oma. Der Vater kümmert sich ja nicht.«

Lisa lächelte aufmunternd. Offenbar fand sie die Geschichte irgendwie anrührend.

»Dürfen wir die Hasen mal sehen?«, fragte Heiko.

Silke murmelte wenig euphorisch ein »Von mir aus« und schlenderte zum Hasenstall hinüber.

Der war eine Hütte, die etwa drei auf drei Meter

maß. Man hatte sie mit grauer Dachpappe verkleidet. Immerhin war eine Seite der Hütte mit einem großen Fenster versehen, sodass die kleinen Bewohner es drinnen wohl recht hell hatten.

Neben dem Stall stand ein Hackklotz, in dem normalerweise die Axt steckte. Die Axt, mit der dem Weidner der Schädel gespalten worden war und die sich jetzt in der kriminaltechnischen Untersuchung befand.

Die Stalltür war zu und anders als beim letzten Mal konnte man nun die zahllosen Plaketten auf der Tür sehen. Kleintierzuchtverein Crailsheim, erster Preis, Kleintierzuchtverein Crailsheim, zweiter Preis, Kleintierzuchtverein Crailsheim, Gesamtsieger und so weiter. Sie waren säuberlich in Reihen an die Türe genagelt. Heiko musterte die Auszeichnungen anerkennend.

»Ja, er war ziemlich erfolgreich mit seiner Zucht«, sagte Silke.

»Kommt ihr klar? Ich muss jetzt ins Gschäft!«

»Ja, aber da wäre noch eine Kleinigkeit. Wir bräuchten noch eine DNA-Probe von Ihnen!«, informierte Heiko.

»Wozu denn?«

»Wir benötigen die DNA von allen, die die Axt schon mal angefasst haben!«, erklärte Lisa.

»Ist das die Sache mit dem Wattestäbchen?«

»Ja, genau. Mit dem Wattestäbchen.«

»Wenn's schnell geht.«

Heiko nuschelte ein »Ja ja«, und Silke machte den Mund auf, ganz weit, wie beim Zahnarzt.

Wenig später war Silke verschwunden und Heiko betrat mit Lisa den Hasenstall. Insgesamt gab es 25 Boxen, die quadratisch angeordnet waren. Fünf Hasen nebeneinander, fünf Hasen übereinander. Alle einzeln.

Daneben noch ein paar größere Behausungen, die allerdings leer standen, wohl für die Zucht. Bei den Hasen war es wärmer als draußen. Es waren alles Deutsche Riesenschecken, weiß mit schwarzen Flecken um Augen und Mund. Mit ebenso schwarzen Ohren und einem schwarzen Strich auf dem runden Rücken. Die Zeichnung verlieh den Tieren einen energischen, selbstbewussten Ausdruck.

Im Stall war Ruhe, man hörte nur gelegentliches Stampfen und Hoppeln. Einige der Hasen kamen neugierig zum Gitter, andere verzogen sich ängstlich ins Dunkel.

»Ganz unterschiedliche Charaktere«, stellte Lisa fest.

»Wie bei den Menschen auch«, meinte Heiko.

Die Hasen drehten ihre Ohren alle in ihre Richtung, justierten exakt. 25 Ohrenpaare in derselben Stellung. Lisa musste lachen. Heiko fand auch, dass die Kerlchen putzig aussahen.

»Meinst du, er hat sich deshalb umgedreht?«, fragte Lisa plötzlich.

»Weshalb?«

»Na, weil die Hasen ihn gewarnt haben. Die haben doch so ein feines Gehör, wie es scheint! Kein Wunder, bei den riesigen Ohren.«

»Das kann durchaus sein«, stimmte Heiko zu. »Das würde den Angriff von vorne erklären.« Die Tür knarrte.

»Kann ich euch helfen?«, fragte die Bäuerin vom Eingang her. Auf dem Arm trug sie ein kleines Kind, das unverkennbar Ähnlichkeit mit ihrer Tochter hatte.

»Moorcha«, grüßte Heiko. »Wir haben uns bloß ein bisschen umgesehen.«

Frau Weidner nickte. »Schöne Kerle, die Hasen, gell? Am letzten Volksfest hat er fünf Preise gewonnen. Und den Gesamtsieger hatte er auch, das war der Alfred, der hier!« Sie wies auf einen Käfig in der Mitte, in dem ein riesenhafter Rammler hockte, der nun auch wirklich sehr stolz aussah. »Wollt ihr einen Kaffee?«, lud die Witwe nun ein und Heiko nahm dankend an.

In der Stube war es warm und gemütlich. Strahlend weiße Spitzenvorhänge umrahmten die Fenster. Auf den Fensterbänken standen liebevoll, aber kitschig dekorierte Blumentöpfe. An der Wohnzimmertür hing ein Kranz aus Trockenblumen.

Frau Weidner setzte das Kind auf einen Teppich mit Straßenmotiv, auf dem ein paar Spielzeugautos standen. Sofort begann der Kleine, eifrig zu brummen, zu quietschen und die Autos, Unfälle simulierend, hin und her zu fahren.

»Setzt euch schon mal hin«, forderte die Bäuerin ihre Gäste auf und verschwand in der Küche. Die beiden gehorchten und setzten sich auf die Bank der beigefarbenen Essgruppe, die in der Ecke stand. Alles war pieksauber.

Wenig später kam die Gastgeberin zurück und stellte ein Tablett mit vier Tassen mit Rosenmotiv auf den Tisch und die passende Kaffeekanne daneben. »Karle!«, rief sie dann, und eine Minute später trat der junge Bauer ein. Er nickte ihnen zu und Lisa und Heiko grüßten.

»Milch und Zucker?«, fragte Frau Weidner. »So frische Milch wie bei mir kriegt ihr nirgends!« Lisa trank ihren Kaffee wie immer schwarz. Heiko tat drei Stücke Würfelzucker in die Tasse und dazu einen ordentlichen Schuss Milch, die sich sofort dekorativ kräuselte.

»Die Silke habt ihr ja jetzt kennengelernt. Und der Max ist in Stuttgart! Der studiert«, erzählte Frau Weidner, während sie einen Teller mit Keksen auf den Tisch stellte. Es klang sehr stolz.

»Ja, weil er was Bessers is!«, schaltete sich nun Karl ein, der bisher stumm geblieben war. Frau Weidner schnalzte mit der Zunge.

»Kou ja net jeder sou bleed sei wie du!«

Heiko unterdrückte ein Grinsen und trank einen Schluck Kaffee. Er war gut und stark. Karl zog die Unterlippe hoch und schmollte.

»Frau Weidner, wir wollten Sie gestern nicht so sehr bedrängen. Aber jetzt müssten wir Ihnen noch ein paar intimere Fragen stellen.« Heiko machte eine Pause, aber es kam kein Protest. Sowas konnte er nicht gut. Er wechselte einen Blick mit seiner Kollegin.

»Darf ich Sie fragen, wie Ihr Verhältnis zu Ihrem Mann war?«, fragte nun Lisa. Die Bäuerin nippte am Kaffee. »Ha, wie es eben so ist nach 30 Jahren Ehe. Da ist die Luft raus, wenn Sie verstehen, was ich meine. Da bleibt man dann halt zusammen.«

»Bis dass der Tod einen scheidet?«, mutmaßte Lisa und bereute es sofort.

Frau Weidner ignorierte die Bemerkung.

»Und wie fühlen Sie sich so?«, fragte Heiko.

Die Bäuerin strich sich eine Haarsträhne aus dem Gesicht und meinte dann: »Also, es ist ja nicht so, dass ich groß Zeit hätte, ihn zu vermissen. Er fehlt mir schon, ja, weil er halt weg ist. Aber die Viecher und der Hof, der Leon, da bin ich schon beschäftigt. Und dann kommt man gar nicht auf solche Gedanken, versteht ihr?«

Erna Weidner rührte nun beinahe verlegen in ihrer Kaffeetasse, das Ganze war ihr etwas peinlich. Dass sie den Rudolf nicht richtig vermisste. Aber es war so. Sie konnte ja nichts dafür. Sollten die Kommissare eben denken, sie wäre herzlos.

Lisa nagte an ihrer Unterlippe. »Wann können wir ihn denn begraben?«, fragte die Bäuerin nun.

»Nächste Woche voraussichtlich«, antwortete Lisa.

Frau Weidner nickte. »Bloß, dass ich das weiß. Das ist viel zu organisieren, so eine Beerdigung, wisst ihr!«

Wieder rührte sie in ihrer Kaffeetasse und sah dabei zum ersten Mal etwas hilflos aus.

»Und wie war Ihr Verhältnis zu Ihrem Vater?«, wandte sich Heiko nun an Karl, der seit der Bemerkung über seinen Bruder düster vor sich hingebrütet hatte und unschlüssig seine Kaffeetasse in den Händen drehte. Er wirkte nervös und irgendwie wütend. Der junge Bauer schnaufte durch.

»Ha, gut! Wir waren ab und zu zusammen beim Silvio und mit dem Herbert versteh ich mich auch gut!«

Frau Weidner winkte ab. »Der Rudi hat sich nicht besonders um seine Kinder gekümmert.« Sie seufzte und fügte hinzu: »Zumindest letztens nicht mehr.«

Die Tatsache, dass Karl nun mit gesenktem Kopf dasaß und verlegen den Keks in seiner Hand anstierte, deutete Heiko als Zustimmung.

»Und Ihre Tochter?«, fragte nun Lisa.

»Mit der war es ganz aus, als sie gebeichtet hat, dass sie schwanger ist«, sagte die Bäuerin und hielt den Keksteller hoch. Lisa nahm ein Waffelröllchen und Heiko einen viereckigen Keks mit Vollmilchschokolade.

»Was ist mit dem Vater von dem Kind?«, wollte Lisa wissen und wartete gespannt die Reaktion der Bäuerin ab.

Frau Weidner schnaubte.

»Wer das ist, das wüsste ich auch gern. Aber sie sagt ja nichts!«

»Ist halt ein Luder, meine Schwester. Statt dass sie mit dem Herbert geht, der wär recht für sie«, ließ sich nun Karl wieder vernehmen.

Frau Weidner verdrehte die Augen. »Der versoffene Nazi kommt mir nicht ins Haus!«

»Der is scho reechd«, murmelte Karl. Frau Weidner verdrehte erneut die Augen zum Himmel und stellte ihre Tasse krachend auf dem Tisch ab.

»Stellt euch vor«, erzählte sie, »der Rudi hat dem Herbert 20.000 Euro vermacht. 40.000 Mark! Und jedes seiner Kinder kriegt bloß zehn!«

»Und warum?«, fragte Heiko.

»Das wüsste ich auch gern. Die Freundschaft mit dem Winterbach war ihm sehr viel wert. Er hätte ihn gern als Schwiegersohn gehabt. Und irgendwie hat er dem vertraut.«

»Ärgert Sie das?«, fragte nun Lisa.

Frau Weidner zog die dünnen Augenbrauen hoch.

»Also ich sag Ihnen mal was: Wegen dem Geld bring ich keinen um, und schon gar nicht meinen eigenen Mann!«

»Aber der Herbert«, schlug Heiko vor. »Hätte der vielleicht?«

Die Bäuerin nickte nachdenklich. »Den solltet ihr tatsächlich mal fragen.«

Der Scanner piepte. Das unerbittlich grelle Licht bohrte sich in ihr Bewusstsein und machte sie hellwach. Dabei war ihr gar nicht nach Wachsein. Am liebsten hätte sie sich eine Decke über den Kopf gezogen und sich zusammengerollt wie ein Baby. Dann hätte sie die Wärme genießen und sanft einschlafen können, endlich.

Nicht mehr daran denken müssen, schlafen, schlafen. Piep, piep, piep, machte der Scanner. Ihre Bewegungen waren mechanisch. Käse, Fleisch, Fruchtzwerge. Dann kam die Trennleiste. Die Waren des nächsten Kunden.

»27,83«, sagte Silke Weidner automatisch, nahm einen 50-Euro-Schein entgegen und wechselte. »Danke, war alles in Ordnung?«

Sie hörte nicht wirklich zu, als der Kunde »Ja, danke« antwortete. Schon tippte sie die Wagennummer der nächsten Kundin in die Kasse. Nicht, dass sie ein besonders tolles Verhältnis zu ihrem Vater gehabt hätte. Ganz bestimmt nicht. Im Gegenteil. Und manchmal, zum Beispiel kurz nachdem sie ihren Ex verlassen hatte oder als sie offensichtlich schwanger war und sich geweigert hatte, zu sagen von wem, da hatte er sie richtig, richtig mies behandelt. Sie eine Hure und sonst was geheißen. Und da war sie so wütend gewesen, dass sie ihm den Tod gewünscht hatte. Zweimal. Aber sonst nicht. Und ihr Vater war eben, wie er war. Er war so erzogen. Und er konnte nicht über seinen Schatten springen. Piep, piep, piep. Salami, Apfelmus, Backoblaten. Die Kasse öffnete sich und Silke erhielt einen weiteren 50-Euro-Schein. Gedankenverloren wechselte sie. Trotzdem hatte sie ihn geliebt. Er war eben ihr Vater.

Sie klappte den Deckel zu und sagte automatisch: »Danke, war alles in Ordnung?«

Die Kundin sog scharf die Luft ein und beschwerte sich: »Ich krieg' aber noch zehn Euro!«

»Oh, das tut mir leid«, bedauerte Silke. »Sie müssen entschuldigen. Ich bin heute ein bisschen durcheinander.«

Die Frau lächelte gnädig.

»Dieser Karl ist ja schon eher simpel gestrickt«, sagte Lisa, als sie wieder im Auto saßen.

Heiko stimmte zu. »Deshalb versteht er sich auch so gut mit Herbert!«

»Wir sollten dem tatsächlich mal einen Besuch abstatten, meinst du nicht auch?«, fragte Lisa. »Aber erst morgen«, Heiko lächelte Lisa an. »Was machst du denn eigentlich immer abends?«

Lisa dachte nach. Sollte sie ehrlich sein und ›nix‹ sagen? Seit sie in Crailsheim wohnte, sah es mit Weggehen ziemlich schlecht aus. Noch dazu, weil sie schlichtweg keine Freunde hatte. Ihre Freunde wohnten alle fast 500 Kilometer entfernt.

Sie entschloss sich dann zu: »Och, mal dies, mal das.«

»Hm«, machte Heiko und Lisa verstand nicht so recht, was er damit meinte. Wollte er etwa ein Date mit ihr? Wenn ja, dann wusste sie nicht, wie sie das finden sollte. Die Sache mit Stefan war zwar eigentlich schon gegessen, aber irgendwie war sie noch nicht bereit für etwas Neues. Es müssten noch ein paar mehr Leute dabei sein.

Und sie würde ganz bestimmt nicht die Initiative ergreifen.

Eine Stunde später war Heiko allein. Er lenkte den M3 die Cröffelbacher Steige hinab. Früher hatte diese Serpentinenstrecke von ihm den Spitznamen ›Brechsteige‹ bekommen, weil ihm als Kind regelmäßig schlecht geworden war, wenn sein Vater die Familienkutsche nach Cröffelbach gefahren hatte.

Unten angekommen, war er bei seiner Oma immer erst mal auf dem Klo verschwunden und hatte gebrochen.

Seine Oma lebte Gott sei Dank noch. Sie war eine sehr resolute und selbstbewusste Frau. Einmal hatte sie sogar beim Holzfällen zusammen mit seinem Onkel aus Versehen den Berg angezündet, weil ein Baumstamm auf eine Stromleitung gekracht war.

Und sie sagte immer ›ihr Sach‹. Diese hohenlohische Wendung bedeutete, dass sie immer sagte, was sie dachte. Ehrlich heraus, auch wenn es manchmal unangenehm und vielleicht sogar ganz und gar unpassend war. Und so war es Heiko am liebsten. Er mochte Schleimer nicht und verabscheute Heuchelei. Er war selbst ein Mann, der kein Blatt vor den Mund nahm. Bei manchen kam er damit nicht so gut an. Aber wenigstens wusste jeder, woran er war, wenn er mit Heiko Wüst redete. Ob der ihn leiden konnte oder nicht.

Er nahm die letzte Rechtskurve und fuhr in den Ort hinein, der sich eng ins Tal duckte. Die Sonne war hier immer schon früh hinter den waldigen Hügeln verschwunden, was dem Ort etwas Düsteres verlieh.

Trotzdem liebte er Cröffelbach. Es war der Ort seiner Kindheit. Er liebte die bewaldeten Hänge, wo sein Onkel immer mit dem Bulldog rumfuhr, um Bäume zu fällen. Sein Onkel Siegfried. Ein Bär von einem Mann mit riesigen Händen und Füßen. Dabei lang und dünn – kein Gramm Fett war an Onkel Siegfried zu finden, stattdessen jede Menge Muskeln und Sehnen, die von der harten Arbeit herrührten.

Siegfried Wüst wohnte eigentlich in Enslingen, hatte aber seinen Waldbesitz in Cröffelbach und nutzte daher das Elternhaus als ›Tagesstützpunkt‹. Außerdem konnte er so nach der Oma sehen. Heiko parkte den M3 in der Einfahrt und stieg aus.

Das Haus war das älteste Wohngebäude in Cröffebach und über 400 Jahre alt. Eine enorme Scheune erstreckte sich mitten auf dem Hof, seitlich befand sich ein riesenhafter, überdachter Holzstapel. Das Haus selbst war nicht groß, nur das Erdgeschoss wurde bewohnt.

Zwar hätte man durchaus auch das obere Stockwerk ausbauen können, aber das Gebäude war so alt, dass sich das kaum rentieren würde. Man musste schon froh sein, dass es stehen blieb.

Als er ausstieg, räumten mehrere Katzen protestierend maunzend das Feld – allen voran das schwarze und sehr fette Mohrle.

Seit jeher durften die Katzen nicht ins Haus, sie waren nur willkommene Mäusejäger und wurden deshalb gefüttert. Dem Lebensstil einer Katze kam das wohl sehr zupass, denn mittlerweile war das Rudel auf insgesamt vier Katzen angewachsen.

Heiko öffnete die Tür – sie war wie immer nur angelehnt, und rief: »Noowad!« Sofort raschelte es im Wohnzimmer und Siegfried Wüst kam in den Flur. Wie bei jeder Tür musste er den Kopf einziehen. Jedoch kam sich im Wohnzimmer, das kaum zwei Meter hoch war, sogar Heiko mit seinen 1,84 groß vor.

»Hallo!«, grüßte der Hüne und fuhr sich mit einer Hand durch den weißen Bart, der ihn noch wilder wirken ließ und der nur gestutzt wurde, wenn es gar nicht mehr anders ging.

Er linste über seine Lesebrille und fragte: »Willsch an Kaffee?« Heiko nickte. Es war ein Ritual. Er kam oft nach Feierabend hierher, um mit seinem Onkel und seiner Oma einen Kaffee zu trinken. Und er brachte immer Butterbrezeln mit, aber nicht irgendwelche. Sondern die weltbesten Butterbrezeln aus der Bäckerei in Wolpertshausen. Seine Oma war ganz verrückt danach.

Und Sieger auch. Heiko mochte Sieger und schätzte dessen ehrliche Art. Und auch, wenn Siegfried nicht gerade ein Doktor der Philosophie war, so besaß er doch Herzenswärme und Güte.

Auf dem Sofa lag seine Oma, wie üblich in einen Kleiderschurz gewandet, und sah hoch zum Fernseher, wo gerade irgendeine Soap lief.

Heiko ging zu ihr und drückte ihr einen Kuss auf die Wange. Die Oma blinzelte, weil sie nicht mehr gut sehen konnte. Aber auch, wenn sie schlecht sah und noch schlechter hörte, so war ihr Verstand immer noch scharf. Und sie hasste es, für senil gehalten zu werden. Stöhnend setzte sie sich auf. »Hallo, Heiko!«, sagte sie mit ihrer alten brüchigen Stimme und tätschelte seinen Handrücken.

Wenig später saßen sie zu dritt am Wohnzimmertisch, auf dem schon seit 20 Jahren dieselbe geblümte Wachstuchtischdecke lag. Seit mindestens 50 Jahren war die Einrichtung die gleiche. An der Wand stand das Sideboard, eine Art Wohnwand aus den 50ern. Kirschbaum massiv. In der oberen Etage des Sideboards gab es eine Vitrine, die vollgestopft war mit Souvenirs aller Art.

Auf dem Boden lag ein brauner Teppichboden und an der Wand stand ein abgewetztes Sofa. Die Sitzbänke, die um den Tisch gruppiert waren, waren bordeauxrot bezogen, die Farbe des Stoffes verblichen.

»Und sonst?«, fragte Onkel Sieger, wie Heiko ihn nannte.

»Ja«, sagte Heiko und trank einen Schluck Kaffee aus einem Becher mit der Aufschrift ›Ich bin der Größte‹.

Sein Onkel hatte eine Tasse mit einer Werbebotschaft von Würth, dem Schraubenfabrikanten aus dem nahe gelegenen Gaisbach und die Oma eine mit Blümchenmuster. Sie kaute bereits zufrieden auf ihrer Butterbrezel herum.

»Wie läuft alles?«

»Ach, ein Mord«, erzählte Heiko und trank wieder Kaffee. Schwarz, denn beim Sieger gab es nur schwarzen Kaffee.

»Awwa«, machte Sieger, »und?«

»Was?«, fragte die Oma und trank einen Schluck Kaffee. Heiko befand, dass sie mal wieder gekämmt gehörte.

»Ein Mord, Oma!«, wiederholte er etwas lauter.

»Awwa!«, sagte nun auch die alte Frau. »Und?«

»Noch nix!«

Sieger machte »Hm« und biss nun endlich in seine Butterbrezel. Auch Heiko widmete sich konzentriert dem leckeren Laugengebäck. Sie schwiegen aber nur kurz und tranken dann alle gleichzeitig aus ihren Tassen, um sie kurz darauf ebenso gleichzeitig wieder abzustellen. »Und des Mädle?«, fragte sein Onkel weiter.

»Lisa?«

»Deine Kollegin halt!«

»Was für a Mädle?«, wollte die Oma wissen.

»Ach, eine Kollegin, Oma!«, erläuterte Heiko, wieder etwas lauter. Komisch, solche Sachen verstand sie immer.

»Und? Wie is die so?«

»Nett, Oma!«

»Bringsch se halt amol mit!«

»Ja, das – ich weiß au net!«

»Gell, schwierig mit den Weibern!«, meinte Sieger.

»Ja, man hat's nicht leicht!«, bestätigte Heiko.

Sein Onkel hatte mit ›den Weibern‹ auch nur Pech gehabt und irgendwann resigniert.

»Kommst du am Samstag mit in den Wald?«, fragte Sieger und Heiko sagte gern Ja. Der Wald war genau richtig.

DONNERSTAG, 16. APRIL

Als sie zurück ins Büro kamen, wirkte Simon seltsam unruhig. Schweiß stand auf seiner Stirn, er strich sich nervös durch die 3-Wetter-getaftete Frisur, rutschte unruhig auf dem Stuhl hin und her und blickte gehetzt um sich.

»Is' irgendwas?«, wollte Heiko wissen, erntete aber nur ein ›Noinoi‹. Dann ist ja gut, dachte sich Heiko und verschwand aufs Klo.

Und so entging ihm auch die folgende Szene. Simon stand vom Stuhl auf und stolzierte um den Tisch herum, um sich schließlich lässig daranzulehnen.

»Äh, Lisa«, begann er dann und verschränkte die Arme. »Ii wollt di frooga, ii moin, hättescht du Luscht, mit mir amol wegzganga?«

Lisa blieb wie angewurzelt stehen.

»Wie bitte?«

»Äh, ob du mit mir ainmal weggähen würdescht. Heut Abend zum Baischpiel!«, wiederholte Simon mühsam, so gut es ging, auf Hochdeutsch.

Lisa unterdrückte ein Grinsen. Wollte der Schwabe ein Date mit ihr? Er hätte keine Chance bei ihr, aber vielleicht war gerade das gut. Ein Anti-Mann, ein Neutrum, einer, der sie nicht im Mindesten anmachte, auch nicht unter Aufbietung all ihrer Fantasie.

»Einfach so?«, hakte sie also nach.

»Einfach so.« Simon ließ seine Arme an die Seite klatschen.

»Warum nicht«, sagte Lisa. Sie hatte gar nicht bemerkt, dass Heiko neben sie getreten war.

»Oh, ihr wollt weggehen? Darf ich mit?«, fragte er nun mit Kleinjungen-Stimme.

Simon zog einen Schmollmund. Verdammt, das Date mit Lisa war schon fast in trockenen Tüchern gewesen!

»Aber klar doch«, antwortete Lisa sofort. »Du hast doch nichts dagegen, Simon?«

»Noinoi«, log der Schwabe und lächelte dünn.

»Wir können auch noch Uwe fragen, ob er mit will!«, schlug Lisa vor.

Heiko dachte kurz nach. Wenn es sein musste. Aber immerhin. Alles war besser, als Lisa allein mit Simon in irgendeinem Schicki-Micki-Restaurant rumhocken zu lassen.

Herbert Winterbach wohnte im alten Rathaus. Ein Backsteinbau an der Kirchberger Straße. Silvios Kneipe war drei Häuser weiter. Wie praktisch für Herbert!

Gegenüber verlief der Schmiedebach, gesäumt von Kastanienbäumen, unter denen die Kinder im Herbst die glatten, braunen Früchte sammelten, um sie zu allen möglichen Basteleien zu verarbeiten, die ihre Eltern dann auf der heimischen Fensterbank aufstellen mussten.

Der Eingang lag auf der Nordseite und wirkte sehr

kalt. Sie klingelten. Es dauerte eine Weile, bis von innen schlurfende Schritte zu vernehmen waren. Mehrere Schlüssel wurden herumgedreht, eine Kette entriegelt. Dann erschien Herberts rotes Gesicht in der Tür. »Ou, Bollizei«, sagte er und musterte Lisa amüsiert.

Lisa ignorierte die Ironie und schritt hoch erhobenen Hauptes grußlos an Herbert vorbei, dicht gefolgt von ihrem Kollegen, der von Winterbach offenbar als ›richtiger Polizist‹ anerkannt wurde.

Sie machten es sich im Wohnzimmer bequem. Eine abgewetzte olivgrüne Couchgarnitur stand in der Ecke. Über dem Sofa hing ein blutrünstiges Schlachtgemälde in Öl, links davon ein spinnwebverhangenes Hirschgeweih und rechts eine historische Flinte.

Der Couchtisch war niedrig, mit beige-braunen Kacheln als Tischplatte. Gegenüber befand sich ein enormer Plasmafernseher, auf dem ›Richterin Barbara Salesch‹ lief. Der Fernseher wollte so gar nicht zum Rest der Einrichtung passen.

Herbert schaltete ihn aus und fragte, ob jemand ein Bier wolle. Die Kommissare verneinten.

Das Sofa knarzte, wenn man sich bewegte.

Winterbach zuckte die Achseln und öffnete eine der Dosen, die auf dem Tisch standen.

»Wir sind hergekommen, um Ihnen ein paar Fragen zu stellen«, begann Heiko.

»Das hab' ich mir schon gedacht. Also?«

Heiko räusperte sich. »Scheint's haben Sie etwas geerbt vom alten Weidner.«

Herbert regte sich nicht.

»Stimmt das?«, hakte Heiko nach.

»Kann sein. Er hat mal so was erwähnt. Ich weiß aber noch nix Genaueres darüber.«

»20.000 Euro scheint's«, informierte der Kommissar und der Rothaarige pfiff durch die Zähne. »Nicht schlecht! Das hab' ich gar nicht gewusst.« Er nahm noch einen Schluck Bier.

»Wirklich nicht?«, bohrte Lisa.

»Nein«, versicherte er.

»Wie war denn euer Verhältnis?«, fragte nun Heiko.

Ein Schluck Bier. Dann: »Wisst ihr, der war ja schon älter, der Rudi. War schon ein bisschen wie ein Vater für mich. Mein eigener Vater ist ein ziemliches Arschloch und schon lang weg. Ja. So ist das halt. Und ich war für den Rudi auch so eine Art Sohn.«

»Aber Herr Weidner hat doch Kinder?«, wandte Lisa ein. »Zwei Söhne und eine Tochter.«

Herbert winkte ab. »Die taugen doch alle nix! Der Älteste ist ein Lackaffe, der Jüngere ist nicht grad der Hellste und das Mädchen, ja, die Silke, die wär ja recht, ist aber schon ein ziemliches Luder!«

»Wegen dem Kind?«, vermutete nun Heiko und Herbert nickte.

»Wer der Vater ist, weiß bis heut noch keiner!«

»Wären Sie's gerne?«, fuhr der Kommissar fort und zündete sich eine Zigarette an, da er auf dem Tisch einen Aschenbecher entdeckt hatte.

Herbert, dessen Hand gerade wieder mit der

Bierdose auf dem Weg zum Mund war, grinste und sagte: »Ha, ich tät sie schon nehmen. Aus christlicher Nächstenliebe sozusagen. Aber der Karl sagt, die tät mit irgendeinem rumschmieren. Aber mit wem, weiß er auch nicht. Die geht, scheint's, auch mal ab und zu in den Epfel!«

Heiko bemerkte Lisas hilflosen Seitenblick und erbarmte sich. »Der Epfel ist unsere Disco!«, erklärte er. Lisa nickte und versuchte ein Lächeln.

»Und der alte Herr Weidner hätte da bestimmt nichts dagegen gehabt«, mutmaßte Lisa.

»Dem hätte das gefallen, ich als sein Schwiegersohn«, bestätigte Herbert. »Wir sind uns recht ähnlich, ich meine, gewesen, ähnlich gewesen halt.«

»Gemeinsame Interessen?«, vermutete Heiko.

Der Mann nickte. »Ja, Interessen und Ansichten.« Noch ein Schluck Bier, und die Dose war leer. Herbert zerdrückte sie, was ein hässliches Geräusch verursachte, und legte sie dann auf den Couchtisch, um sie missmutig anzustieren. »War's das?«, fragte er.

»Vorerst ja«, sagte Heiko und erhob sich.

Lisa rührte in ihrem Latte Macchiato. Heiko verstand nicht, was die Frauen an diesem komischen Schaumzeug fanden. Es war süß und klebrig und sonst nichts. Igitt. Hier im Kaffee Kett machten sie öfters eine Pause, um sich zu besprechen.

»Glaubst du, er wusste wirklich nichts vom Erbe?«, fing seine Kollegin jetzt an, während sie sinnend den Löffel betrachtete.

Heiko sah zu, wie sie ihn hingebungsvoll ableckte. Ihre Lippen waren wirklich schön. Er trank einen Schluck Kaffee und sagte dann: »Ich glaube, er mochte ihn wirklich. Und vor allem mag er Silke Weidner!«

Die Kommissarin legte den Löffel auf den kleinen Teller. »Den Eindruck habe ich auch.«

»Aber dann hätte ihm der Tod vom alten Weidner nichts gebracht«, überlegte Heiko.

Lisa hob nachdenklich den Zeigefinger. »Außer, wenn er die ganze Sache hätte beschleunigen wollen.«

»20.000 Euro sind doch kein Mordmotiv«, versetzte Heiko.

»Wer weiß?«, zweifelte Lisa und schlürfte Milchschaum.

»Also ganz koscher ist der jedenfalls nicht.«

»Welche gleichen Ansichten haben ihn wohl mit dem Weidner so verbunden?«

»Vielleicht die Schäferhundsache?«, schlug die Kommissarin vor.

Heiko zog die buschigen Augenbrauen zusammen. »Schäferhundsache?«

»Wer nennt seinen Schäferhund schon Adolf?«

Heiko verstand. »Ja, da könntest du recht haben«, vermutete Heiko.

»Ein Nazi vielleicht«, fügte Lisa hinzu und rührte im Latte Macchiato. »Hat Frau Weidner nicht so was gesagt?«

Der Kommissar stimmte zu. »Ja, vielleicht. Einer von der ›Beim-Adolf-hätt's-des-net-geewa‹-Fraktion mindestens.«

»Von welcher Fraktion?«

»Die eben die Nazizeit zurückwünschen. Weil da alles so ordentlich und geregelt war.«

»So«, machte Lisa und strich sich eine Haarsträhne aus dem Gesicht. »Nun, das würde zu ihm passen, finde ich.«

»Kann schon sein«, brummte Heiko. »Und die Kinder?«

Er nahm einen Schluck Kaffee. »Also ein besonders guter Vater war er wohl nicht, der Herr Weidner.«

Lisa rührte wieder. »Diesen Max haben wir ja noch gar nicht gesehen. Ist doch auch seltsam, dass den das Ganze anscheinend so gar nicht interessiert.«

Heiko beobachtete ihre schlanken Finger beim Rühren. »War bestimmt nicht das beste Verhältnis. Der Außenseiter der Familie. Vater Agrartechniker, Sohn Innenarchitekt.«

Lisa zog eine Augenbraue hoch. Die linke. »Agrartechniker?«

»Bauer!«

Lisa nickte grinsend. »Deshalb hat auch Karl Weidner so einen Hass auf seinen Bruder.«

»Na, mehr als Ausmisten kriegt der Karl doch nicht hin. Zum Führen eines Hofes ist der doch viel zu dumm.«

Lisa schlürfte wieder Milchschaum. »Kann schon sein, dass er neidisch ist. Aber das hat mit dem Mord nichts zu tun. Er ist außerdem der einzige, der wirklich traurig wirkt!«

»Wohl nicht«, gab Heiko zu. »Nehmen wir doch

mal die anderen Mitglieder des Kleintierzuchtvereins unter die Lupe!«, schlug er dann vor.

Lisa antwortete nicht. Stattdessen blickte sie irritiert auf die Speisekarte. Ihre Lippen formten Buchstaben wie bei einem Kind, das lesen lernt und das Wort nicht versteht.

»Was ist?«, fragte Heiko.

Lisa schüttelte den Kopf. »Was, bitte, ist ein Horaaaahff?«, wollte sie dann wissen.

»Ein Horaff meinst du? Nun, ein Horaff ist ein Hefepopo.«

»Bitte, was?«

Heiko senkte bekräftigend die Lider. »Ja, ein Hefepopo. Die Crailsheimer sind Horaffen!«

»Das musst du mir erklären!«

»Es gibt da eine Sage von der Eroberung Crailsheims. Vielmehr: Von der versuchten Eroberung! Denn natürlich hatten die Belagerer gegen die Hohenloher keine Chance.«

Lisa lehnte sich nach vorne und signalisierte damit ihre Bereitschaft zum Zuhören.

Heiko räusperte sich. Er war kein guter Erzähler. Schon gar nicht, wenn sie ihn derart nervös machte.

»Also, ähm, im Jahre 1379 wurde Crailsheim von Schwäbisch Hall, Rothenburg und Dinkelsbühl belagert. Die haben halt auch gemerkt, dass Crailsheim was Besonderes ist, und wollten uns eben annektieren.«

Lisa hörte zu und blickte ihn weiterhin auffordernd an.

»Und dann, also die haben versucht, uns auszuhungern, aber natürlich haben die Hohenloher durchgehalten!«

»Natürlich«, grinste Lisa.

»Und eines Tages war aber doch absehbar, dass die Belagerer es schaffen würden, die Crailsheimer auszuhungern. Die Überzahl war halt doch zu gewaltig und in so einer Stadt gehen auch bei der besten Organisation die Vorräte eben irgendwann zur Neige. Und da haben die Crailsheimer beratschlagt, was zu tun wäre. Und man beschloss, aus dem letzten Mehl Horaffen zu backen. Hefepopos, wenn du so willst.

Und da gab es die Bürgermeisterin. Die Bürgermeisterin war, nun, gscheit beianander, also sagen wir mal, vollschlank. Die Crailsheimer backten also ihre Horaffen und die Bürgermeisterin setzte sich auf die Stadtmauer. Die Feinde warteten auf eine Kapitulation. Aber es kam keine. Stattdessen entblößte die Bürgermeisterin ihr gewaltiges Hinterteil und die Bürger warfen dazu die Horaffen über die Stadtmauer. Daraufhin meinten die Belagerer, die Crailsheimer seien ja noch so fett und hätten zudem noch Mehl im Überfluss, und es hätte keinen Sinn, weiterzumachen. Sie zogen ab und Crailsheim war gerettet!«

Lisa runzelte die Stirn. Sie wusste offenbar nicht, ob er die Geschichte nicht gerade erfunden hatte. »Wirklich!«, fügte er also hinzu, um seiner Erzählung Nachdruck zu verleihen.

»Und jetzt?«

»Na ja, und jetzt ist der Horaff eben sozusagen das

Nationalgebäck! Am Stadtfeiertag kriegt jedes Kind einen und auch in Altersheimen und ähnlichen Einrichtungen werden die Horaffen verteilt.«

»Und sind die gut, diese Horaffen?«

»Probier halt mal, schmeckt echt gut!«, ermunterte Heiko und winkte der Bedienung.

Fünf Minuten später kauten beide auf einem Horaff herum. Lisa hatte sich königlich amüsiert, als sie das Gebäck zum ersten Mal erblickt hatte. Die zwei runden Bögen sahen tatsächlich nach Popo aus. Aber dann hatte sie hineingebissen und den Horaff für durchaus schmackhaft befunden. Weicher, aber nicht zu fluffiger Hefeteig, außen mit einer leichten Kruste, das Ganze überzogen von einer dünnen Schicht Zuckerguss. Nicht schlecht.

»Das essen wir jetzt öfter, okay?«, meinte sie. Heiko zwinkerte ihr zu und nickte.

Sie trafen sich in der Galerie. Die ›Galerie‹ war nicht etwa eine Kunsthandlung, sondern eine Crailsheimer In-Kneipe der gehobenen Kategorie. In dem zweistöckigen Café, dessen Frontseite von unzähligen langen Lichterketten illuminiert wurde, kam die Crailsheimer Szene zusammen. Heiko war die Galerie recht, trotzdem fühlte er sich anderswo wohler. Simon hatte die Location vorgeschlagen, er war hier Stammgast.

Der Kriminalobermeister hatte sich extra ein weißes Hemd angezogen, eine Krawatte umgebunden und seine Haare zur Mittelscheitelfrisur geklebt. Fast tat er Heiko ein bisschen leid, er war wirklich nicht besonders gesegnet, was seine Optik betraf. Immerhin war er nett – aber das tat im Moment nichts zur Sache. Jetzt galt es erst einmal, Lisa davon abzuhalten, auf dumme Gedanken zu kommen.

Uwe hatte sich in seine Freizeit-Rocker-Kluft geworfen und hatte schon erklärt, mit seiner Harley gekommen zu sein. Um cool zu wirken. Verdammt, soweit Heiko wusste, war Uwe gerade ebenfalls Single. Es lief also auf einen Kampf um Lisa hinaus.

Lisa. Sie sah unglaublich gut aus – sie trug einen grauen, sehr tief dekolletierten Pullover, der ihre Vorzüge hervorragend zur Geltung brachte.

Die Farbe ihrer Jeans hätte wohl keiner der drei Männer benennen können, denn der Pullover war wirklich – nun, auffällig. Dazu hatte sie ihr langes blondes Haar zu einem lockeren Pferdeschwanz gebunden und war dezent geschminkt. Ihre blauen Augen funkelten, wenn sie lachte, und sie lachte gerade, als Simon einen Witz erzählte. Sie mochte ihn offenbar.

Nun gut, Simon war nicht wirklich Konkurrenz. Uwe schon eher. Auch, wenn seine Glatzen-Rocker-Optik sicherlich nicht jedermanns – oder jederfraus – Sache war, so wirkte er doch sehr maskulin. Wie ein echter Kerl eben.

Heiko musste aufpassen, dass er neben dem Spurensicherer nicht wie ein kleiner Junge wirkte.

Er räusperte sich männlich und nahm einen Schluck

aus seinem Bierglas. »Und, Lisa, gefällt dir unser schöner Landstrich?«, fragte er dann mit tiefer Stimme.

Lisa nippte an ihrem Wein. »Nun, sagen wir mal so, das Ganze hat Vor- und Nachteile.«

»Gell, des sag ii au emmer. So a grooße Schdadt wia Stugart is scho schööner!«, meinte Simon sofort.

»Quatsch«, schoss Uwe zurück und funkelte den Schwaben bedrohlich an. »Wie kann's bei den Schwaben schön sein! Die mit ihrer Kehrwoch!«

»Aber die Kultur«, versuchte Simon einzuwenden, nachdem er heftig geschluckt hatte.

»Mir ham hier auch Kultur. Das Volksfest. Das Wirtefest!«, dröhnte der Spurensicherer.

»Und sogar das Kulturwochenende«, ergänzte Heiko, weil ihm aufgefallen war, dass Uwe ausschließlich Saufanlässe zur Kultur rechnete. »Und das Mittelalterbad im Stadtmuseum. Und das Geigenbaumuseum natürlich!«, fügte er schnell noch hinzu.

»Kulturwochenende?«, fragte Lisa.

»Ja«, erklärte Heiko, »das ist im Sommer und da gibt es wirklich coole Aktionen. So Ausstellungen und Performances und so Zeug!« Er verschwieg dabei, dass er mit den meisten Bildern auf diesen Ausstellungen nichts anfangen konnte. Weil man nicht erkennen konnte, was darauf war. Insgeheim teilte er Kunstwerke in fünf Sparten ein.

›Bild‹, das hieß, dass das Kunstwerk als Bild anerkannt wurde und ins Wohnzimmer gehängt werden konnte.

›Für d'Garaaasch‹, das hieß, dass das Bild gerade

noch so gut war, dass er es in seiner Garage aufhängen würde – wenn er eine hätte.

Bilder, die zwischen diesen beiden Kategorien lagen, waren ›für den Gang zur Garaaasch‹. Dann kamen Kunstwerke, die ›wenigstens noch brannten‹, weil sie aus Holz, Papier oder anderen brennbaren Materialien waren – sie konnten also in Notzeiten als Wärmequelle dienen. Alle anderen Kunstwerke fielen in die Kategorie ›Das brennt nicht mal mehr‹ und waren somit nicht nur unästhetisch, sondern auch gänzlich nutzlos.

Verdammt, er hatte nicht aufgepasst. Schon hatte Simon Lisa in ein Gespräch über moderne Kunst verwickelt.

Lisa zeigte sich überaus interessiert, hatte sinnend das schöne Kinn in die Hand gestützt und lauschte den Ausführungen des kleinen Schwaben.

Heiko musste etwas tun.

»Und, wie findest du unseren Chef?«, fragte er und wechselte somit das Thema.

Lisa blinzelte. »Ja, nett«, sagte sie dann. »Oder nicht?«

»Manchmal spinnt er schon«, schaltete sich Uwe ein.

»Och, der Herr Ullrich isch doch ain ganz Netter«, beeilte sich Simon zu versichern und lächelte Lisa strahlend an.

Dabei war Simon wohl der Einzige auf dem Revier, der Georg Ullrich auch in der Freizeit bei seinem Nachnamen nannte. Insgeheim sprachen alle von ihm als ›Schorsch‹, natürlich nur, wenn er nicht dabei war.

»Ja, der Schorsch is scho recht«, stimmt Heiko zu. »Aber manchmal spinnt er auch, da hat der Uwe schon recht!«

»Inwiefern?«, wollte Lisa wissen.

»Ach, er will sich halt immer profilieren. Vorm Herrn Bürgermeister und so. Und dann heißt es, Überstunden schieben!«, informierte Uwe, der von dieser Regelung besonders oft betroffen war. »Aber im Großen und Ganzen geht er, der Schorsch!«

»Wenn du willscht, könnet mir ja mal nach Stuttgart in die Oper«, schlug Simon vor.

»Gern«, sagte Lisa und trank roten Wein, der hervorragend zu ihren Lippen passte.

Heiko und Uwe wechselten einen Blick.

»Also, ich tät au mal gern in die Oper gehen«, log Heiko.

Nun war es Simon, der böse funkelte.

»Ja, toll, gehen wir doch alle!«, schlug Lisa vor.

»Also ich geh net ind Oper. Des widerstrebt meiner männlichen Natur!«, sagte Uwe nun und Simon sah Heiko auffordernd an. Der lächelte jedoch nur.

»Also, ich bin dabei«, beharrte er und grinste frech.

Lisa warf sich aufs Bett. Genau so einen Abend hatte sie mal wieder gebraucht! Drei Jungs, die hinter ihr her waren. Denn das war offensichtlich gewesen: Dass alle drei sie gut fanden, jeder auf seine Weise.

Simon, der sie mit Kulturzeugs zugetextet hatte und dadurch kultiviert wirken wollte.

Uwe, der durch seine Opernablehnung und mit seiner Harley besonders männlich hatte rüberkommen wollen.

Und Heiko, der – hm, Heiko konnte sie nicht gut einschätzen. Sie hatte lediglich bemerkt, dass er versucht hatte, Simon Knüppel zwischen die Beine zu werfen. Aber er war nicht wirklich, nun, definierbar, sie wusste nicht, woran sie bei ihm war. Dass Uwe ein Rocker war oder es zumindest sein wollte, war klar, und auch Simon hatte offensichtlich die Rolle des sensiblen Softies gespielt.

Nur Heiko – schwierig!

Er hatte nichts gespielt, er war er selbst gewesen. Aber wie war er? Cool? Männlich? Soft? Ein Macho?

Wenn sie manchmal zusammen unterwegs waren, hatte man den Eindruck, er sei ein grober Klotz, ein ungebildeter Bauernlümmel, ja, so würde ihre Mutter es sagen.

Instinktiv griff sie zum Handy und kontrollierte ihren SMS-Eingang. Ob eine von Stefan dabei war.

Sie schüttelte langsam den Kopf. Das musste sie sich nun endlich abgewöhnen. Sie wollte auch eigentlich gar nichts mehr von ihm. Das war vorbei. Die pure Gewohnheit.

Ihre Mutter mochte Stefan. Aber sie würde ihm keine zweite Chance geben. Jetzt nicht und auch nicht irgendwann. Trotzdem fühlte sie sich noch nicht bereit für etwas Neues. Nicht mit Uwe, nicht mit Heiko und auch nicht mit Simon. Mit gar niemandem. Aber solange ihr keiner einen Zettel zustecken würde, auf dem »Willst du mit mir gehen?« stand, konnte sie die Avancen der Jungs ja ruhig genießen.

Karl Weidner war unruhig. Er musste etwas tun, irgendetwas. Er würde ein Buch lesen. Ja, ein Buch, das hatte er schon so lange nicht mehr gemacht. Und eigentlich war Bücherlesen auch gar nicht sein Ding. Aber jetzt, jetzt würde es ihn beruhigen. Ihn ablenken.

Er schaltete die Stehlampe ein, die ihm ausreichend Licht spendete. Mitten in der Nacht ablenken, weil er nicht schlafen konnte, und dann würde er schlafen können, jawohl.

Bücher konnten einen in eine andere Welt versetzen, sagte Max immer. Und das war genau das, was er jetzt gebrauchen konnte.

Der Tod seines Vaters machte ihm nämlich doch mehr zu schaffen, als er gedacht hatte.

Überall sah er seinen Vater, hörte seine Fußtritte im Haus. Er hörte ein Scharren im Stall und meinte, sein Vater wäre da.

Minutenlang hielt er dann inne und lauschte, um endlich kopfschüttelnd festzustellen, dass er sich getäuscht haben musste. Unheimlich war das, unheimlich. Nichts für ihn.

Er stand vor dem Bücherregal und neigte den Kopf, um die Buchrücken lesen zu können. ›Romeo und

Julia‹ stand da. ›Onkel Toms Hütte‹. Dann die Bibel. Schon hatte er die Hand nach dem Heiligen Buch ausgestreckt, dann schüttelte er den Kopf. Er wollte vergessen und sich nicht noch mehr mit seiner Trauer befassen.

Karl schloss die Augen. Er ließ die Fingerkuppen schnell über die Buchrücken gleiten. Seine Fingerspitzen hüpften auf und ab. Dann griff er wahllos ein Buch heraus und besah es sich. Der Schutzumschlag war makellos. ›Quo Vadis‹ hieß es. Sagte ihm nichts. Egal.

Er setzte sich in den Sessel und schlug das Buch auf. Dabei hielt er es so locker, dass etwas herausfiel. Er bückte sich und hob es auf. Es war ein Briefumschlag. Adressiert an seine Mutter. Warum um alles in der Welt bewahrte seine Mutter ihre Post in Büchern auf?

Er sah sich um, aber natürlich war er allein. Für eine Sekunde überlegte er, ob er seine Mutter morgen einfach nach dem Brief fragen sollte, aber seine Neugier siegte. Und so entnahm er dem Kuvert das sorgsam gefaltete Papier und begann zu lesen.

FREITAG, 17. APRIL

»Da ist jemand für euch«, sagte Simon. »Ein Karl Weidner.«

Lisa und Heiko, die sich gerade noch einmal die Akte vorgenommen hatten, horchten auf. »Soll reinkommen«, meinte Heiko und steckte seine Nase wieder in die Akte.

Die Tür wurde zaghaft aufgeschoben und Karl Weidner trat ein, sich räuspernd, in den zu kurzen Cordhosen von einem Bein aufs andere tretend. Er grüßte schüchtern.

Heiko wies auf den leeren Stuhl. »Setzen Sie sich, Herr Weidner«, forderte er ihn auf und es klang wohl so autoritär, dass Karl, der unentwegt seine Mütze zwischen den Händen knetete, noch unsicherer wurde.

»Worum geht es denn?«, fragte Lisa und bemühte sich um ein freundliches Lächeln. Karl zögerte, schließlich jedoch steckte er seine Hand in die Jackentasche und förderte ein zusammengefaltetes und arg zerknittertes Blatt Papier zutage.

»Das hab' ich daheim gefunden«, sagte er langsam. »Ich weiß auch nicht, ob es recht ist, dass ich es euch gebe, aber wenn's hilft, erzählen Sie's aber bitte nicht rum, vor allem der Schumacherin nicht.« Lisa streckte fordernd die Hand aus und legte das Blatt auf den Schreibtisch.

»Halt«, sagte Heiko, »Fingerabdrücke!«

Lisa nickte und mit Hilfe einer Pinzette, die Heiko aus den Tiefen seiner Schreibtischschublade fischte, entfalteten sie den Brief.

»Der ist an meine Mutter adressiert.« Karl lief rot an. »Aber nicht, dass Sie jetzt schlecht von ihr denken!«

Lisa und Heiko überflogen die Zeilen.

»Es war richtig, dass Sie uns den Brief gegeben haben«, beruhigte Lisa. »Das hilft uns tatsächlich weiter!«

Zum ersten Mal erschien ein unsicheres Lächeln auf Karls Lippen.

»Haben Sie eine Ahnung, von wem der sein könnte?«, fragte Heiko und fixierte Karl. Der schüttelte den Kopf. »Nooh. Ich kann's mir gar nicht denken.«

Heiko nickte. »Danke«, sagte er, und das war für Karl das Zeichen zum Aufbruch.

Heiko zündete sich eine Kippe an und las den Brief noch einmal laut vor:

»Meine geliebte Erna, unser letztes Treffen hat mich so sehr beschäftigt, dass ich nur noch an Dich denken kann! Ich kenne keine andere Frau, die so liebevoll, gütig und schön ist wie Du! Umso entsetzter bin ich über den Menschen, der Dein Mann ist! Erna, er hat Dich nicht verdient! Er weiß Dich nicht zu schätzen! Nicht so, wie ich es tue. Komm mit mir,

Erna, lass uns fortgehen, einfach verschwinden, weg von hier, weit weg. Dahin, wo uns keiner kennt! In Liebe, Dein H.H.!«

»Klingt pathetisch«, fand Lisa und trank einen Schluck Automatenkaffee.

Heiko stimmte zu. »Und wer ist ›H.H‹?

»Winterbach?«, vermutete Lisa eher halbherzig.

»Quatsch, der steht auf Silke!«

»Vielleicht hat er umdisponiert, um den Hof zu kriegen.« Heikos Finger spielten gedankenverloren mit einem Malachit. Nein, das war völlig abstrus. »Wir müssen alles noch mal durchgehen. Und der Uwe soll den Brief auf Fingerabdrücke untersuchen. Im Notfall machen wir ein graphologisches Gutachten.«

Lisa kniff die Augen zusammen. »Die Schrift sieht nicht sehr speziell aus.«

»Das sind Experten, die können so was!«, belehrte Heiko.

Eine Pause entstand, in der Lisa die Zeilen noch mehrmals überflog. »Gut, bringen wir den Brief zum Uwe!«, schlug sie dann vor. »Der soll den Brief auf Fingerabdrücke untersuchen.«

Im Da Silvio war es heute verraucht. Diesmal war mehr los als beim letzten Mal, gesetzte Ehepaare in den 50ern saßen Tisch an Tisch mit der Dorfjugend, die sich bei Bier und Pizza geräuschvoll unterhielt. Und inmitten dessen, stoisch und unumstößlich wie Felsen im Meer, saßen Fritz Maler, Herbert Winterbach und Willi Held unter ihrem Stammtischschild und spielten Karten.

»Noowad«, grüßte Heiko und Lisa sagte artig: »Guten Abend.«

»Ah, der Kommissar und sei hübsche Kollegin!«, rief der Oberstudienrat augenzwinkernd. »Hockt euch nou!«

Sie setzten sich.

»Was spielen Sie denn?«, fragte Lisa und sah Herbert in die Karten.

»Bennokel«, informierte Herr Maler knapp.

Lisa zog die Schultern hoch. Kannte sie nicht. Sah aber recht spannend aus. Silvio kam und brachte die Speisekarte.

»Ah, Buona sera Signori«, italienerte er. »Ma che bella la Signorina!«

Lisa grinste und tat geschmeichelt. Heiko verdrehte die Augen. Blödes Geschleime. Die Kommissarin bestellte einen Weißwein und Heiko ein großes Glas Cola.

»Die Spaghetti alle Vongole sehen nicht schlecht aus«, meinte Lisa.

»Keinen Salat heute?«, Heiko tat verwundert.

Lisa schnalzte empört mit der Zunge. »Wieso? Findest du, ich hätte einen Salat nötig? Sehe ich so fett aus?«

Heiko hob abwehrend die Hände. »Aber nein. Du siehst, äh …« Verdammt! So was konnte er gar nicht gut. Dabei fand er sie ganz außerordentlich hübsch. Hübsch, nett und intelligent. Eine nicht häufig anzutreffende Kombination. Eine Traumfrau sogar, nüchtern betrachtet.

Er schluckte. Silvio brachte die Getränke und fragte nach ihren Wünschen. Lisa bestellte mit trotziger Miene die Spaghetti alle Vongole und Heiko eine große Pizza Hawaii. Nun hatten die Herren offenbar ihre Binokel-Runde beendet und notierten das Ergebnis auf einem von Silvios Bestellblöckchen.

»Und, seid ihr schon weiter?«, wollte Herr Held wissen und nippte an seinem Hefeweizen. »Aweng«, meinte Heiko. »Wir hätten aber da noch ein paar Fragen.«

Die Herren machten Nur-zu-Bewegungen mit den Händen. Heiko räusperte sich. »Also. Mich würde jetzt mal interessieren, wie jeder von euch den Weidner so gefunden hat. Ganz konkret. So persönlich, meine ich. Und ihr dürft ruhig ehrlich sein, wir finden das sonst sowieso raus.«

Die Stammtischbrüder warfen sich etwas verunsicherte Blicke zu.

»Wir waren halt Kumpel!«, sagte schließlich Herr Maler. »Vom Verein halt, und vom Silvio.«

»War Herr Weidner ein Nazi?«, fragte nun Lisa. Sofort gab es großes Gelächter am Tisch.

»Nazi! Ha! Maadle, der wor scho reechd.«

»Aber sein Schäferhund heißt Adolf«, wandte Lisa ein.

Herbert meldete sich nun zu Wort.

»Der hat bloß was gegen Ausländer gehabt, die nix schaffen und hier rumschmarotzen und vom deutschen Staat leben. Und die können ja auch wirklich wieder dahin zurückgehen, wo sie hergekommen sind!«

Lisa verkniff sich eine erschöpfende Antwort, weil Diskussionen hier wohl sowieso nichts gebracht hätten. Sie war der Meinung, dass man im Leben entweder Glück oder Pech haben konnte und dass man sich auf seine Nationalität nicht das Geringste einzubilden brauchte.

Herr Maler und der Oberstudienrat enthielten sich.

»Hatte denn der Herr Weidner auch ein Problem mit Herrn Campo?«, bohrte Lisa weiter.

Herbert nippte am Bierschaum. »Quatsch. Der Silvio ist doch schon lang da. Und ein rechter Kerle ist er auch. Der ist schon in Ordnung. Den meine ich damit auch gar nicht!«

Die Tür ging auf und ein junger Mann mit schwarzen Haaren und Lederjacke kam herein. Er verschwand sofort in der Küche.

»Wer ist das denn?«, fragte Lisa.

»Der Marco! Das ist dem Silvio sein Sohn!«

»Und was schafft der?«, fragte Heiko.

»Nix! Der is über 30 und wohnt noch daheim. Arbeitslos. Solche mein' ich, wenn ihr versteht, was ich mein!«, antwortete Herr Winterbach bedeutsam und blickte beifallheischend in die Runde.

»Und wie wart ihr denn nun auf den alten Weidner zu sprechen?«, beharrte Heiko.

»Ha, reechd«, urteilte der Oberstudienrat und

stierte in sein Glas. »Aweng ordinär, wenn ihr mich fragt!«

Lisa horchte auf.

»Die Maria hat erzählt, dass die Erna gesagt hat, er hätte sich nur noch um die Hasen gekümmert.« Held nahm einen Schluck aus seinem Glas.

»Dann wird das so sein, wenn die das sagt«, brummte Maler.

»Obwohl ich ja auch schon mal gedacht habe, die bescheißt ihn!«, warf Herbert ein und streckte nachdenklich den Zeigefinger aus.

»Quatsch«, warf der Oberstudienrat trocken ein, der heute mal wieder Strickweste trug. »Das kann gar nicht sein.«

»Wieso denn nicht?«, fragte Maler. »Ihr glaubt doch nicht im Ernst, dass der die noch angemacht hat, der versoffene alte Sack. Und sie ist ja eigentlich eine recht Hübsche.«

Herr Held winkte ab. »Ii glaab des net.«

»Sie denken also, dass Frau Weidner ein Verhältnis hat!«, stellte Lisa, an Maler gewandt, fest.

»Awwa«, winkte Herr Held noch mal ab, als er sah, wie die Kommissarin die Stirn runzelte.

»Ich glaub das nicht!«

Silvio kam und brachte mit stolzem Gesichtsausdruck das Essen.

Die Spaghetti alle Vongole befanden sich in einem gigantischen, trogartigen Teller und die Pizza war riesig.

Die Stammtischler murmelten ein kollektives

›Guten Appetit‹. Von beiden Gerichten stiegen verführerische Düfte auf, die sowohl Heiko als auch Lisa dazu brachten, ein schwärmerisches ›Mmmmmh!‹ von sich zu geben. Trotzdem stand Heiko auf und ging zum Ausschank, wo Silvio Campo schon wieder eifrig ein Glas polierte.

»Kann ich Sie noch was fragen?«

Silvio hielt inne und beugte sich gespannt über den Tresen, sodass sein massiger, weicher Oberkörper auf der Tischkante auflag.

»Wie war denn Ihr Verhältnis zum Herrn Weidner?«

Silvio wischte sich über die Augen, als wolle er nachdenken. »Nun«, begann er dann, »schon in Ordnung, aber nicht das beste, das muss ich zugeben!«

»Und warum nicht?«, fragte Heiko.

»Der Rudi hat mich zwar akzeptiert, aber für ihn war ich eben immer der Gastarbeiter, der Exot. Und den Marco konnte er gar nicht leiden.«

»Wieso nicht?«, hakte Heiko nach.

»Marco ist arbeitslos«, gab Silvio zu bedenken. »Und wohnt noch bei uns.«

»Aber es gibt Schlimmeres und so selten ist das nicht, oder? Der Winterbach ist doch außerdem auch arbeitslos und zu dem hatte er ein sehr gutes Verhältnis.«

Silvio nickte. »Aber dazu ist Marco noch Ausländer, verstehen Sie?«

»Ich denke, ja.«

»Er war kein schlechter Mensch«, fuhr der Wirt

fort. »Er war so erzogen. Der konnte nicht über seinen Schatten springen.«

»Und die Weidnerin?«

»Die ist anders drauf. Meine Maria und sie trinken öfters zusammen Kaffee.«

Heiko sah zu Lisa hinüber, die gerade mit einem hingebungsvollen Gesichtsausdruck Spaghetti auf ihre Gabel wickelte, und beschloss, dass er nun auch zu seiner Pizza wollte. Also bedankte er sich und setzte sich wieder. Er biss herzhaft in das erste Stück. Mit einem angeekelten Seitenblick registrierte er das widerliche Meerestiergekrauche auf Lisas Teller. Igitt! Lisa schob sich die nächste Ladung der Spaghetti in den Mund.

Heiko entdeckte einen schleimigen, braunen Bollen auf Lisas Gabel und fragte sich, wie um alles in der Welt man so was essen konnte.

»Ach, können wir noch mal kurz mit Ihrer Frau reden?«, rief Heiko, weil er seine Pizza nur ungern verlassen wollte.

Silvio drehte sich in Richtung Küche um und rief: »Maria! Vieni qua!«

Sofort erschien die schlanke Gestalt der Frau, ein Geschirrtuch in Händen.

»Was gibt's?«, wollte sie wissen und kam zum Tisch.

»Sie trinken, scheint's, mit der Frau Weidner öfters mal Kaffee«, sagte Heiko und machte sich an die Vernichtung des zweiten Stückes, auf dem sich eine riesige Käseblase befand.

»Ja, wir sind Freundinnen«, meinte sie. »Und?«

Ihre Hände zerknautschten das Geschirrtuch.

»Und über was schwätzt ihr so? Über Männer?«

Für eine Sekunde hielten Marias Hände inne. »Wieso?«

»Der meint, die hätte ein Verhältnis«, informierte nun der Oberstudienrat. »Lächerlich is des!« Die Italienerin lächelte unbestimmt. »Weiß ich nicht. Ist das wichtig?«

»Vielleicht!«, meinte Heiko kauend.

»Da müsst ihr sie schon selber fragen«, sagte Maria.

Lisa stieg ins Auto. »Irgendwas wissen die«, vermutete sie wieder. »Aber was?«

Heiko brummte zustimmend. »Glaube ich auch.«

»Kann ich dich mal was fragen?«

»Was denn?«

»Herbert Winterbach hat doch von einer Disco gesprochen! Ist die gut? Der Apfel oder so?« Heiko grinste. »Der Epfel! Also, ich erklär dir das: Der Apfelbaum ist Teil der Club Factory. Der andere Teil ist das P1.«

»Wie das in München?«

»Genau so«, sagte Heiko und grinste immer noch. »Nur viel kleiner halt!«

»Und ist das gut?«

»Sag mer mal so«, begann Heiko, »es gibt ja nix anderes. Und mit den Discos hier ist das so: Ins P1 gehst du, wenn du unter 25 bist, auf R'n'B stehst und cool bist.«

»Und in den Apfelbaum?«, wollte Lisa wissen.

»In den Apfelbaum gehst du, wenn du über 30 und Single bist und möglichst bald und sehr dringend heiraten willst.«

Lisa kicherte. »Und du gehst?«

»Haha«, machte Heiko. Sehr witzig. Er war schon ewig nicht mehr im Apfelbaum gewesen.

»Ich war da noch nie«, sagte Lisa nun.

Heiko drückte das Gaspedal durch. Zwischen Tiefenbach und Crailsheim ging das. Kurz, zumindest.

Warum sagte sie das? Wollte sie etwa! Er schluckte.

»Wir können ja mal hin, wenn du willst!«, schlug er zaghaft vor.

Lisa nickte. »Okay.«

Heiko betrachtete sich im Spiegel. Die letzten Bartstoppeln waren weg. Seine Friseurin wollte ihm ja immer die Augenbrauen zupfen, aber das war nichts für ihn. Absolut unmännlich. Er wusch sich das Gesicht und sah dann zu, wie die Wassertropfen bis zu seinem Kinn herunterliefen.

Er sah eigentlich gar nicht so schlecht aus, fand er. Dichtes, schwarzes Haar, das ihm vorne in die Stirn hing.

Oft genug war er im Kebabladen schon auf Türkisch angequatscht worden, weil viele Türken absolut überzeugt waren, einen Landsmann vor sich zu haben.

Dunkle Augen mit langen, feinen Wimpern. Die dicken Augenbrauen waren wohl nicht jedermanns Sache, aber ihm gefielen sie.

Er trocknete sein Gesicht ab.

Gerade Nase, nicht zu lang. Ein etwas zu schmaler Mund vielleicht.

Aber sonst …

Gut, einen kleinen Bauch hatte er gekriegt. Aber er sah noch männlich aus, nicht schwammig.

Er schlurfte ins Schlafzimmer und öffnete seinen Kleiderschrank. Was sollte er anziehen?

Ratlos wühlte er. Ein Hemd, das gefiel den Frauen. Er fand ein beigefarbenes. Und er zog sich eine schwarze Boxershorts an. Eine, die vorzeigbar war, ohne Eingriff. Für den Fall der Fälle. Obwohl es ja mehr als unwahrscheinlich war, dass es dazu kommen würde.

Mit Lisa konnte er sich aber so was schon vorstellen. Sie sah gut aus. Sie war nett. Und intelligent. Und nicht zuletzt hatte sie eine extrem gute Figur.

Sita lag auf dem Bett. Er verscheuchte sie und der Dackel jaulte auf. »Du weißt doch, dass du nicht aufs Bett sollst, Hund!«

Sita zog den Schwanz ein und trollte sich leidend. »Hund« nannte er sie nur, wenn er sie schimpfte. Heiko setzte sich aufs Bett und zog die Socken an. Dann wuschelte er dem traurig aussehenden Rauhhaardackel über den Kopf, was dieser mit einem dankbaren Hecheln, das wie ein Grinsen aussah, quittierte.

Sita war seit fünf Jahren seine beste Freundin. Er hatte sie aus dem Tierheim geholt und seither waren sie unzertrennlich. Blöd war nur, dass der Hund tagsüber lange allein war. Aber dafür gab es morgens und abends einen ausgedehnten Spaziergang. Spaziergänge, bei denen Heiko oft die besten Ideen zu seinen Fällen kamen.

»Wie findsch?«, fragte er seinen Hund und zeigte sein Outfit. Sita legte den Kopf schief und bellte zustimmend. Na also. Sie fand es gut. Und sie war schließlich auch eine Frau – irgendwie zumindest.

Er zog sich also das Hemd und die Lederhose an. Dann wuschelte er sich durchs Haar. Er würde kein Gel verwenden, das wäre so pubertär. Er wollte ja nicht aussehen wie ein Schuljunge, sondern wie ein Mann.

Ja, so würde es gehen. Er drehte sich zu Sita um und fragte: »Gut?«

Sita musterte ihn verwirrt und schnaubte schließlich zustimmend. Heiko sah auf die Uhr. Er musste los. Ah, noch ein Spritzer von dem Parfum, das ihm seine Ex vor sechs Jahren zu Weihnachten geschenkt hatte.

Der Duft erinnerte ihn immer noch an die Zeit mit ihr, aber er war drüber weg. Sie hatte damals mir nichts dir nichts einen anderen geheiratet. Nur, weil er nicht scharf auf die Familiennummer gewesen war. Er hatte getobt, gebrüllt und geheult. Und sich den Hund geholt.

Aber jetzt war sie ihm egal. Er war bereit für etwas

Neues. Es wurde auch Zeit, nach fünf Jahren. Er war jetzt 35. Immer noch nicht bereit für die Familiennummer. Aber für eine feste Beziehung. Mit Lisa zum Beispiel.

Lisa wohnte in einer Wohnung in Oonza. Sie hatte lange gebraucht, um zu verstehen, dass der Stadtteil von niemandem ›Onolzheim‹ genannt wurde.

Es hatte Heiko enormen Spaß bereitet, Lisa die korrekte Aussprache ihres Wohnortes beizubringen. Schließlich hatte sie es auf ein fast richtiges ›Oooohntsaaah‹ gebracht, worauf sie sehr stolz war.

Er fand sie putzig, wenn sie etwas nicht verstand. Aber sie wurde besser. War eben auch schwierig, wenn man aus Nordrhein-Westfalen ins tiefste Hohenlohe versetzt wurde.

Offenbar war damals vor einem Vierteljahr auch ihre Beziehung kaputt gegangen und sie hatte einfach nur weg wollen, egal, wohin. Und war dann in Crailsheim gelandet.

Der M3 schnurrte zufrieden, als Heiko zwischen Altenmünster, wo er wohnte, und Oonza Gas gab. Er schaltete den CD-Player ein. Er stand total auf Guns'n'Roses. Er fühlte sich immer wie 18, wenn er die Musik hörte. Es lief Paradise City. Gutes Lied.

Er bog in die Straße ein, in der Lisa wohnte, und stellte ab. Wie vereinbart, ließ er ihr Handy einmal klingeln. Dann beobachtete er gespannt, wie in ihrer

Wohnung das Licht ausging. Und dann, nach etwa einer halben Minute, öffnete sich die Tür und Lisa kam heraus.

Sie trug einen schwarzen Minirock und eine Pelzjacke in der Farbe ihres Haares. Die sonst wilde Mähne hatte sie glatt nach unten gekämmt und ihre Füße steckten in schwarzen Pumps. Ihr Make-up war dezent, ebenso ihr schlichtes rotes Top.

Sie war wunderschön. Perfekt. Heiko stieg aus, lief um das Auto herum und hielt ihr die Tür auf.

»Ooooh, Gentleman! So kennt man dich ja gar nicht«, frotzelte Lisa, und Heiko lächelte ertappt.

Lisa guckte schockiert, als sie den Türsteher erblickte. Sein Gesicht war über und über mit Tränen tätowiert. Der Mann grinste. »Ah, dr Bollizischd«, sagte er und Heiko schlug ihm kameradschaftlich auf die Schulter.

»Hallo, Ernschd«, grüßte er.

Lisa musste sich große Mühe geben, um nicht laut loszulachen. ›Ernst‹ passte so gar nicht zu dem tätowierten Ungetüm an der Tür.

Heiko zahlte den Eintritt – seit acht Jahren gleichbleibend drei Euro – und sie gaben ihre Jacken an der Garderobe ab. »Und jetzt?«, fragte er. »P1 oder Apfelbaum?«

Lisa zog die Augenbrauen hoch und verschränkte die Arme. »Sind wir cool oder verzweifelt?«, fragte sie zurück.

»Ein bisschen was von beidem?«, schlug Heiko

vor, nahm ihre Hand und zog sie nach links in den Apfelbaum.

Sofort schlug ihnen eine Wand aus heißer Luft entgegen. Aus der Anlage dröhnte das Hölle-Lied von Wolfgang Petri. Und direkt voraus befand sich die Bar im Karibik-Stil, die fast den gesamten Raum einnahm. Es gab nur einen schmalen Umweg, der zur Tanzfläche und zu kleinen Sitzgelegenheiten führte, vorbei an Spielautomaten.

»Willst du was trinken?«

»Was trinkt man denn hier so?«

»Flieger zum Beispiel!«

»Was ist Flieger?«

»Wodka Blutorange-RedBull!«

Lisa zog die schmalen Augenbrauen hoch.

»Also gut, einen Flieger bitte!«

Heiko nickte und kämpfte sich zur Bar durch. Von dem Barkeeper, der einen dünnen Pferdeschwanz trug, der ihm bis zur Taille reichte, orderte er einen Flieger und eine Cola. Wenn er fahren musste, konnte er sehr vernünftig sein. Im Flieger steckte ein roter Strohhalm, an dem Lisa nachdenklich saugte, nachdem er ihr den Drink gereicht hatte.

»Nett hier«, befand sie und Heiko sah sie irritiert an.

»Lüg nicht!«

»Doch, ehrlich! Es hat irgendwie was!«

»Machen wir eine Runde?«, schlug Heiko vor und Lisa stimmte zu. Er schob sich durch die Menschenmenge, vorbei an den Automaten und etlichen

Bekannten, die ihn allesamt grüßten und neugierig tuschelten, als sie seine Begleitung erblickten. Richtung Tanzfläche. Die Tanzfläche war von einer Art Gartenzaun umrahmt. Am DJ-Pult hockte ein älterer Mann im anthrazitfarbenen Pulli, der das kleine Kabuff mit seiner Leibesfülle nahezu völlig ausfüllte. Einige dickliche Enddreißigerinnen in zu engen Pailettentops und mit toupierten Haaren tanzten tapsig und lachend zu den Klängen vom knallroten Gummiboot und mehrere etwas notgeil wirkende Kerle sahen vom Zaun aus zu. Heiko hoffte inständig, dass Lisa nicht tanzen wollte, denn es gab nichts auf der Welt, was er mehr verabscheute.

Männer, die gerne tanzten, waren doch meistens eh schwul. Wobei er nichts gegen Schwule hatte. Die waren schon mal keine Konkurrenz. Aber echte Kerle waren das eben nicht.

Also zog er Lisa schnell weiter in den kleinen Zwischenraum, der den Apfelbaum mit dem P1 verband.

»Und was ist hier?«, fragte Lisa. »Außer dem Klo?«

»Da drüben ist das P1«, informierte Heiko.

»Du meinst, das P1 ist einfach der andere Raum?«

Heiko zog die Schultern hoch und grinste. Ja, so konnte man das auch sehen.

Lisa lächelte. »Wie süß! Also dann, auf ins P1!«

Sie nippte an ihrem Flieger und sah dabei umwerfend aus. Aus dem P1 flutete blaues Licht, und die Musik wechselte nun von Schlager zu R'n'B.

Hier gab es in der Mitte des Raumes eine größere Tanzfläche, links und rechts hinten Bars. Das blaue Licht wirkte zusammen mit dem Silber der Tanzfläche kalt. Trotzdem herrschte eine Bullenhitze, es roch nach verbrauchter Luft und schweißnassen Menschen. Die Klientel war hier deutlich jünger, einige eigentlich 14-jährige Mädels waren auf 16 geschminkt.

Hier war schon mehr los auf der Tanzfläche, die unter anderem von mehreren Jungs in Ripshirts, die ansehnliche R'n'B-Moves zeigten, bevölkert wurde.

Lisa beobachtete die durchtrainierten Körper mit Interesse und Heiko fühlte, wie Eifersucht in ihm hochstieg. Eifersucht? Wie bitte? Er war doch nicht etwa ernsthaft in Lisa verknallt?

Die Kommissarin wendete sich nun nach rechts, vorbei am DJ-Pult, in dem ein junger, leicht metrosexuell wirkender Rothaariger mit extravaganter Frisur auflegte, und umrundete die Tanzfläche.

»Können wir uns irgendwo hinsetzen?«, fragte sie schließlich und sie musste schreien, weil die Musik ohrenbetäubend laut war.

»Klar!«, schrie Heiko zurück und führte sie nach rechts zur Bar, die etwas abgeschottet vom Lärm war. Er zog zwei der Barhocker zur Seite und die beiden stellten ihre Gläser auf der Theke ab.

Heiko trank einen großen Schluck Cola und genoss es, wie das kühle Getränk seine Speiseröhre hinunterrann.

»Nett hier«, wiederholte Lisa. »Kommst du öfters her?«

Heiko schüttelte den Kopf. »In letzter Zeit gar nicht!«

»Wenn du mit deinen Kumpels weggehst, wo gehst du dann hin?«

»Och, eher in Kneipen. Ins Peanuts oder so!«

Lisa nickte und schlürfte wieder. Mit ihrem schönen Mund.

Heiko schluckte. »Da können wir ja auch mal hin, wenn du willst.«

»Ja, warum nicht.«

Er konnte den Blick nicht von ihren Lippen lassen. Plötzlich verengten sich ihre Augen zu schmalen Schlitzen.

»Was?«, fragte Heiko und befürchtete schon, sie würde ihn wegen seines ungenierten Starrens tadeln.

»Ich werd verrückt! Dreh dich mal um!«

Heiko machte Anstalten, schnell nach hinten zu sehen, doch Lisa zischte: »Langsam! Und unauffällig. Ist das da hinten nicht der junge Campo?«

Heiko sah hin. »Ja, tatsächlich! Und das neben ihm ist Silke Weidner!«

»Wirklich! Die hätte ich jetzt nicht erkannt! Sieht aus wie eine Schlampe!«, kommentierte Lisa. Heiko grinste. Wie sich die Weiber doch immer gegenseitig runtermachen mussten! In dem Punkt waren sie alle gleich.

Er fand Silkes Outfit gar nicht schlampig, nickte aber zustimmend, um Lisa nicht zu verärgern.

»Haben die was miteinander?«, mutmaßte Lisa.

Die Antwort auf diese Frage erübrigte sich, weil Silke Weidner plötzlich die Arme um Marcos Nacken schlang und ihn lachend küsste.

»Das ist ja interessant«, befand Heiko.

»Ja, nicht? Meinst du, sie hätten ein Motiv?«

Verdammt, schon wieder Arbeit! Dabei hatte er einfach nur seine Ruhe haben wollen. »Ausländerhass vom Weidner? Das Romeo-und-Julia-Syndrom?«, schlug Lisa vor.

»Vielleicht«, meinte Heiko und trank Cola.

»Sollen wir hingehen?«, fragte er, doch Lisa schüttelte den Kopf.

»Ich würde eher abwarten, ob sie uns das von alleine erzählen. Wenn nicht, ist es auf jeden Fall verdächtig.«

Heiko nickte. Klang vernünftig.

Sie waren bis um eins geblieben und hatten sich blendend amüsiert. Heiko war glücklich ins Bett gegangen – glücklich, aber allein.

Sita hatte versucht, zu ihm aufs Bett zu hüpfen, aber er war hart geblieben.

Nun gut – die ganze Sache war sicherlich ausbaufähig. Man würde sehen.

SAMSTAG, 18. APRIL

Heiko gähnte. Er hasste es, am Wochenende früh aufzustehen. Am liebsten drehte er sich mehrfach noch mal um und zog die Decke über den Kopf, um das alles übertönende Vogelgezwitscher, das im Sommer schon um fünf Uhr morgens einsetzte, auszublenden.

Nicht nur einmal hatte er sich selbst mit viel gutem Willen davon abhalten müssen, ein paar der Viecher mit dem Luftgewehr abzuschießen. Dabei fand er Vögel ja eigentlich nett. Nur nicht um diese Zeit. Um diese Zeit nervten sie ihn ganz gewaltig.

Er zündete sich eine Zigarette an und duckte sich enger in seinen Arbeitsanorak. Die Luft war kalt heute. Das Einzige, wofür er bereit war, an Samstagen aufzustehen, war der Wald. Der Wald und Onkel Sieger.

»Fertig?«, fragte Sieger vom Bulldogsitz herunter.

Heiko nickte und hechtete mit einem eleganten Satz auf die seitliche Sitzbank. Und dann fuhren sie los.

Er liebte das Tuckern des Dieselmotors, die erhöhte Position. Das Röhren des Motors unter dem Hintern, der bebende, notorisch schwankende Sitz. Tucktucktuck. Wunderbar. Und unter einem die gewaltigen Räder, vor denen er sich als Kind so gefürchtet hatte, weil sein Vater ihm ab und zu prophezeit hatte, wenn er in der Schule nicht lernen würde, käme er ›unter die Räder‹.

Der kleine Heiko hatte fortan immer besonders gut auf die Räder von Onkel Siegers Bulldog geachtet.

Sie verließen den Ort und bogen in einen schmalen Feldweg ein. Nach wenigen Metern stießen sie auf eine Schranke, an der ein Schild mit der Aufschrift ›Zufahrt verboten, Wald- und Forstverkehr frei‹ baumelte.

Heiko warf die Kippe weg, stieg ab und öffnete die Schranke. Er wartete, bis das Bulldog-Ungetüm mit den riesigen Rädern passiert war und ließ die Schranke dann wieder herunter. Als er wieder aufsaß, befanden sie sich in einer anderen Welt.

Das Vogelgezwitscher war verhalten, aber ständig vorhanden, wurde im Moment aber deutlich übertönt vom Tuckern des Motors.

Vor ihnen huschte eine Maus über den Weg.

Der grüne Mischwald bildete ein hohes Blätterdach in frischem Hellgrün, unter dem man sich fühlte wie in einer Kathedrale.

Der Motor schien leiser zu werden, als wolle er die Ruhe des Waldes nicht über Gebühr stören. Wie ein weiches Polster aus feuchter, duftender Erde breitete sich der Waldboden aus, Moos in einem Grün, das so intensiv war wie das Grün im Wasserfarbkasten, und abgestorbenes Holz, das von Baumpilzen überwuchert wurde.

Ein Stück weiter vorne fiel der Waldboden plötzlich ab. Der Wald lag am Hang und das war nicht ungefährlich. Hatte man erst einmal den Halt verloren, so fiel man meistens bis ganz unten. Ein Wassertropfen landete genau auf Heikos Nasenspitze. Er schüttelte sich und fuhr sich mit der Hand übers Gesicht.

Dann hörte er den Eichelhäher, den Wächter des Waldes, der nie außer Dienst war. Empörte Rufe ausstoßend, flog der Vogel schimpfend vor ihnen her.

»Der müsste uns mittlerweile auch kennen!«, rief Sieger.

Sie kamen zu einer Weggabelung und Heikos Onkel hielt sich links. Arbeiten konnte er nur dort, wo es kleine Lichtungen gab, Lichtungen und ebene Flächen. Seine Holzlager hatte er überall im Wald verteilt.

Nicht selten kam es vor, dass findige Hobbykaminer, wie er die Diebe nannte, sich an den Vorräten bedienten. Da war es besser, das Risiko auf mehrere Lager zu verteilen, deren exakte Position Sieger wie einen Schatz geheimhielt.

Kurze Zeit später hielten sie auf einer kleinen Lichtung an.

Sieger holte erst einmal eine Colaflasche raus und legte mehrere Brotscheiben sowie eine Dose ›Bichsawuuurschd‹ auf die Bank, die nicht von Heiko besetzt war.

»So, jetzt vespern wir erst mal«, bestimmte er. Heiko bekräftigte mit einem: »Hm.«

Sieger zog sein Jagdmesser und öffnete die Bichsawuurschd mit gezielten Messerstichen. Hundertmal hatte er das schon gemacht, ach was, tausendmal. Denn Büchsenwurst war sozusagen das hohenlohische Fast-Food. Man konnte sie überallhin mitnehmen. Sie bestand aus einem riesigen Bollen Fleisch, Wurst vielmehr. Am Rand der Dosen sammelte sich immer gallertartiges, durchsichtig-glibberiges Zeug. Aber das störte Onkel Siegfried nie.

Beherzt stach er in die rosa-gräuliche Wurstmasse und schmierte eine ordentliche Portion auf eine der dicken Schwarzbrotscheiben. Er reichte sie Heiko, der sie dankend nahm und sofort herzhaft hineinbiss.

Bei Büchsenwurst war es wichtig, dass man die einzelnen Wurstbestandteile nicht so akribisch untersuchte – denn sonst könnte einem durchaus der Appetit vergehen.

Sah man aber nicht hin, so schmeckte die Büchsenwurst – wenn schon nicht delikat – so doch wenigstens deftig und saftig. Lecker, durchaus lecker.

Nur, wie gesagt. Mit geschlossenen Augen.

Sieger biss nun selbst in sein Wurstbrot.

Stumm kauten die beiden und ließen die Geräusche des Waldes auf sich wirken. Der Eichelhäher hatte sich nun auf einer hohen Buche etwa acht Meter entfernt von ihnen niedergelassen und äugte misstrauisch herüber. Ein schöner Vogel, mit braun-blauem Gefieder und einer extravagant wirkenden Krone auf dem Kopf. Als wäre er der König des Waldes.

So ähnlich fühlten sie sich gerade auch.

Im Wald redeten sie nie besonders viel, denn

es war nicht nötig. Es ging nicht darum, irgendwelche Dinge oder Probleme anzusprechen. Der Wald selbst war die Lösung. Er war Erholungsort und Therapiestunde zugleich. Und letztlich was für echte Kerle.

Denn kurze Zeit später dröhnte die Motorsäge durch die morgendliche Stille und die Männer besiegten ihren ersten Baum an diesem Tag.

Lisa öffnete die Augen und schloss sie sofort wieder. Hatte es wirklich an der Tür geklingelt? Wer wagte es, sie am Samstagmorgen um diese Zeit, um, Moment, wie spät war es eigentlich?

Na gut, halb zehn, sie um diese Zeit zu stören? Am Samstagmorgen?

Der Postbote vielleicht?

Die Müllabfuhr?

Oder hatte sie das Geräusch nur geträumt?

Es klingelte erneut und wieder riss Lisa die Augen auf. Gut, kein Traum.

Taumelnd erhob sie sich und schlüpfte in ihren Morgenmantel. Sie wischte sich eine ungekämmte Haarsträhne aus dem Gesicht, als es wieder klingelte, diesmal geradezu stürmisch.

»Ja, ja, ich komm ja schon!«, rief sie ungehalten und schlappte barfuß zur Tür.

Garfield wehte an ihr vorbei, wohl, um sich unbemerkt in ihr noch warmes Bett zu legen.

Nun klopfte es auch noch an der Tür, vehement sogar.

Zwischen Lisas Augen bildete sich eine Zornesfalte. Wer immer das war, der könnte was erleben! Sie riss die Tür mit einem Schwung auf und erstarrte.

»Mutter«, sagte sie einfach nur und ihre Mutter fiel ihr sofort um den Hals.

»Aber Kind, wie blass du bist und hast du schon wieder abgenommen? Kein Wunder, das ist diese Gegend, die saugt einem die Energie aus! Du bist eine Blume und das hier ist ein Misthaufen, das passt einfach nicht.«

Mit Entsetzen stellte Lisa fest, dass ihre Mutter einen mittelgroßen Trolley dabeihatte.

Sie runzelte die Stirn. »Was machst du …«, begann sie.

»Was ich hier mache? Ich kümmere mich um dich!«, rief ihre Mutter und schob sich an ihr vorbei in den Flur.

Ergeben schloss Lisa die Tür.

»Wenn sich eine Mutter nicht mal mehr um ihre Tochter kümmern darf, dann weiß ich auch nicht!«

»Mutter, ich bin 32!«, protestierte Lisa schwach.

»Papperlapapp«, machte Frau Luft, »ich bleibe jetzt erst mal hier. Ich müsste mal ganz dringend wohin!«

Kurze Zeit später saßen die beiden an Lisas Küchentisch. Lisa hatte mit ihrer billigen Kaffeemaschine einen Kaffee gekocht. Nur mit Mühe hatte sie ihre Mutter davon abhalten können, das Waschbecken zu putzen.

»Nett hast du es hier«, sagte ihre Mutter und betonte den Satz so, dass die Ironie unüberhörbar war.

»Was willst du, Mutter?«

Mit einem Krachen stellte Frau Luft die Tasse auf den Tisch, sodass ihr akkurat geschnittener Bob wütend wehte.

»Also, das ist ja!«

Lisa lächelte schwach. »Natürlich freue ich mich, dass du da bist«, log sie. »Aber warum bist du gekommen, so spontan?«

So unangemeldet. So plötzlich. So ganz und gar unpassend.

Frau Luft legte ihrer Tochter versöhnlich die Hand auf den Arm und tätschelte ihn sanft.

»Kind! Ich bin hier, um nach dir zu sehen! Wirklich! Ich liebe dich doch!«

»Und?«

»Und ich will, dass es dir gut geht!«

Lisa seufzte. »Und?«

Ihre Mutter lehnte sich zurück und verschränkte die Arme. »Und ich denke, dass du einen Fehler machst. Nicht nur einen Fehler, sondern gleich mehrere.«

Lisa sagte nichts. Innerlich brodelte sie. Jetzt ging das wieder los!

»Mutter«, begann sie dann langsam und mit bedrohlichem Unterton, den sie mühsam zu verbergen suchte. »Ich sage es dir jetzt zum letzten Mal: Ich gehöre nicht zur Generation dieser duldsamen Muttchen, die ihren Kerlen alles verzeihen, nur, weil sie ja Männer und sowieso schwach und schwanzgesteuert sind!«

»Lisa!«, entrüstete sich Frau Luft über die Ausdrucksweise ihrer Tochter.

Eine Pause entstand, in der Frau Luft nach den passenden Formulierungen suchte und Lisa einen Schluck aus ihrer Kaffeetasse trank.

»Jedenfalls leidet dein Stefan sehr. Und dieses Weib war nicht die Richtige für ihn.«

»Er war nicht MEIN STEFAN«, stellte Lisa klar.

Frau Luft änderte ihre Strategie. »Liebst du ihn denn gar nicht mehr?«

Lisa schluckte. Dann hob sie trotzig das Kinn. »Nein«, sagte sie, aber man konnte die Unsicherheit in ihren Worten hören.

»Wirklich nicht?«, hakte ihre Mutter nach.

Lisa verdrehte die Augen. »Fakt ist, dass ich eine solche Wut auf ihn habe, dass es mich furchtbar aufregen würde, ihm auch nur ins Gesicht zu schauen, geschweige denn mit ihm zu reden!«

Frau Luft seufzte und schüttelte traurig den Kopf. »Ihr wart ein so wunderschönes Paar!«

Lisa entschloss sich zu einer Notlüge. »Und außerdem habe ich einen Freund«, behauptete sie. »Einen dieser schwäbischen Bauern?« Ihre Mutter wirkte ehrlich schockiert.

»Mutter, wenn du denen sagst, sie seien Schwaben, dann bringen die dich um!«

»Diese Barbaren!«, stieß Frau Luft hervor. »Sag' ich doch, eine Blume in einem Misthaufen!«

»Nein, er ist nett«, sagte Lisa, während sie überlegte, welchen der drei Anwärter sie wohl als ihren Freund verkaufen könnte.

Simon fiel weg, denn der war tatsächlich Schwabe. Auch wenn der ihrer Mutter sicherlich am besten gefallen hätte von den dreien.

Uwe war das, was einem Barbaren noch am nächsten kam.

Blieb Heiko. Der konnte zwar auch bedrohlich wirken, rasierte sich aber wenigstens ab und zu und lächelte hin und wieder.

»Heiko«, log Lisa also, »sein Name ist Heiko. Heiko Wüst!«

»Lisa Wüst«, sinnierte Frau Luft und verzog geradezu angewidert den Mund. »Wie passend!«

»Er ist sehr nett«, verteidigte Lisa ihren Angeblich-Freund.

»Sicherlich ist er nicht so nett wie Stefan. Nicht so kultiviert und charmant. Und auch nicht so gebildet«, sagte Frau Luft, während ihre Augen ein träumerisches Glänzen bekamen.

»Ich kann ihn dir ja vorstellen«, bot Lisa an und bereute ihren Vorschlag im nächsten Moment. Ihre Mutter zog die Augenbrauen hoch. »Gut. Und anschließend werde ich dir sagen, warum Stefan besser für dich ist!«

Heikos Handy klingelte. Vielmehr spürte er den Vibrationsalarm durch seine Schnittschutzhose. Er legte die Kettensäge ab und fischte nach seinem Handy.

Lisa. Lisa? Was wollte die denn? Nicht, dass er sich nicht freuen würde. Aber gerechnet hatte er damit nun nicht.

Er drückte auf den grünen Hörer und schluckte, bevor er sich das Handy ans Ohr hielt. Er versuchte ein besonder tiefes und männliches »Ja?«

»Heiko?«

»Ja?«

»Du, ich brauche deine Hilfe. Ich erkläre es dir!«

Acht Stunden später saß Heiko mit den beiden Damen im Da John's am Schweinemarktplatz. Heiko hatte zuerst nicht glauben können, was Lisa von ihm verlangt hatte.

Nun, da er Frau Luft vor sich sitzen sah, verstand er seine Kollegin allerdings nur zu gut.

Die ältere Frau Luft trug ein lilafarbenes Kostüm mit passendem Hütchen und seidenem Halstuch.

Ihr Haar war ein modischer grauer Bob. Sie hatte sich zuerst prüfend überall umgeblickt. Nun saß sie ihm, mit verschränkten Armen und in die Stuhllehne zurückgelehnt, gegenüber und musterte ihn so misstrauisch, als wäre er ein wildes Tier, das man im Auge behalten musste, wenn man nicht gefressen werden wollte.

»Und hier verkaufen also die Dorfbewohner ihre Schweine? Auf diesem Platz?«, wollte sie schließlich wissen.

Heiko begriff nicht. Ach so. Der Schweinemarktplatz.

Meinte sie das ernst? Sie sah todernst aus.

Er räusperte sich und sagte dann: »Nun, heutzutage natürlich nicht mehr. Früher, ja.«

Lisa bedachte ihre Mutter mit einem missbilligendem Blick. »Crailsheim ist nicht so provinziell, wie du denkst, Mutter! Es ist eine Stadt! Große Kreisstadt sogar!«

Lisa verschwieg, dass Crailsheim seit 1972 zum Kreis Schwäbisch Hall zugehörig gerechnet wurde. Wenigstens hatte man den Crailsheimern ihre Ehre gelassen, indem sich die Stadt weiterhin ›Große Kreisstadt‹ nennen durfte. Denn sonst wäre der Triumph der Haller perfekt gewesen. Seither trugen alle Autos ein unmelodisches ›SHA‹ statt des knackig-kernigen ›CRA‹ auf dem Nummernschild.

Einige Bauern hatten noch Traktoren mit ›CRA‹-Schild und weigerten sich hartnäckig, es auszutauschen. Sie waren schließlich Crailsheimer und keine Haller.

»Ein schwäbisches Dorf ist euer Crailsheim«, provozierte Frau Luft und beobachtete Heiko.

Lisa fragte sich, ob sie wohl testen wollte, ob Heiko aufspränge und sie umbringen wollte.

Aber der Kommissar blieb ruhig und protestierte nur höflich: »Wir sind schon Hohenloher, das ist was anderes!«

Frau Luft lächelte scheinbar beflissen. »Natürlich!«

Als rettender Engel erschien John, der Pizzabäcker aus Sri Lanka, und brachte seine hervorragende Pizza an den Tisch.

Heiko hatte eine Calzone bestellt, Lisa eine Frutti di Mare und Frau Luft einen großen Italienischen Salat.

Bei John machte es keinen Sinn, italienisch zu reden, daher sagte Lisa: »Danke«, als er die Pizza vor ihr abstellte.

Heiko entdeckte erneut undefinierbares Meeresviechzeugs auf Lisas Pizza. Was Kleines, Lilafarbenes mit acht Armen. Igitt.

Frau Luft stocherte wütend im Salat. »Für meine Lieselotte ist das Landleben nichts. Sie ist die Stadt gewohnt. Sie braucht auch ein bisschen Kultur und nicht bloß Stalltiere, nicht wahr, Lisa?« Lisa wurde blass. »Jetzt reiß dich mal zusammen, Mutter!«, zischte sie und grinste Heiko entschuldigend an.

Der hatte unterdessen große Mühe, sich zu beherrschen. Hatte er da richtig gehört? Lieselotte? Er trank einen Schluck und versteckte sein Gegrinse hinter dem Glas.

Frau Luft aß ein Stück Tomate. »Aber gut, der Salat«, befand sie und wechselte damit überaus unelegant das Thema. »Und wie lange sind Sie schon mit meiner Tochter zusammen?«, fragte sie nun Heiko.

Der verschluckte sich fast an seinem Bissen Calzone und trank erst einen Schluck Cola, bevor er sagte:

»Och, wissen Sie, gefunkt hat es eigentlich gleich zwischen uns, ja, so war das!«

Lisa streichelte ihm lächelnd den Handrücken

und zwinkerte ihm zu. Er machte das gar nicht mal schlecht.

»Und wollen Sie sie einmal heiraten?«

Heiko kaute, schluckte. »Nun, das ist noch ein bisschen früh, finden Sie nicht?«

Frau Luft schüttelte energisch den Kopf, sodass ihre Frisur hin und her wackelte. »Ganz und gar nicht finde ich das«, widersprach sie. »Lieselotte ist 32. Da wird es höchste Zeit, denn die biologische Uhr tickt, nicht wahr, meine Liebe?«

Lisa schwieg eisern. »Meine Lieselotte war nämlich schon einmal verlobt. Ein netter junger Mann«, führte Frau Luft weiter aus. »Schade, dass die beiden nicht mehr zusammen sind, sehr, sehr schade!«

»Der ist ja indiskutabel!«, schimpfte Frau Luft, als sie wieder zu Hause waren. »Er kann sich nicht mal richtig rasieren. Und dieses komische Schwäbisch. Ein furchtbarer Dialekt!«

»Mutter, du hast dich unmöglich benommen!«, tadelte Lisa gefährlich ruhig. »Lass mich jetzt bitte in Ruhe!«

Ihre Mutter erstarrte. Lisa wusste, dass das der Moment war, bevor sie explodieren würde. »Also«, setzte sie an, kam aber nicht weiter.

»Jetzt hör mir gut zu!«, schrie Lisa lauter, als sie gewollt hatte. »Das hier ist mein Leben und es geht dich nichts an. Mein Freund geht dich nichts an, Crailsheim geht dich nichts an, Stefan geht dich nichts an. Lass mich bitte einfach in Ruhe!«

Es endete damit, dass Frau Luft ins Hotel Post Faber zog. Sie wollte sich noch nicht geschlagen geben.

Gleichzeitig war sie aber so beleidigt, dass sie keinesfalls bei Lisa übernachten wollte – obwohl diese sich bei ihr wegen ihres angeblich völlig überzogenen Ausbruches entschuldigt hatte.

SONNTAG, 19. APRIL

Am Sonntag waren sie zusammen einen Kaffee trinken und ihre Mutter lobte weiterhin die Vorzüge von Stefan gegenüber dem unkultivierten, barbarischen Schwaben. Am frühen Abend fuhr sie, immer noch äußerst verstimmt, zurück nach Wesel.

Es war Volksfest.

Er wusste es genau, denn es handelte sich um dieselbe Halle, in der immer die Ausstellungen stattfanden. Er konnte den Duft des Heus riechen, das nervöse Scharren und Stampfen der Rammler. Er hörte das hysterische Gegacker der Hühner, einige wenige hohe Quieker, die von Meerschweinchen stammten.

Er schloss die Augen und öffnete sie wieder, aber das Bild war noch da. Er schwitzte. Kein Zweifel, er war auf dem Volksfest.

Fritz Maler verkrampfte seine Hände ineinander, bis sie schmerzten. Suchend sah er sich nach seiner Frau um, aber sie war nicht da. Sie war niemals da, wenn man sie wirklich brauchte. Sie hockte wohl wieder mal mit ihren Freundinnen vorne im Café. Na egal. Er würde es überleben. Und diesmal würde es klappen, ganz bestimmt. Der Sepp hatte ihm schon zugewispert, es sähe gut aus. Und er fand, er hätte es verdient. Nach so vielen Jahren der Anstrengung.

Nun wurde es spannend. Gerade verteilten die Preisrichter die Schildchen. Und er hatte diesmal seinen Gotthilf dabei, seinen Besten im Stall. Ein prachtvoller Rammler, wie gesagt, sein Bester. Und dieses Mal würde es klappen, da war er sich sicher.

Er knetete seine feuchten Hände. Verdammt, warum dauerte das denn so lange?

Endlose Minuten verstrichen, und dann, schließlich, als die Juroren herauskamen, schlenderte er so schnell, wie es die Höflichkeit erlaubte, zum Käfig von Gotthilf. Schon von Weitem sah er das Schildchen, konnte es aber nicht lesen. Näher und näher kam er, immer näher, und schließlich, endlich, konnte er lesen, was da stand auf dem Schildchen. ›Gut‹, stand da, bloß ›gut‹. Und nebenan beim Alfred, beim Rammler vom Weidner, stand ›Gesamtsieger‹.

Schreiend erwachte er. Seine Frau saß mit offenen Augen aufrecht neben ihm im Bett.

»Was ist denn los, Fritz?«, fragte sie besorgt. Fritz Maler brauchte eine Weile, um zu verstehen. Dann stahl sich ein seliges Lächeln auf seine Lippen. »Nichts, mein Schatz. Ein Albtraum, nur ein Albtraum. Und ein völlig irrealer noch dazu.«

Es ratterte und der Boden schwankte. Die Mitglieder des Kleintierzuchtvereins Crailsheim blickten sich unsicher an.

Da tönte wieder die Stimme aus dem Lautsprecher: »Ja, meine Damen und Herren, inzwischen befinden wir uns in der Schleuse Nummer 12 bei Heilbronn.

Diese Doppelschleuse hat eine Größe von 107 mal 12 Metern und wir sinken hier um ganze 3,2 Meter.

Sehen Sie ruhig nach Backbord – und ich habe Ihnen erklärt, Backbord ist vom Ruderstand aus gesehen die linke Seite –, wenn Sie noch einen Blick auf das große Kraftwerk von Heilbronn werfen wollen. Solange Sie noch Gelegenheit dazu haben!«

Einzelne Lacher ertönten. Es war ein schöner Ausflug. Eine tolle Idee mit dem Schiff von Bad Wimpfen nach Besigheim zur Weinprobe zu fahren. Gestartet waren sie um zehn in Bad Wimpfen, der Bus der Firma Tröper hatte sie bis zur Stauferpfalz gefahren.

Kurz waren sie auf der Burg umhergeschlendert, um dann wenig später das Schiff auf dem Neckar zu besteigen.

Es war ein großes Schiff, das alle Mitglieder der Kleintierzuchtvereine des Landkreises Schwäbisch Hall aufnehmen konnte, samt Ehegattinnen und Kindern.

Die jüngsten Mitglieder waren einige 14-Jährige, die sich an einem Tisch zusammengerottet hatten und Cola tranken und Eis aßen. Die Ausführungen des Kapitäns interessierten sie herzlich wenig.

Oberstudienrat Held beobachtete, wie einer der Halbwüchsigen mit Hingabe eine Kaugummiblase machte und sie zum Platzen brachte. Typisch heutige Jugend.

»Brutales Ding, dieses Kraftwerk, oder?«, fragte nun jemand von der Seite.

Held sah zu Maler hin. »Bitte?«, fragte er.

»Das Kraftwerk! Das Kohlekraftwerk! Bist du blind? Gell, interessant, dieser riesige Kohlehaufen.«

Held nickte und dozierte: »Hast du gewusst, dass dieser Haufen mehr strahlt als ein ganzes Atomkraftwerk?«

Einmal Oberstudienrat, immer Oberstudienrat.

Malers Augen weiteten sich. »Ehrlich? Ist das schlimm?«

»Man fällt schon nicht tot um davon«, meinte Held.

»Will noch jemand was zu trinken?«, fragte Herbert Winterbach in die Runde, der gemütlich an der Reling lehnte, oder vielmehr dort lümmelte, und in seinem schlabberigen Hemd und mit seinem Dreitagebart einen gewissen Bohemien-Chic ausstrahlte, wie Hedwig Maler fand.

»Ein Viertele, ein rotes«, bestellte Silvio. Maria legte ihm eine Hand auf den Arm und blickte demonstrativ auf die Uhr. »Nur eins, Carissima! Versprochen!«, sagte Silvio.

»Schade, dass der Rudi das nicht erleben kann, das hätte dem bestimmt auch gefallen!«, meinte nun Maler.

Held nickte. »Ja, das wäre was für den Rudi gewesen. Der hatte die Schiffle gern!«

»Ja, der Rudi!«, seufzte Silvio, während Winterbach zurückkam.

»Ich hab' eine Idee«, eröffnete Winterbach, während er die Gläser auf den Tisch stellte. Er machte kehrt und verschwand wieder, verfolgt von Hedwigs sinnend-wohlwollenden Blicken.

»Ist die Polizei eigentlich schon weiter?«, fragte Frau Maler nun Maria Campo.

Die schüttelte den Kopf. »Keine Ahnung. Die Schumacher, die alte Baatsch, weiß zumindest nix!«

»Ja, und wenn die nix weiß. Was sagt denn die Erna? Wieso ist die überhaupt nicht dabei?«

»Ach, die kann schlecht weg wegen dem Hof. Und soooo wild ist die jetzt auch wieder nicht auf den Kleintierzuchtverein«, informierte Maria.

»Das kann ich gut verstehen!«, meinte Hedwig bedeutungsvoll.

»Meine Damen und Herren, ich bitte Sie, sich kurz zu erheben«, ertönte nun wieder die Stimme des Kapitäns.

Die 100 Passagiere auf dem Neckarschiff sahen sich zwar etwas unschlüssig an, aber gehorchten dann.

Sekunden später hörten sie die Stimme von Herbert Winterbach aus den Lautsprechern.

»Liebe Freunde, ich möchte Sie bitten, einen Moment an unser kürzlich verstorbenes Mitglied Rudolf Weidner zu denken! Lassen Sie uns eine Minute schweigen!«

Und wirklich war es für eine Minute ganz still, was ein krasser Gegensatz zu dem geschäftigen Treiben und dem Tratsch von vorher war.

Alles, was zu hören war, war der Motor des Schiffes, das Platschen der Wellen gegen den Rumpf und das Rauschen des Fahrtwindes. Und mit etwas Fantasie das ausgiebige Kaugummikauen der Teenager. Eine Kaugummiblase platzte, was Held dazu veranlasste, den jungen Übeltäter strafend anzublicken. Der senkte dann doch andächtig den Kopf.

»Ich danke Ihnen!«, sagte nun Winterbach durch die Sprechanlage.

»Lassen Sie uns unser Glas auf unseren Rudi erheben! Auf dich, Rudi!«

100 Menschen gleichzeitig nippten an ihren Gläsern. Kurze Zeit später waren die Gespräche wieder im Gang und auch Winterbach hatte seinen Platz an der Reling wieder eingenommen. Wie sehr hätte dieser Ausflug dem Rudi gefallen und wie viel hätte er darum gegeben, den Rudi jetzt an seiner Seite zu haben!

Der Fahrtwind zerzauste sein schütteres Haar und war angenehm kühl. Er nahm einen Schluck Hefeweizen. Haller Löwenbräu, ein gutes Bier, das musste er zugeben, das musste man den Hallern lassen.

Er sah zum Ufer und sah die Stadt Heilbronn vorbeiziehen, Menschen, die dem Schiff winkten, Kinder, die von der Brücke spuckten, durch die sie gleich fahren würden. Und er fühlte sich allein, sehr allein.

MONTAG, 20. APRIL

»Na, Simon, gibt's schon irgendwas von der Uhr?«, fragte Heiko, als er am Büro des Kriminalobermeisters vorbeikam. Simon lehnte sich in seinen Bürostuhl, der protestierend quietschte.

»Zerraißän kann ich mich au net! Aber ich war bei ein paar Juwelieren und einer hat gemeint, dass es sich mit großer Wahrschainlichkeit um ein Hochzaitsdatum handelt. Anscheinend hatte man das damals so.«

»Und?«

Simon seufzte. »Dann hab' ich im Standesamt angerufen und die haben mir alle Hochzeitspaare vom 27. Oktober 1914 genannt.«

»Und?«

Simon lehnte sich zurück. »Neun Paare. Viele haben damals noch schnell geheiratät, bevor der Mann an die Front musste.«

»Ah. Und?«

»Bisher gibt es keine Parallelen zu den Weidners oder zu den Kleintierzüchtern.«

»Gut gemacht, Simon! Dranbleiben, gell!«, meinte Heiko gönnerhaft grinsend und ging.

»Nette Frau, deine Mutter«, sagte der Kommissar zu seiner Kollegin, als sie nach Tiefenbach fuhren.

»Es tut mir leid«, meinte Lisa und legte ihm eine Hand auf den Arm. »Sie ist eben so. Danke, dass du mitgespielt hast!«

»Ist schon gut, Lieselotte«, frotzelte Heiko.

Lisa erstarrte. »Und noch eine Sache. Wenn du es noch einmal in deinem Leben wagen solltest, mich Lieselotte zu nennen, dann wirst du das nicht überleben!«

Schließlich erreichten sie den Hof. Beide warteten, aber es ließ sich kein einziger Hund blicken. »Riskieren wir's«, schlug Heiko vor und stieg als Erster aus dem Auto aus.

Wütendes Bellen ertönte, allerdings aus dem Stall. Offenbar waren die Hunde eingesperrt.

Er sah sich um. Niemand war zu sehen. Stattdessen stand die Tür zum Hasenstall offen.

Lisa war auch ausgestiegen und gemeinsam liefen sie hin.

Heiko öffnete die Tür ganz. Sofort richteten sich alle 25 Augen- und Ohrenpaare auf ihn. Wie schon beim letzten Mal, gab es Geräusche, dezente Geräusche wie Scharren, Stampfen und Schnauben. Es roch nach Stall und frischem Heu.

Lisa streckte ihre Hand aus und steckte einen Finger durch das Gitter der Behausung eines kapitalen Rammlers. Das Tier drehte die Ohren nach vorne, kam zögerlich heran und beschnupperte den Finger. Dann biss das Kaninchen herzhaft in Lisas Fingerkuppe.

»Au!«, rief Lisa und steckte sich den Finger in den Mund.

»Zeig her!«, forderte Heiko und Lisa streckte ihm die Hand hin. Es blutete ein bisschen.

Heiko beruhigte sie. »Ist nur eine Fleischwunde. Wenn kein Wundbrand dazukommt, wirst du vielleicht durchkommen.«

»Haha«, brummte Lisa und sah den Hasen, der jetzt frech zu grinsen schien, böse an. Sie hatte keine Lust mehr auf die Viecher und verließ das kleine Kabuff wutschnaubend.

Draußen studierte sie nochmals die Angeberwand mit den vielen Preisen, die die Tiere errungen hatten. »Kategorie DRS, sgt in allen Pos., Gesamtsieger«, las sie halblaut. In ihrem Kopf arbeitete es.

»He, Heiko, komm mal her!«

»Was gibt's?«, fragte Heiko und stand schon neben ihr.

»Siehst du das?«, fragte sie und zeigte auf das Schild.

»Schild«, stellte Heiko fest. »Und?«

»Na, die Abkürzung«, half Lisa. »DRS! Was das wohl heißt?«

»Deutscher Riesenschecke heißt das«, ertönte eine Stimme von hinten. Die beiden drehten sich um und entdeckten Frau Weidner in voller Arbeitsmontur mit einer Schubkarre voll frisch geschnittenem Gras, das intensiv duftete.

»Sou, seid ihr widder am schniffla?«, fuhr sie fort

und stemmte die Hände in die Hüften. Heiko murmelte eine Entschuldigung und sagte:

»Wir wollten Sie bloß noch ein paar Sachen fragen.«

»Tschuldigung.« Frau Weidner wischte sich eine Strähne aus dem Gesicht, die unter dem diesmal rot geblümten Kopftuch hervorgerutscht war. »Ich bin auch ein bisschen daneben. Das war einfach zu viel in letzter Zeit, das Ganze, meine ich.«

Heiko und Lisa nickten verständnisvoll. Das konnten sie gut nachvollziehen.

»Wollt ihr einen Kaffee?«

Wenig später saßen sie zu dritt wieder in der Stube. Verführerisch duftender Kaffee floss aus der gleichen Kanne in die gleichen Tassen wie beim letzten Mal. Der einzige Unterschied war ein großer bunter Strauß aus Narzissen und Tulpen, der in der Mitte des Tisches stand und die Sicht auf den Gegenüber versperrte.

»Also, wie schaut's aus?«, wollte Frau Weidner wissen und lehnte sich erwartungsvoll zurück, ohne extra auf Zucker, Milch oder den obligatorischen Keksteller hinzuweisen.

Heiko räusperte sich. »Wir haben Grund zu der Annahme, dass Sie, wie soll ich sagen, eine Beziehung haben!«

Frau Weidner zuckte mit den Mundwinkeln, blieb jedoch ansonsten ruhig. »Wie kommt ihr denn darauf?«

»Das tut nichts zur Sache, Frau Weidner«, wiegelte Lisa ab und sie blieb dabei so höflich wie nur irgend möglich.

»Ist das so?« Die Bäuerin stemmte beide Ellbogen auf den Tisch und beugte sich herüber, sodass ihr Busen auf dem Tisch auflag. »Jetzt hört mir mal gut zu«, sagte sie und ihre Augen blickten dabei sehr eindringlich. »Erstens: Nein. Zweitens: Des geht euch gar nichts an. Und drittens: Wenn ich ein Verhältnis hätte, dann würde ich das euch grad noch auf die Nase binden. Ich bin ja nicht bescheuert. Was sagen denn da die Leute! Und die da«, sie wies auf die Rückwand, wo sich das Nachbargrundstück befand, »dia do däd sich 's Maul zerreißa.« Heiko trank einen Schluck Kaffee. Er war gut und stark.

»Ihnen ist schon klar, dass Sie sich damit verdächtig machen, Frau Weidner!«, brummte er.

Frau Weidner grinste. »Wenn Sie das meinen. Nehmen Sie doch noch einen Keks!«

»Die hat hundertprozentig eine Affäre!«, meinte Lisa, als Heiko vor der Tür noch eine rauchte.

»Hmmm«, machte der Kommissar und signalisierte damit konzentriertes Nachdenken.

»Warum will sie es uns nicht sagen?«

Heikos Kippe glühte rot auf, als er daran zog. »Also, das kann ich schon verstehen, dass sie das nicht zugibt. Weecha da Lait halt.«

»Die Leute? Ist das so schlimm mit dem Tratsch?«

»Du weißt doch: Das Informantennetz! Wenn irgendetwas passiert, sagen wir, wenn der Krankenwagen vor einem Haus steht, kannst du sicher sein, dass eine halbe Stunde später das ganze Dorf weiß, wer wohin ins Krankenhaus gekommen ist, inklusive Ferndiagnose!«

Lisa grinste. »Stimmt, beim Mord war das ja auch schon so!«

»Genau«, bestätigte Heiko.

»Zeig noch mal den Brief«, forderte sie plötzlich und Heiko reichte ihr die schon etwas zerknitterte zusammengefaltete Kopie. Lisa überflog die Zeilen flüchtig. »HH«, murmelte sie.

»Hmmm?«, machte Heiko.

»DRS steht für Deutscher Riesenschecke.«

»Und?«

»Wenn HH auch eine Rassebezeichnung ist?«

»Du meinst, ein Kosename sozusagen?«

Lisa nickte.

»Wäre doch möglich! Die Menschen geben ihren Partnern oft unsinnige Namen.«

Unwillkürlich sah sie Heiko an und überlegte, welche Tierart zu ihm am besten passen würde.

»Komm ja nicht auf dumme Gedanken«, brummte ihr Partner. Lisa grinste. Ein Bär vielleicht. Ein Schwarzbär.

»Was für Rassen züchten die Herren noch mal?«, fragte Lisa.

Heiko zuckte mit den Schultern. »Keine Ahnung. Ruf mal Simon an, der soll sich drum kümmern!«

Lisa deutete in Richtung Zaun. »Das wird gar nicht nötig sein. Wenn das mit den Informanten stimmt, können wir doch auch mal jemand von denen befragen.«

Heiko folgte ihrem Blick und entdeckte eine Frau Anfang 60, die sich nun auf einen Spaten stützte. »Kou ii eich helfa?«, schallte es vom Nachbargrundstück herüber.

Lisa und Heiko liefen zum Zaun, von wo das Angebot gekommen war. Die Nachbarin trug eine abgewetzte Cordhose und einen hellen Pullover, über der Hose hing eine Schürze in verwaschenem Blaugrün.

»Und Sie sind?«

»Schumacher, Lina Schumacher«, stellte sich die Frau vor und wischte sich die von der Gartenarbeit erdige rechte Hand an der Schürze ab, bevor sie sie herstreckte. »Ich bin die Nachbarin von Weidners.«

Ahja. Das hatten sie sich fast gedacht.

»Und ihr seid die Kommissare?«, erkundigte sie sich lächelnd.

»Ja«, bestätigte Heiko und wunderte sich kein bisschen, dass die Alte bereits Bescheid wusste. »Dürfen wir Ihnen ein paar Fragen stellen?«

Auf Lina Schumachers Gesicht erschien ein beflissenes Lächeln. »Aber natürlich, Herr Kommissar!«, meinte sie eifrig.

»Was wissen Sie über das Verhältnis zwischen Frau Weidner und ihrem verstorbenen Mann?«

Die Schumacher schnaubte und wischte sich eine dauergewellte und dunkel gefärbte Haarsträhne aus dem Gesicht. »Also, wenn Sie mich fragen, das ist kein

Wunder, dass die nix mehr von dem wissen wollte. Jeden Abend besoffen, fett ist er geworden und hat bloß noch nach seinen Viechern geglotzt!«

Lisa nickte verständnisvoll und war froh, dass die Frau wenigstens einigermaßen Hochdeutsch redete.

»Könnte es sein, dass Frau Weidner ihren Mann betrogen hat?«, forschte Heiko weiter. Frau Schumacher, die sich inzwischen lässig auf ihren Spaten gelehnt hatte, wiegte den Kopf.

»Kann sein, kann auch nicht sein. Einmal hab' ich nachts einen gesehen, einen Älteren, also nicht der Silke ihren! Konnte ihn aber nicht genau erkennen, weil es ja dunkel war.«

»Und wer ist der von der Silke?«

»Ha do, ich glaub, das ist der Junge vom Silvio.«

Lisa nickte vielsagend.

»Des is a reechder Kerle«, fügte Frau Schumacher hinzu und es klang sehr großzügig. »Wissa Se, ich hab' ja nix gegen die Ausländer. Der Silvio und seine Familie sind anständige Leute. Aber da gibt's auch solche und solche, wie bei uns halt auch!«

»Und der Maximilian Weidner?«, fragte Lisa weiter.

Frau Schumacher schnaubte wieder. »Der is was Besseres. Dem sind seine Leute peinlich!«

»Was glauben Sie denn, wer es gewesen sein könnte?«

»Waaß ii doch net, is des net Ihr Gschäfft?«, gab die Frau zurück.

»Aber was vermuten Sie?«, beharrte Heiko.

»Keine Ahnung. Vielleicht einer vom Verein. Wegen den Hasen oder so.«

»Wir haben nämlich einen Brief an Frau Weidner gefunden, der mit »HH« unterzeichnet ist. Können Sie was mit dieser Abkürzung anfangen?«

Die Nachbarin schüttelte langsam den Kopf, offenbar extrem unglücklich darüber, auf eine Frage keine Antwort zu wissen.

»Was fällt Ihnen zu ›DRS‹ ein? Oder zu Deutscher Riesenschecke?«

Frau Schumacher hob den Zeigefinger und wedelte damit, als wolle sie an der Uni dozieren. »Ouououou«, sagte sie, »de Weidnere hat ihrn Mou immer ›mei glooner Riesascheck‹ gnennt.« Die Kommissare wechselten einen Blick. Volltreffer. »Und kennen Sie sich mit den Hasenrassen aus? Wofür steht denn H.H.?«

»Ha, Holländer, denk' ich!«, antwortete die Schumacherin. »Holländer! Sie wissen nicht zufällig, wer alles Holländer züchtet?«

Die Frau verneinte.

»Trotzdem danke, Sie haben uns sehr geholfen!«, lobte Heiko. »Dürfen wir bei Bedarf wieder auf Sie zurückkommen?«

Frau Schumacher strahlte. »Jederzeit, Herr Kommissar, jederzeit«, meinte sie und hörte sich dabei sehr emsig an.

Lina Schumacher schaltete den Fernseher an. Das tat sie jeden Tag, seit vor vier Jahren ihr Felix gestorben war.

Sie vermisste ihn täglich und jede Nacht vor dem Einschlafen berührte sie sein Bild auf ihrem Nachttisch.

Sie zappte scheinbar wahllos herum und landete schließlich wieder beim Homeshoppingkanal. Eine grell geschminkte Frau mit feuerroten Haaren pries hier die Vorzüge einer Puppe an. »Und sehen Sie, meine Damen und Herren, dieses fein gearbeitete Kleidchen, der wohlproportionierte Körper, das ganz herzig bemalte Gesichtchen und die Zöpfchen – übrigens Echthaar, meine Damen und Herren, das ist einfach eine ganz andere Qualität, ja, und sehen Sie den ganz besonderen Ausdruck, den gerade diese Puppe, unser Katharinchen, hat? Ganz zauberhaft ist das Katharinchen und ich kann Ihnen heute ein ganz wunderbares Angebot machen.«

Frau Schumacher sah ihre anderen Puppen an. Nur eine mit roten Haaren. Sie griff zum Hörer und wählte die Nummer.

Diesmal waren sie im Mc Donald's gelandet. Nach einem ordentlichen Burger genehmigten sie sich noch einen Kaffee. Lisa lümmelte sich lässig in den dunkelbraunen Sessel und schlürfte Latte Macchiato. »Also, die Silke ist mit Marco zusammen. Und Frau Weidner hat wohl auch eine Affäre. Aber mit wem?«

Heiko kippte drei Zuckertütchen und eine Milch in den Kaffee und rührte nachdenklich. »Wohl mit einem von den Holländerleuten.«

»Und das sind …?«

»Hm, wenn ich das noch richtig weiß, der Maler, der Held und der Silvio.«

»Also, dann brauchen wir von denen eine Schriftprobe, sehe ich das richtig?«

»Genau.«

Als sie wieder im Revier waren, beschlossen sie, Uwe einen Besuch abzustatten, um zu sehen, ob er schon mit den Fingerabdrücken weiter wäre.

Der Spurensicherer hockte an seinem Arbeitstisch und blickte angestrengt durch ein Mikroskop.

Als er die Kommissare bemerkte, rückte er vom Tisch weg und schnappte sich die Klarsichthülle mit dem Brief. »Also, auf dem Brief sind drei Sorten Fingerabdrücke!«, begann er im Tonfall eines Oberstudienrats. »Erst mal die von Karl Weidner, die haben wir noch von einer alten Jugendsünde in der Datenbank. Dann noch zwei unbekannte, wobei die eine Sorte stellenweise von der anderen überlagert wird. Die oberen müssen die von Erna Weidner sein, logischerweise.«

»Und die letzten sind die vom Briefeschreiber!«, mutmaßte Lisa.

Uwe nickte. »Leider sind auf der Uhr keine brauchbaren Fingerabdrücke, vielleicht ein bisschen DNA, da bin ich grad dabei, aber das meiste wird vom Mordopfer sein. Bringt mir also am besten lauter DNA-Proben von euren Verdächtigen.«

»Und hier hätten wir das Modell ›Eiche – sanfte Ruhe in edlem Holz‹.«

Erna Weidner knetete ihre Hände.

»Ich weiß nicht«, zweifelte sie und sah fragend zu Karl hinüber.

»Was kostet der?«, fragte Karl den Bestattungsunternehmer.

Der große Mann, der wohl auch wegen seines schütteren Haares wie ein riesiges Baby wirkte, trug einen viel zu engen Anzug, sozusagen von Berufs wegen.

Die rosa Krawatte, die wohl modern wirken sollte, unterstrich das schweinchenähnliche Aussehen des Mannes.

»Nun, wir meinen, dass sich Trauernde nicht allzu große Sorgen um Geld machen sollten. Und deshalb ist dieser Sarg ein absolutes Schnäppchen!«

Wie eine Preispräsentiererin in einer Fernsehshow wies er nun auf den Sarg und klappte den Deckel hoch.

»Sehen Sie die feine Samtausstattung in Bordeauxrot? Nirgends ruht es sich sanfter als hier! Fühlen Sie mal!«

Erna streichelte nachdenklich die samtene Oberfläche und fragte sich, ob dieses Verkaufsgenie sie als Nächstes zum Probeliegen auffordern würde.

Irgendwie hatte die Situation etwas Groteskes. Hier stand sie mit Karl und dem Riesenbaby, das ihr ganz zu Anfang versichert hatte, wie sehr es mit ihr fühle, und trotzdem kam sie sich vor wie bei einer Dauerwerbesendung von QVC.

Nehmen Sie diesen Sarg, spüren Sie die feine Qualität, das geölte Nussbaumholz. Nein? Wie wäre es mit edlem Kirschbaum, poliert, mit cremefarbenen Seideninlays? Nein? Hier hätten wir das Modell Eiche, der Klassiker schlechthin, fühlen Sie den eleganten Samt, auf dem lässt es sich ruhen wie auf Wolken. Blablabla.

»Frau Weidner?«, sagte das Baby und vergewisserte sich, dass es noch die geschätzte Aufmerksamkeit seiner Kundin hatte.

Erna wurde schwindlig. »Wissen Sie, ich hab' für so was irgendwie grad keinen Kopf.«

Sofort geleitete der Bestatter sie zu einem Stuhl und brachte ihr ein Glas Wasser. Fünf Minuten später erkundigte er sich mitfühlend, ob es denn wieder gehe.

Erna sah in Karls besorgtes Gesicht und versuchte ein Lächeln. »Schon in Ordnung«, sagte sie. »Wissen Sie, ich denke, ich habe genau das Richtige für Sie«, lächelte der Mann nun und tätschelte ihr aufmunternd die Hand. »Für Sie wäre unser ›Rundum-Sorglos-Paket‹ am besten!«

Karl stutzte. »Rundum-Sorglos-Paket?«, wiederholte er verständnislos.

Das Riesenbaby nickte triumphierend. »Beim Rundum-Sorglos-Paket kümmern wir uns um alles. Das heißt, wir stellen einen schönen Sarg, kümmern uns um Blumen und Kränze, übrigens auch um die Blumendekoration für den Leichenschmaus, die Anmietung der Lokalität für die Feierlichkeit und so weiter.

Alles im Rahmen eines Budgets, das uns die Familie nennt. Da gibt es zum Beispiel das Rundum-Sorglos-Paket ›Öko‹ mit Pappsarg, das aber doch eher erbärmlich ist, wenn Sie mir die Bemerkung erlauben.« Erna Weidner nickte matt.

Nach einer halben Stunde unterschrieb die Witwe den Vertrag über das Rundum-Sorglos-Paket ›Superior‹. Sie wollte ihrem Mann noch einmal etwas Gutes tun.

»Ich hab' Karten reserviert«, sagte Simon, als sie ins Büro kamen.

»Für was?«, meinte Heiko verständnislos.

»Ha, für die Ohper in Schdudgart.« Simon strahlte Lisa an. »Damit die Liihsa auch ainmal Kultur mitkriegt in unserem Baden-Wirttemberch.«

Lisa lächelte.

»Ahja, gute Idee.«

»Isch euch morgen Ahbend recht? Da gibt's eine hervoooohhrraaahgende Inszenierung von ›Das Schweigen der Sirenen‹.«

Heiko blinzelte. O Gott! Nicht Oper!

Ein einziges Mal in seinem Leben hatte er bisher in die Oper gehen müssen.

Und zwar hatte ihn seine Mutter zu einer Aufführung von ›Figaros Hochzeit‹ im Rahmen eines Schulausfluges zwangsangemeldet.

Damals in der sechsten Klasse hatte er sich ziemlich blamiert, als er laut und deutlich verkündet hatte, dass nichts auf der Welt ihn dazu bringen würde, zu dieser Gelegenheit ein Hemd zu tragen.

Seine Mutter hatte ihn endlich dazu gezwungen und seine Kumpels hatten ihn die ganze Fahrt über ausgelacht. Und dann die Oper! Schmetternd hatten die italienisch gesungen, italienisch! Das bedeutete, dass man nicht mal die Handlung kapierte. Es war also nicht nur ohrenbetäubend, sondern auch noch langweilig bis zum Gehtnichtmehr gewesen.

Da sie ganz oben gesessen waren, hatte er nicht mehr als weit entfernte Männchen in bunten Fetzen gesehen, die eine Sprache redeten, die er nicht verstand, und schmetternd und furchtbar schrill sangen.

Das waren die längsten drei Stunden seines Lebens gewesen. »Oder willscht du jetz nicht mähr mit, Haiko?«, fragte Simon und Heiko sah die Hoffnung in den kleinen blauen Augen blitzen, Hoffnung auf ein Solo-Date mit Lisa für den kleinen Schwaben.

»Doch, doch«, beeilte sich Heiko deshalb zu versichern, denn das musste unbedingt verhindert werden.

Nachher verliebte sich Lisa noch in diesen Softie, weil der einen auf kultiviert machte. »Gern«, fügte er hinzu, weil Lisa ein bisschen ungläubig dreinblickte.

DIENSTAG, 21. APRIL

Die Rinder muhten. Stoisch schaufelte Karl Heu in die Raufen und öffnete das Gatter. Sofort senkten die Kühe schnaubend ihre Mäuler. Ihre feuchten, rosafarbenen Mäuler, aus denen lange, gierige Zungen hervorleckten, um die Heubündel in den Kuhmund zu ziehen.

Karl Weidner streckte sich und sein Rücken knackte vernehmlich. Es war schon viel Arbeit, so ohne den Vater. Er zog einen der Melkschemel zu sich heran, um kurz zu verschnaufen. Mit dem Ärmel wischte er sich nachlässig den Schweiß von der Stirn und faltete dann sinnend die Hände. Das hätte nicht passieren dürfen. Nicht ihm. Nicht seiner Familie.

Nicht, dass seine Familie besonders toll wäre. Oder besonders herausragend. Im Gegenteil. Wenn man es genau bedachte, war seine Familie eigentlich ziemlich daneben.

Wolf kam zur Türe herein und legte sich neben ihn. Er kraulte das Tier hinter den Ohren, was der Hund sichtlich genoss.

Seine Mutter. Sie war eine gute Mutter gewesen, immer. Auch wenn er ständig das Gefühl hatte, dass sie Maximilian lieber mochte als ihn. Ihn, den kleinen, dummen Karl.

Gut, so schlau wie sein Bruder war er auch wirklich nicht, das musste er zugeben.

Maximilian lebte sowieso in einer anderen Welt.

Und seine Mutter war stolz auf ihn, deshalb stolz, weil er der Einzige aus der Familie war, der studieren ging, der aus Crailsheim einmal rauskam.

Er selber, Karl, hatte nur den Hauptschulabschluss und hatte dann eine Lehre als Landmaschinenmechaniker gemacht. Das kann man auf dem Hof brauchen, hatte sein Vater gesagt, und er hatte nichts dagegen gehabt.

Aber als er fertig gewesen war, war er nicht übernommen worden, niemand war übernommen worden, nicht ein Einziger.

Und da war er eben auf dem Hof geblieben. Nicht schlecht, eigentlich. Aber der Hof war nicht groß. Trotzdem war es viel, viel Arbeit.

Und vielleicht würde er den Hof eines Tages übernehmen. Jetzt, wo sein Vater nicht mehr da war. Da wäre das ja durchaus denkbar.

Maximilian hatte jedenfalls bestimmt kein Interesse am Hof. Der hatte ja schon ein echtes Problem, wenn er Dreck unter den manikürten Fingernägeln hatte.

Ein ganz Besonderer war der eben, der Max.

Und Silke wollte den Hof auch nicht. Sie war ganz zufrieden mit ihrer Stelle im Handelshof. Nach dem Realschulabschluss hatte sie Einzelhandelskauffrau gelernt. Und dann den Job im Handelshof angenommen.

Nicht toll, aber okay.

Er mochte seine Schwester eigentlich. Nur die Sache mit dem Kleinen war schwierig.

Der Vater hatte schon recht gehabt, dass das eine rechte Schande sei, ein Kind, ohne verheiratet zu sein.

Zu der Zeit war sie ja nicht einmal mehr mit Herbert liiert gewesen. Die Schlampe kriegt ein Kind, war im Dorf rumgegangen. Die Schumacherin hatte zur Verbreitung ihren Teil beigetragen. Karl mochte den Kleinen zwar. Aber es war nicht recht. Sie hätte den Vater des Kindes heiraten müssen.

Das hatte ihr auch der Vater vorgeschlagen. Aber Silke hatte sich geweigert, eisern geschwiegen, sie hatte nicht einmal verraten, wer der Vater war. Ihr Vater hatte daraufhin erklärt, er habe keine Tochter mehr, und hatte kein Wort mehr mit Silke geredet.

Gut, das hatte er wohl nur aus Wut gesagt. Karl glaubte schon, dass er Silke auch geliebt hatte, sonst wäre ihm das mit dem Kind und der Schande ja egal gewesen.

Aber der Vater war hart geblieben und hatte seine Gespräche mit Silke wirklich nur auf das Nötigste beschränkt.

Hart konnte er sein, rabiat. Sie hatten als Kinder den Arsch mit dem Kochlöffel versohlt bekommen, wenn sie nicht gespurt hatten.

Und das öfter, als es nötig gewesen wäre.

Aber er war auch lieb gewesen, der Vater, lieb und lustig. In den letzten paar Jahren war er allerdings immer verschlossener geworden, was wohl auch an Max und Silke gelegen hatte.

Und an der Mutter. Und vielleicht auch am Saufen. Die Ehe war nur noch ein Trümmerhaufen gewesen.

Die Kühe muhten.

Karl streckte sich noch einmal und arbeitete dann weiter.

Lisas Finger trommelten gegen die Armatur des BMW.

»Und jetzt?«

»Morgen ist Beerdigung. Da sollten wir auf jeden Fall hin.«

»Freust du dich auch schon so auf heute Abend?«, fragte Lisa.

Heiko runzelte die Stirn. Oh Gott. Die Oper. Das hatte er erfolgreich verdrängt. Er lächelte und sagte dann: »Klar.«

Die Glocke am Kirchturm der Veitskirche schlug vier Uhr.

Ganz wie früher läutete die Glocke noch zu wirklich relevanten Zeiten, und zwar richtig, nicht so dezent bimmelnd im Hintergrund.

Nämlich morgens um sechs, wenn die Bauern frühstücken sollten, um vier, wenn sie die Feldarbeit ruhen lassen sollten, um halb sieben, wenn es Vesper geben sollte und um Mitternacht, was allerdings weniger logisch war, weil man da ja schließlich schlafen sollte.

Aber weil die Glocken eben um vier auch läuteten, kam es, dass die Kindergartenkinder immer von

Glockengeläut begleitet aus dem Kindergarten in der Seestraße strömten.

Marco war selbst schon in diesen Kindergarten gegangen und hatte gute Erinnerungen daran. Und auch wenn Leon nicht sein Sohn war, so holte er ihn doch gern vom Kindergarten ab.

Der Kleine war recht aufgeweckt, ein cleveres Kerlchen. So einen hätte er auch mal gern. Er versuchte, dem Jungen so was wie ein Vater zu sein, denn einen richtigen Vater schien er ja nicht wirklich zu haben.

Marco hatte schon oft gerätselt, um wen es sich bei dem Erzeuger handeln könnte, und war dabei zu dem Schluss gekommen, dass Leon wohl das Ergebnis eines One-Night-Stands sein musste, die es seines Wissens in Silkes wilder Apfelbaum-Disco-Zeit einigermaßen zahlreich gegeben hatte.

Schon öffneten sich die Türen des Kindergartens und die Kleinen tapsten heraus, irgendwelche selbst gemalten Bilder in den Händen.

Marco entdeckte Leon im Pulk und erwartete ihn lächelnd. »Ciao, Leon!«, sagte Marco dann und machte den ›Gib-mir-Fünf-Handschlag‹, der im Kindergarten gerade in war.

»Ciao, Papa«, grüßte Leon und Marco freute sich über die Anrede. Er nahm den Jungen, der heute seine coole Minijeansjacke trug, an die Hand.

»Na, wie war's?«, wollte er wissen.

Leon schüttelte den Kopf. »Doof«, sagte er nur. Marco deutete auf das Bild, das der Kleine mit der schwitzigen Rechten umklammert hielt.

»Aber du hast doch so ein schönes Bild gemalt! Mit Blumen drauf und Mama und mir, gell? Und wer ist das?«

»Opa«, erklärte der Kleine und Marco schluckte.

»So, der Opa«, wiederholte er und hoffte, dass der Junge es dabei belassen würde. In solchen Sachen war er gar nicht gut.

»Du, die anderen sagen, der Opa ist tot«, sagte Leon trotzdem. Das hatte Marco vermeiden wollen.

Pause.

»Stimmt das?«, beharrte der Kleine. »Mama hat gesagt, er ist weggegangen!«

Marco blieb stehen und ging in die Knie, damit er mit Leon auf Augenhöhe war.

»Du bist doch ein Mann und Männer können die Wahrheit ertragen, gell?«, fragte er.

Leon nickte.

»Das hat deine Mama gesagt, damit du nicht so traurig bist. Aber deine Freunde haben schon recht. Dein Opa ist wirklich tot und das tut mir leid!«

Leon schluckte, trotzdem nickte er tapfer. »Mir auch!«, stimmte er zu.

Marco stand wieder auf und sie setzten ihren Weg fort.

»Papa, was ist, wenn man tot ist?«, wollte Leon wissen.

»Nun, äh, dann, dann lebt man halt nicht mehr!«

»Und wo ist man dann?«

Marco überlegte kurz: »Im Himmel!«

Schweigen.

Der Kleine schien zu grübeln. Dann fragte er: »Ist Opa jetzt also im Himmel?«

»Ja, ganz bestimmt!«, versicherte Marco.

»Und gibt es da auch Hasen, im Himmel?«

Marco dachte verwundert, dass der Kleine schon kapiert hätte, was dem Alten wichtig gewesen war.

»Klar! Lauter Deutsche Riesenschecken!«, versprach er also.

»Ich hab' den Opa lieb!«, sagte der Kleine, was Marco wiederum einen Stich ins Herz versetzte, denn der Weidner hatte den Kleinen manchmal als Bastard bezeichnet und ihn kaum beachtet. Aber Gott sei Dank wusste der Junge das ja nicht.

»Er dich auch!«, hörte Marco sich sagen.

Die Luft war kalt. Obwohl sie schon April hatten. Im krassen Kontrast dazu standen die Blumen und Blüten, die überall in den Vorgärten sprossen und einen leichten Duft verströmten.

Sita zerrte an der Leine. »Was issn los, Hund?«, fragte Heiko geistesabwesend.

Der Fall wurde immer verwirrender. Und nicht nur der Fall. Alles wurde immer verwirrender. Auch das mit Lisa.

Seit fünf Jahren war er nun allein. Und fühlte sich eigentlich gut dabei. Vermisste nichts. Seine Affären hatten ihm immer gereicht. Und auch den Frauen. Keine hatte jemals mehr gewollt.

Ein Auto fuhr in Schrittgeschwindigkeit vorbei. Sita drückte sich eng an ihn.

Lächerlich, dass er sich in Lisa verknallt hatte, ausgerechnet! Was sollte er denn mit so einer anfangen? Eine Hochdeutsche! Fischkopf! Verstand ihn nicht einmal. Und sie war kompliziert.

Eigentlich bevorzugte er Frauen, die machten, was er wollte, denn das war wunderbar bequem. Lisa war auf jeden Fall eine Herausforderung. Sie war weder hohl noch unterwürfig. Sie kümmerte sich nicht um das, was die Leute so redeten, und ihr Leben bestand aus mehr als Kuchen backen und Kinder kriegen.

Es lag nicht daran, dass sie keine Hausfrau war, denn es gab vereinzelt auch interessante Hausfrauen. Durchaus.

Aber nein. Es lag an ihr. Sie war wunderbar. Und er wusste, dass er sehr gerne mit ihr zusammen wäre.

Er zündete sich eine Zigarette an. Der Hund kannte die Prozedur und wartete, bis es weiter ging. Tief sog Heiko den Rauch in seine Lunge ein. Er wusste, dass er das lassen sollte, aber es half ihm beim Denken.

Er setzte sich wieder in Bewegung und Sita wackelte voraus, die Nase aufmerksam in die Luft gestreckt. So eine Hundenase wäre schon was, dann hätte man den Mörder gleich. Noch immer hatten sie keine heiße Spur und beinah jeder hatte ein Motiv.

Eine verzwickte Situation, aus der er momentan keinen Ausweg wusste. Wer profitierte von Weidners Tod? Die Frau und Herbert Winterbach, finanziell zumindest.

Wobei er der Frau ihre Gleichgültigkeit abnahm. Bei Herbert, nun, er würde sehen. Dass der Weidner wegen eines Konkurrenzkampfes um den schönsten Deutschen Riesenschecken umgebracht worden war, erschien ihm aber mehr als unwahrscheinlich.

Sita sah zu ihm her, sie merkte es, wenn er grübelte.

Die Kinder konnten mit ihrem Vater wohl nicht viel anfangen, aber das war kein Grund, ihm gleich ans Leben zu gehen.

Silke und Karl schienen sich mit der Situation arrangiert zu haben und was den anderen Sohn betraf, na ja, den würden sie morgen wohl endlich mal zu Gesicht bekommen.

Wie Lisa wohl in einem schwarzen Kleid aussähe? Nicht in so einer Beerdigungsrobe, sondern im kleinen Schwarzen?

Es war ganz still, nur seine Atemzüge und die Pfoten des Hundes auf dem Asphalt waren zu hören.

Er genoss die Stille.

Silvio – wegen der latenten Ausländerfeindlichkeit?

Mehr Sinn ergäbe da schon Marco Campo als Mörder, er hätte sich erstens gekränkt fühlen können wegen der Verachtung, die ihm der Weidner offenbar entgegengebracht hatte.

Zweitens hätte er wegen Silke ein Mordmotiv, denn der Weidner hätte diese Liaison niemals geduldet.

Held hingegen hatte gar kein Motiv. Warum um alles in der Welt sollte er den Weidner umbringen?

Die Wahrscheinlichkeit war hoch, dass der Schlüssel zur Lösung mit der Affäre zusammenhing. Wenn Held die Affäre war? Ach.

Es half alles nichts. Es müsste noch ein anderes Motiv geben. Eines, das viel plausibler wäre. Na ja. Mal sehen, was der morgige Tag bringen würde.

Jetzt ging ihm aber erst mal die Oper auf die Nerven. Aber wenn er verhindern wollte, dass Lisa ein romantisches Date mit dem Schwaben hatte, dann musste er eben in den sauren Apfel beißen.

Die Hasen reckten ihre Nasen zum Gitter. Sie wussten, dass Fütterungszeit war, und sie mochten ihren Besitzer.

Und Silvio mochte sie. Er stellte den Schubkarren mit dem frisch geschnittenen Gras ab und öffnete die erste der zehn Boxen. Er hatte Holländer.

Er mochte sie, seine Holländer, das stimmte. Er streckte dem ersten Rammler eine Handvoll Gras hin. Sofort begann das Tier, aufgeregt daran zu knabbern. Schon hatte es einen Löwenzahn erbeutet, der nun mit rasender Geschwindigkeit in dem mümmelnden Maul verschwand.

Silvio lachte und streichelte das Kaninchen, bevor er das Gras in den Stall warf und diesen wieder verschloss.

Genauso machte er es bei seinen neun anderen Tieren. Die beiden trächtigen Häsinnen erhielten natürlich mehr.

Der selige Rudi hatte seine Tiere auch gemocht,

aber für seinen Geschmack war das einen Tick zu krankhaft gewesen. Er hatte seine ganze Aufmerksamkeit nur noch auf die Deutschen Riesenschecken gerichtet.

Seine Frau hatte da nichts zu lachen gehabt, das hatte auch Maria erzählt.

Silvio schüttelte den Kopf.

Kein guter Mensch war er gewesen, der Rudi. Auch, dass er ihn und seinen Marco nicht hatte leiden können, war nicht recht gewesen, gar nicht.

Denn der Grund dafür war nicht etwa, dass sie ihm etwas getan hätten. Nein. Der Grund war schlicht und einfach der, dass sie Ausländer waren.

Wobei man sie nach fast 40 Jahren in Deutschland wohl kaum noch als Ausländer bezeichnen konnte. Sie waren vielleicht ein bisschen exotisch wegen ihres italienischen Akzents, den sie nie ganz abgelegt hatten, sahen anders aus, weil sie schwarzes Haar hatten.

Aber sie fühlten sich hier heimisch, zu Hause, beinahe als Hohenloher. Und Marco sowieso. Marco war hier geboren und hatte sich nie als Italiener gefühlt. Der fühlte sich sogar fremd, wenn sie die Verwandtschaft in Italien besuchten.

Ganz so ging es Silvio selbst zwar nicht, Italien war und blieb seine Heimat. Trotzdem war Crailsheim auf jeden Fall Heimat Nummer zwei.

Und es war lächerlich, nur wegen der Herkunft etwas gegen einen Menschen zu haben. Denn für seine Herkunft konnte niemand etwas.

Wenn er ehrlich war, hatte er den Rudi nicht leiden können. Man sollte nicht schlecht über Tote denken, dachte er sofort und bekreuzigte sich nachlässig. Trotzdem. Es war nicht zu ändern. Den Rudi hatte er nicht gemocht.

»Simon? Siiiiiihmooohn!«, gellte es durch das alte Haus. Und dann, als keine Antwort kam: »SIIH-MON!« Simon blickte von seiner Kaffeetasse auf und seufzte. Er stand auf und lief ins Schlafzimmer, wo seine Mutter im Bett residierte. Es war ja nicht so, dass sie nicht aufstehen konnte. Sie stand schon auf, wenn sie wollte. Aber sie ging immer spätestens um sieben ins Bett, immer, sommers wie winters, und verlangte dann, dass die Rollläden heruntergelassen würden, weil es ja schließlich bald Nacht sei.

»Simon, machsch du dia Rollladen zu?«, fragte sie also aus ihrer Kissenburg. Simon wusste, dass es wenig Sinn hatte zu diskutieren, wenig bis gar keinen.

Gegen seine Mutter kam er nicht an. Seit 30 Jahren nicht. Seit 1937, um genau zu sein, kam niemand gegen sie an.

Und seit ihrem Schlaganfall war sie noch herrschsüchtiger geworden.

»Un wo gangat ihr heit Abend naa?«, fragte die Mutter nun.

»In die Oper, Mudder«, erklärte Simon zum zehnten Mal. Die Frau im Kissenberg schüttelte den Kopf.

»So ebbes braucht doch koi Mensch«, legte sie fest.

»Bring doch des Mädle mit! Mir trinkat hier an Kaffee.«

Simon schüttelte den Kopf. So einfach war es nicht.

Der Mercedes SLK fuhr vor.

Heiko fluchte. Simon hatte darauf bestanden, ihn abzuholen. Wie unmännlich! Abgeholt werden! Nun stand die silbergraue S-Klasse auf dem Parkplatz und hupte auffordernd. Heiko stieg ein. Natürlich hinten, denn vorne saßen ja Simon und Lisa.

»Noowad«, grüßte er. Simon nickte höflich und Lisa sagte: »Hallo.«

Es war klar, dass er und Simon heute Konkurrenten waren. Sie beide hatten ein Ziel. Und dieses Ziel hieß Lisa. Lisa! Sie wurde heute von einem Hauch erlesenen Parfums umweht und die Haare hatte sie hochgesteckt, sodass der Blick frei wurde auf ihren entzückenden Nacken. An ihren Ohren baumelten lange, dunkelgrüne Ohrringe. Ihr Make-up konnte er nicht erkennen, da sie sich in ihrer Haltung nicht richtig umdrehen konnte. Auch ihr Kleid konnte er nicht sehen, weil sie einen eleganten Mantel trug.

»Ich freu mich scho ganz arg auf die Vorställung«, sagte Simon und schmachtete Lisa an.

»Wird bestimmt gut«, schaltete sich Heiko von der Rückbank ein. »Wie heißt die Oper noch mal?«

»Das Schweigen der Sirenen«, informierte Lisa und reichte Heiko ein Programmheft, das Simon offenbar bereits besorgt hatte.

Missmutig nahm Heiko das Ding und blätterte lustlos darin herum. Der Schwabe bog nun auf die Autobahn ein und gab mit den paar PS an, die sein protziger Wagen unter der Haube hatte.

Heiko verzichtete darauf zu erwähnen, dass sein M3 über stolze 321 PS verfügte.

Schlecht gelaunt hörte er zu, wie Simon und Lisa sich glänzend unterhielten. Für ihn war es schwierig, sich in das Gespräch einzuklinken, erstens thematisch, weil Simon ausschließlich über verschiedene Opern redete, und zweitens, weil er auf der Rückbank eine denkbar ungeeignete Ausgangsposition hatte.

Nach einer guten Stunde Fahrt waren sie da.

Die Stuttgarter Oper war von außen im weitesten Sinne klassizistisch zu nennen.

An der Garderobe gaben sie ihre Mäntel ab.

Simon trug einen hellen Anzug mit grauer Krawatte, Heiko einen schwarzen mit dunkelroter Krawatte, und Lisa trug ein dunkelgrünes Kleid, das vorne kurz über dem Knie endete, hinten jedoch fast bis zum Boden fiel.

Ferner hatte es einen bemerkenswerten Ausschnitt, der es den beiden Männern sehr erschwerte, ihrer Begleiterin ins Gesicht zu schauen und nicht sonst wohin. Lisas Dekolleté wurde nämlich zudem noch von einer Kette mit grünen Steinen verziert, die zu den Ohrringen passte.

In der Hand hielt sie eine dieser komischen Handtaschen ohne Henkel. Heiko hatte ja nie verstanden, warum Frauen sich diese Dinger antaten – die waren ja so was von unpraktisch! Überhaupt war er froh, dass er alles, aber auch alles, was er den Tag über brauchte, in den Taschen seiner Jeans verstauen konnte. Jetzt hatte er sich den Geldbeutel in die Gesäßtasche gezwängt, das Handy steckte im Sakko.

»Du siehscht ganz bezaubärnt aus«, sagte Simon, und Lisa lächelte.

»Hm«, brummte Heiko.

»Danke«, hauchte Lisa und strich sich verlegen eine Haarsträhne, die sich aus ihrer Hochsteckfrisur gelöst hatte, aus dem Gesicht.

Sie hatten Plätze in der dritten Reihe. Gute, teure Plätze, wie Simon betonte. Lisa sei eingeladen.

Heiko bezahlte daraufhin seine Karte sofort und auf der Stelle. 83,50 Euro. Diese Oper musste verdammt gut sein, wenn sich das rentieren sollte.

Sie nahmen Platz und Heiko sah das tiefer gelegene Orchester. Alle wirkten hochkonzentriert, die Musiker mit den Streichinstrumenten entlockten ihren Instrumenten schauerliche Laute und drehten dabei an irgendwelchen Rädchen herum.

Das Publikum tuschelte erwartungsvoll und schließlich, endlich, hob sich der schwere, rotsamtene Vorhang.

Sofort setzte Simon eine gebildet-kultivierte Miene auf.

Heiko lehnte sich erst mal zurück und ließ die Szenerie auf sich wirken.

Die Bühne war dunkel. Nun erschienen schwarz gekleidete Gestalten, die Halogenlampen in den Händen trugen und in gebückter Haltung über die Bühne schlichen.

Heiko fragte sich, ob die etwas verloren hätten. Aber da die Musik bereits eingesetzt hatte – ein düsteres Geschrammel der Streicher –, musste er annehmen, dass das da zur Oper gehörte.

Er hatte sich eigentlich bunt gekleidete Menschen mit schrillen Stimmen vorgestellt.

Nun war er doch einigermaßen schockiert.

Endlich, nachdem die Männer gut eine Viertelstunde die Bühne abgesucht hatten, erschien eine dürre Blondine im Nachthemd und sang herzzerreißend. Es hörte sich seltsam falsch an, als würde sie die Töne nicht treffen.

Dann, plötzlich, gesellte sich ein Kerl im schwarzen Anzug zu ihr und brummte irgendwas im Bass, woraufhin sie spitze Schreie ausstieß, die Heiko verdammt an das Meerschweinchen erinnerten, das die Nachbarstochter früher besessen hatte.

Das da war alles andere als erträglich.

Es war furchtbar, Folter, eine Beleidigung für die Ohren.

Da lobte er sich doch die 90er. Guns'n'Roses. Bon Jovi. Metallica. Sogar die New Kids on the Block waren noch besser als das da.

Verstohlen linste er zu Lisa, die mit undeutbarer Miene neben ihm saß. Ihre Ohrringe bewegten sich leicht in einem nicht spürbaren Luftzug.

Simon hielt die Augen geschlossen und lauschte scheinbar ergriffen.

Heiko schüttelte verständnislos den Kopf. Er überlegte, ob es wohl sehr auffallen würde, wenn er sich die Ohren zuhielte.

Der Mann im Anzug brüllte nun wie ein hungriger Bär. Also, wenn diese Oper ein Bild wäre, wäre sie eindeutig in die Kategorie ›Das brennt nicht mal mehr‹ einzuordnen. Oder es müsste eine eigene Kategorie erfunden werden.

In der Pause, die Heiko inständig herbeigesehnt hatte, lobte Simon die ›Kafkaeschken Kombonänten‹ des Werkes.

Lisa bemerkte höflich, das Ganze sei schon etwas Besonderes, während sie sich an ihrem Glas Sekt festklammerte.

Nur Heiko brummte wenig zustimmend. »Findescht du das nicht auch, Heiko?«, fragte Simon.

Heiko schüttelte den Kopf. »Nein, das finde ich nicht. Ich finde, dass das Ganze hier eine absolute Zumutung ist. Grauenhaft. Furchtbar. So was könnte man als Foltermethode einsetzen, aber locker!«

Eine ältere Dame, die in einem für ihr Alter viel zu hellroten Kleid an der Bar neben ihm stand, schüttelte missbilligend den Kopf und rückte demonstrativ von ihm weg. Der Kerl neben ihr, der einen Smoking mit einer zu ihrem Kleid passenden Fliege hatte anziehen müssen, verkniff sich jedoch eindeutig ein Grinsen.

»Also die Hohenlohär sind halt einfach für so was nicht gemacht!«, meinte Simon nun ein bisschen beleidigt.

»Da hast du recht, Simon. Um das gut zu finden, muss man wirklich ein Schwabe sein!«

Im zweiten Akt war die Bühne zweigeteilt. Auf der rechten Seite standen nun drei Opernsängerinnen in weißen Nachthemden, der Kerl von vorhin stand auf der linken Seite. Dazwischen befand sich eine raumfüllende Wand mit drei Gucklöchern, durch die die Damen unter hysterischen Zuckungen linsten.

Das Beeindruckendste aber war das Nashorn. Es schien echt zu sein. Ein ausgestopftes Nashorn, das an der Decke aufgehängt war.

Heiko konnte es kaum glauben. So ein Teil musste wahnsinnig teuer sein. Oder war es doch aus Kunststoff? Wenn es Plastik war, dann war es eine wirklich gute Nachbildung.

Heiko beschloss, sich den Rest des Abends vollends auf das Nashorn zu konzentrieren und das spitze Schreien der ›Sängerinnen‹ auszublenden.

Nach einer endlos erscheinenden weiteren Stunde hatte das Drama schließlich ein Ende. Erleichtert erhob sich Heiko und spendete verhalten Applaus. Insgeheim dachte er, dass für diese Darbietung die Prügelstrafe angemessener gewesen wäre. Wobei die Sänger selbst wahrscheinlich nichts dafür konnten, sondern wohl eher der sogenannte Komponist.

Seinem Hund würde er mehr melodische Kompetenz zutrauen – wenn der jaulte oder bellte, hörte es sich jedenfalls um Klassen besser an.

Auf der Rückfahrt wurde Simon nicht müde, das »atonale Maischderwerk« zu loben, über Kafka zu referieren und diesen »erfrischändän Ansatz« zu betonen.

Lisa drehte sich nach einer Weile zu Heiko um und fragte: »Und, wie hat es dir gefallen?«

Heiko sagte nur: »Hm.«

Erna Weidner konnte nicht schlafen. Sie wälzte sich ruhelos auf einem zerwühlten Laken hin und her, wie auch schon die vorigen Nächte.

Ihr Bett war leer, zu leer. Sie hätte nicht gedacht, dass sie ihren Mann vermissen würde.

Schon oft hatte sie mit dem Gedanken gespielt, ihn zu verlassen. Hundertmal. Aber jetzt, wo er weg war, war es doch komisch. Er war eben weg. Ganz weg. Und er würde auch nicht mehr wiederkommen. Nie mehr.

Im Lauf vieler Jahre hatte sie sich eine dicke Haut zugelegt. Anders hätte sie diese Ehe auch nicht ertragen.

Dabei waren sie nicht schlecht miteinander ausgekommen, der Rudi und sie.

Zuerst war es richtig schön gewesen und geheiratet hatten sie tatsächlich aus Liebe.

Nun gut, die Auswahl war nicht gerade phänomenal gewesen damals. Sie hatte den Rudi auf dem

Tanzabend getroffen. In den 60er-Jahren waren solche Abende organisiert worden, um heiratswillige Bauern und potenzielle Bäuerinnen zusammenzubringen.

Sie wusste noch genau, wie er sie zum ersten Mal aufgefordert hatte.

An diesem Abend hatte der Fritz verschlafen und hatte sie versetzt. Und dann hatte der Rudi sie aufgefordert. Zu irgendeinem Lied von Gitte Haenning war es gewesen, welches, das wusste sie nicht mehr.

Vielleicht ›Ich will 'nen Cowboy als Mann‹. Er war nie besonders hübsch gewesen, der Rudi. Aber lieb war er, lieb und lustig. Und auch nicht dumm. Niemals hätte sie damals geglaubt, dass aus dem Rudi einmal das werden würde, was er im Lauf ihrer Ehe geworden war.

Dabei hatte es keinen bestimmten Auslöser gegeben. Es war einfach mit den Jahren immer schlechter geworden. Rudi war immer öfter saufen gegangen, zum Silvio.

Erst einmal die Woche, dann zweimal, dann jeden zweiten Abend, am Schluss war er jeden Abend in der verhassten Dorfkneipe gehockt.

Erna hatte zuerst noch gekämpft, versucht, ihn vom Alkohol wegzubringen. Aber nichts hatte geholfen.

Als dann die Kinder in die Pubertät gekommen waren, hatten die Streitereien angefangen. Rudi erwartete absoluten Gehorsam von seinen Kindern – was zumindest Karl ansatzweise befolgte. Aber auch nur, weil dessen Gehirn zum Selberdenken nicht immer ausreichte.

Max und Silke hingegen hatten schon mit 14, 15 begonnen, sich nicht mehr groß um seine Anweisungen zu scheren.

Das hatte ihn getroffen. Er war geradezu beleidigt gewesen und hatte dichtgemacht.

Und seine Reaktion, als Silke ihre Schwangerschaft gebeichtet hatte, war nicht okay gewesen. Er hätte verständnisvoller reagieren müssen.

Und sie, Erna, verstand nur zu gut, dass Silke den Vater verschwieg – wenn es der war, von dem sie es glaubte.

Und dann die Hasen. Zuerst war es ja nur ein Hobby gewesen. Sie hatte ihren Rudi zeitweise sogar ›Mei glooner Riesascheck‹ genannt. Ein schönes Hobby, durchaus ein gemeinsames Hobby.

Aber dann hatte Rudi sich von den anderen anstecken lassen und sein Ehrgeiz war immer verbissener geworden. Geradezu krankhaft. Und schließlich hätte man meinen können, die Hasen würden ihm mehr als seine Familie bedeuten. Vielleicht war es auch so gewesen.

Erna fröstelte und zog die Bettdecke enger um sich. Tränen hatte sie keine übrig für ihren Mann. Aber Bedauern. Bedauern, dass alles so und nicht anders gelaufen war.

Trotzdem wünschte sie sich von Herzen, der morgige Tag wäre schon vorbei.

MITTWOCH, 22. APRIL

Die Glocken der Veitskirche läuteten. Heiko ließ seinen Blick über die Trauergemeinde schweifen. Das ganze Dorf war gekommen, wie das bei Beerdigungen so üblich war.

Alle in Schwarz oder dunklem Blau oder Grau.

Die Familie saß an der kleinen offenen Kapelle in der einzigen Stuhlreihe, der Rest der Trauergäste stand.

Frau Weidner saß auf einem Stuhl in der Mitte und wirkte dem Anlass entsprechend ernst, aber keineswegs verzweifelt. Links von ihr saß Silke, auf ihrem Schoß hockte ein sehr stiller Leon, dessen hellroter Pullover den einzigen Farbtupfer in diesem Arrangement bildete.

Neben Silke saß ein junger Mann, der überaus gutaussehend war und in einem perfekt passenden schwarzen Anzug steckte. Das musste Maximilian Weidner sein.

Noch daneben ein blondes Püppchen, das mit seinem blauen Nadelstreifenkostüm und seinem weißen, hochgeschlossenen Blüschen einer amerikanischen Anwaltsserie entsprungen zu sein schien. Wohl seine Freundin.

Rechts neben der Mutter saß Karl und hatte Mühe, die Tränen zurückzuhalten, im Gegensatz zu seinen Geschwistern, die das Ganze eher mit Fassung trugen.

Sein Anzug, der aussah, als hätte er ihn seit der Konfirmation nicht mehr angehabt, tat ein Übriges, um den jämmerlichen Eindruck zu verstärken.

Der große Sarg, vor der Familie aufgebaut, war aus schwerem Eichenholz. Er war mit roten Rosen und Schleierkraut geschmückt.

Pflichtschuldig schniefte Frau Weidner, als der Pfarrer auftrat und der Chor ›Näher, mein Gott, zu Dir‹ sang.

Der Pfarrer hielt eine für alle sehr ergreifende Predigt, während derer Heiko und Lisa ihre Blicke über die große Trauergemeinde schweifen ließen.

»Da ist ja wirklich das ganze Dorf gekommen«, wisperte Lisa und Heiko brummte zustimmend.

Direkt hinter der Familie standen die Stammtischbrüder, Maler und Campo mit ihren Familien, Marco wie zufällig direkt hinter Silke, daneben Herbert Winterbach und der Oberstudienrat, der ebenfalls alleine dastand.

»Haben die eigentlich keine Kinder, der Held und seine Frau?«, fragte Lisa, während der Pfarrer vom ›Ewigen Leben‹ predigte.

Heiko zuckte die Achseln. Anscheinend nicht.

In Frau Weidners Nähe befand sich auch Lina Schumacher, die in ihrem schwarzen Wollkostüm sehr feierlich wirkte.

»Und nun wird noch Friedrich Maler, der Vorsitzende des Kleintierzuchtvereins, Abteilung Tiefenbach, einige Worte sprechen«, ließ der Pfarrer verlauten.

Der Chor sang wieder, während Maler ans Lesepult trat. Der sonst eher zurückhaltende Mann hielt eine tränenreiche Rede über den lieben Rudolf, seine Qualitäten als Mensch und Hasenzüchter und darüber, wie sehr ihn alle vermissen würden.

Na, das stimmt so nicht ganz, dachte Heiko. Seine Familie scheint ihn nicht wirklich zu vermissen, außer vielleicht Karl.

Silvio Campo und Wilhelm Held sahen auch nicht gerade zu Tränen gerührt aus, anders dagegen Herbert Winterbach.

Schließlich läuteten erneut die Glocken, diesmal die der kleinen Friedhofskapelle und die Sargträger nahmen den Sarg auf. Still schritt der Zug der Trauernden hinter den Trägern her, zu einem Grab im hinteren Teil des Friedhofs.

Der Chor sang, während der Sarg hinabgelassen wurde.

Dann erhob wieder der Pfarrer seine Stimme und forderte die Trauergemeinde zum Beten des Vater Unser auf. Machtvoll erfüllte das Gebet den Friedhof und die Stimmung war sehr feierlich.

Anschließend fuhr der Pfarrer fort: »Rudolf Weidner, wir übergeben dich nun der Erde, von der du genommen bist.« Er nahm die bereit liegende Schaufel und ließ Erde auf den Sarg prasseln, während er sprach: »Asche zu Asche, Erde zu Erde, Staub zu Staub. Der Herr hat's gegeben, der Herr hat's genommen, der Name des Herrn sei gelobt!«

Die Gemeinde murmelte ein Amen und nach kurzem Verharren kondolierte der Pfarrer der Familie unter den Gesängen des Chores, die nun voller Inbrunst einsetzten, und blieb etwas entfernt stehen.

Dann trat Erna Weidner zusammen mit ihren Kindern zum Grab. Sie blickten kurz auf den blumengeschmückten Sarg, warfen dann eine Rose aus dem bereitgestellten Körbchen hinunter und traten beiseite.

Nacheinander defilierten nun auch die Trauergäste am Grab vorbei, warfen eine Handvoll Erde oder ein Sträußchen hinein und sprachen anschließend der Familie ihr Beileid aus. Es dauerte über eine halbe Stunde, bis alle durch waren.

Schließlich standen nur noch Weidners an der offenen Grube. Silke, die den mittlerweile leise weinenden Leon immer noch im Arm hielt, kam nun auf die beiden Kommissare zu. »Ach, ihr seid auch da. Kommt doch noch zum Leichenschmaus ins Oberlinhaus, ihr habt bestimmt Hunger!«

Die beiden nahmen die Einladung gerne an. Prima Gelegenheit, um einige Leute noch mal etwas genauer unter die Lupe zu nehmen.

Die Tische im Oberlinhaus waren mit gelben Rosengestecken dekoriert, passend dazu die Servietten und die Tischdecken.

Als Lisa und Heiko eintrafen, war es bereits sehr voll. Auch hier blieb die Dorfgemeinschaft stets getreulich zusammen und der Verstorbene wurde laut gelobt und flüsternd beschimpft. Lisa und Heiko gingen erst zu Frau Weidner, die ihnen zunickte und ihnen zeigte, wo sie sich hinsetzen könnten.

Es war der Tisch des Kleintierzuchtvereins, auf dem ein silberner Pokal in Form eines Hasen stand. Auf der Plakette war ›Rudolf Weidner, Ehrenmitglied des Kleintierzuchtvereins Crailsheim‹ eingraviert.

»S'Gott«, grüßte Heiko und die Leute murmelten einen Gruß zurück.

»Ich kann's immer noch nicht glauben«, sagte Herbert Winterbach und nippte an seinem Bier. Er und Held waren ganz offensichtlich ohne Begleitung gekommen, neben Maler hockte eine blasse, dickliche, in die Jahre gekommene Blondine und neben Silvio saß Maria. Außerdem war da noch Marco, am äußersten Tischende, der mit seiner schwarzen Lederjacke irgendwie deplatziert wirkte. Alle anderen Männer trugen dunkle Anzüge, die Frauen Kostüme oder Röcke.

»Habt ihr schon einen Mörder?«, fragte Herbert weiter.

»Wir sind dran«, gab Heiko Auskunft und bestellte bei der Bedienung, die ihn strahlend anlächelte, einen Kaffee. Er lächelte hingebungsvoll zurück und versuchte, aus den Augenwinkeln Lisas Reaktion zu erkennen. Es gab keine. Enttäuscht wandte er sich wieder Herbert Winterbach zu.

»Habt ihr denn wenigstens schon einen Verdächtigen?«, schaltete sich nun die Blondine ein, offenbar Frau Maler.

»Nicht direkt«, gab Heiko zu, »aber es gibt ein paar Spuren.«

Frau Maler stieß ihren Mann an. »Spannend, gell? Vielleicht war's einer von uns!«

»Vielleicht«, sagte Lisa lächelnd.

Frau Maler erblasste. »Das war ein Witz! Oder glauben Sie etwa?« Sie schluckte und legte die Hand auf den Arm ihres Mannes.

Wenn Lisa das täte, das würde mir gefallen, dachte Heiko. Lisa sah heute besonders gut aus, die Haare hatte sie zu einem Pferdeschwanz gebunden und mit Klammern nach hinten gesteckt. »Nun, also, wenn ihr uns so fragt ... wir bräuchten da etwas Unterstützung.«

Heiko zog ein Notizblöckchen und einen Kugelschreiber aus der Tasche und legte beides auf den Tisch.

»Ich würde nun die Herren Maler, Held und Campo bitten, etwas zu schreiben! Natürlich nur, wenn Sie nichts dagegen haben.«

Maria Campos Augen wurden schmal. »Wofür brauchen Sie das?«, fragte sie.

Heiko faltete die Hände. »Sie helfen damit der Polizei. Wenn Sie nichts zu verbergen haben, gibt es auch keinen Grund, sich zu weigern.«

Lisa bemerkte, dass es an den Nachbartischen ruhiger geworden war und dass einige der Trauergäste das Gespräch unauffällig belauschten.

»Bitte!«, sagte Maler und schnappte sich den Kuli. »Was soll ich schreiben?«

»Schreiben Sie: Liebe und schöne Henriette, ich treffe dich an der Erle.«

Maler lachte laut und etwas nervös.

»Was? Ist das Ihr Ernst?«

Heiko bestätigte: »Hm.« Er hatte eine Weile gebraucht, um einen Satz zu formulieren, der möglichst viele Wörter und Buchstaben aus dem Brief in unverfänglichem Zusammenhang enthalten sollte.

»Das ist aber ein ziemlicher Stuss!«, beschwerte sich Maler und schrieb zähneknirschend. Heiko schob den Block in die Tischmitte. »Wenn Sie dann bitte auch ...«

Nun war es an den Nachbartischen ganz still geworden. Alle hörten zu und schielten herüber, wirklich alle.

Und so blieb Held und Campo praktisch nichts anderes mehr übrig, als ebenfalls den Satz auf den Notizblock zu schreiben.

Heiko beobachtete die drei Männer genau. Er hatte aber nicht den Eindruck, dass einer von ihnen irgendwie zögerlich schrieb oder seine Schrift zu verstellen versuchte.

Der Kommissar betrachtete das Geschriebene und steckte den Notizblock dann weg. »Danke, meine Herren.«

»Und was sollte das jetzt?«, wollte Hedwig Maler wissen und wirkte irgendwie schockiert.

»Wir werden euch das Ergebnis mitteilen, wenn es für euch relevant sein sollte.«

Marco stand auf und ging hinaus.

»Wo geht der denn jetzt hin?«, fragte Maler.
»Er raucht eine«, erklärte Silvio.
»Gute Idee«, befand Heiko und folgte ihm.

Der Tag war deutlich wärmer als alle bisherigen und der Frühling hatte vollends gesiegt. Heiko stellte sich neben Marco und zündete sich ebenfalls eine Kippe an. Sie rauchten schweigend. Nach gut einer Minute fragte Heiko in sehr förmlichem Hochdeutsch: »Darf ich Sie fragen, wie Ihr Verhältnis zum alten Weidner war?«

Marco sah ihn irritiert an und sagte dann: »Mit mir kenna Se normal schwätza!«

Heiko grinste. Also gut. Normal. »Und?«

Ein weiterer tiefer Zug verschwand in Marcos Lunge. »Ha, wie soll's scho gwesa sei. War halt a sturer alter Sack, der Weidner. Aber ii hob en ja aa net sou guat kennt!«

Heiko nahm einen Lungenzug und gab ein zweifelndes »Hm« von sich. »Ii hätt jetz denkt, dass ihr eich aweng besser kennt hebt! Wor ja praktisch Ihr Schwiegervatter, odder?«

Marco hätte vor Schreck fast die Kippe fallen gelassen. »Aber woher?«, fragte er entgeistert. Heiko zog die Augenbrauen hoch. »Aa d'Bulla geha ab und zu mol in da Epfel!«

Marco stierte missmutig den Boden an. »Des ist abber was Ernschtes, mit der Silke und mir. Net, dass ihr moont!«

Heikos Kippe glühte rot auf.

»Des glaawi scho«, beruhigte er. »Aber das wirft aweng a anders Licht uff die ganze Sach – und uff Ihr Beziehung zum Weidner!«

Marco seufzte. »Oomol hat d'Silke ihn gfroocht, wie er's fänd, wenn ii mit era zsamma wär. No hat er se stundalang oubläägt und no gschriea, sie bräucht gor nimme hamm kumma un er hätt no koo Dochder mehr un sou an Scheiß!«

Heiko schnaubte verständnisvoll.

»Mir wär des ja egal gwee«, sagte er. »Ii wär aa mit era zsammazoucha. Awwer im Moment …«

Er hob die Schultern und seufzte.

»Und no kummt eich jetz die ganze Gschicht doch grood reechd, odder?«, stellte Heiko fest. »Ii hobb en net umbroochd. Und die Silke hat en gliebt, trotz allem. Obwohl er se behandelt hat wia da letschda Dreeg, un obwohl er sou a Arschloch wor«, verteidigte sich Marco.

»Wo woora Sie denn am Mändich nachts um oons?«, fragte Heiko.

Marco überlegte. »Beim Blumi wor ii. Im Peanuts. Mit dr Silke.«

Drinnen waren inzwischen die Würstchen mit Kartoffelsalat serviert worden und die Leute schlangen die Hausmannskost eifrig in sich hinein.

Da alle mit Essen beschäftigt waren, war es verhältnismäßig leise. Nur Leon rannte quietschend quer durch den Raum, um gleich darauf von seiner Mutter eingefangen zu werden.

Heiko widmete sich nun ebenfalls der lecker und knusprig aussehenden Bratwurst. Und spürte zum ersten Mal an diesem Tag, wie hungrig er eigentlich war.

Lisa legte ihm stumm eine Hälfte ihrer Wurst auf den Teller. Zu viel für sie. Typisch Frau.

»Und des is jetz also der Maximilian Weidner?«, fragte Heiko in die Runde und wies mit dem Kopf auf den jungen Mann am Tisch der Weidners, den er noch nicht kannte.

Alle kauten.

Dann schluckte Frau Maler geräuschvoll und kommentierte: »Des is ja a Wunder, dass der sich blicka lässt. Dr Alt hatem alles zoohlt, awwer der hat net viel von em wissa wella.«

Heikos Rechnung war aufgegangen. Es ließ sich viel herausfinden, wenn man die Leute zum Tratschen animierte.

»Und die Fraa newwam?«, schob er nach.

»Des is sei Tussi«, gab Frau Maler flüsternd Auskunft. »A schwäbische Induschdrielladochder. A reechde Schnalla is die. Verheiert sins awwer net!«

»Aber verlobt«, schaltete sich nun Marco ein, der inzwischen wieder an seinem Platz saß. »Mit dem Max hab' ich mich immer gut verstanden, anders wie mit dem Karl!«

Heiko hatte seine Bratwurst vertilgt und wandte sich nun Lisas Restwurst zu.

Karl Weidner wäre auch nicht gerade seine erste Wahl für einen Kumpel.

»Der is scho reechd«, fügte Marco hinzu.

»Die waren schon als Kinder in der Grundschule befreundet«, erklärte nun Silvio.

Lisa hatte den Kartoffelsalat kaum berührt, und als Heiko ihn mit hungrigen Blicken taxierte, schob sie ihm wortlos, aber lächelnd, ihren Teller hin.

»Guader Eebirasalood, gell?«, sagte nun Held.

Lisa runzelte die Stirn.

Heiko grinste. »Eebirasalood«, wiederholte er genüsslich. »Das heißt Kartoffelsalat. Die Erdbirne.«

»Ah ja.«

Nach dem Kaffee standen die Ermittler auf und setzten sich zu Maximilian Weidner und seiner Verlobten, die sich als Charlotte Scheuerle vorstellte. Eine ausnehmend hübsche Person, wie Heiko fand, blond gelockt und puppengesichtig. Einen Tick zu puppig für seinen Geschmack, aber er beschloss, sie trotzdem anzuhimmeln.

»Schon schlimm, wenn der Vadder stirbt«, begann er.

»Wissen Sie, wir hatten ja kaum Kontakt!«, sagte Maximilian in perfektem Hochdeutsch. Sogar mit stimmhaftem S. »Stuttgart ist doch nicht aus der Welt«, schaltete sich nun Lisa ein, überglücklich, auch mal wieder was zu verstehen.

»Das stimmt schon«, gab Charlotte zu, ebenfalls auf Hochdeutsch, jedoch mit deutlichem schwäbischen Einschlag. »Aber der Maximilian meint immer, in der Stadt könnt' man halt viel mehr machen. Ich find's auf'm Land ja nett!«

Sie lächelte huldvoll wie eine Gräfin, die sich gnädigerweise zu ihren Untertanen herablässt.

»Das Studium ist sehr anstrengend«, beeilte sich Max zu versichern. »Da bleibt wenig Zeit.«

»Aber Ihr Vater hat Sie doch finanziell unterstützt, oder?«, fragte Lisa weiter.

Max nickte. »Und dafür bin ich ihm auch dankbar.«

»Aber sonst haben Sie mit Ihrer Familie nichts mehr zu tun«, stellte Heiko fest.

Der Student faltete die Hände. »Andere Welt«, meinte er, »anderer Planet.«

»Und jetzt?«, forschte Lisa weiter.

Charlotte erzählte: »Max arbeitet nebenher bei meinem Vater in der Firma. Da kriegt er später auch mal eine Stelle. Wir haben eine Möbelfabrik, wissen Sie!«

»Und erben Sie jetzt auch was?«, wollte Heiko wissen.

»Jeder von uns kriegt 10.000 Euro«, antwortete Max. Den Hof und auch etwas Geld kriegt die Mutter und Herbert kriegt 20.000«, informierte er.

»Ärgert Sie das?«, fragte Lisa.

Max zog die Augenbrauen, die wie gezupft aussahen, hoch. »Dann hätt' ich eher den Herbert umgebracht. Und die Mutter und den Vater. Oder?«

»Die DNA-Probe von Ihnen haben wir ja.«

»Ja, aber der Polizist hat gemeint, es gehe darum,

wer die Axt angefasst habe. Und eins kann ich Ihnen sagen: Ich hatte das Ding noch nie in der Hand.«

Er lächelte gewinnend und Charlotte ließ ein Lachen erklingen, das zu einer Puppe bestens gepasst hätte.

»Und? Was denkst du?«, wollte Lisa wissen, als sie wieder im Auto saßen.

»Ich denke, wir sollten heut Abend ins Peanuts«, schlug Heiko vor. »Dann können wir auch gleich das Alibi von Silke und Marco überprüfen. Hast du Lust?«

Lisa nickte: »Okay.«

»Du hast hoffentlich nichts dagegen, wenn ich meine Mitbewohnerin mitbringe?«, fragte er weiter.

Lisa zog die Augenbrauen zusammen und fand das etwas seltsam. Aber warum nicht.

Sie zuckte die Achseln.

»Also gut, wir holen dich um acht ab!«

Lisa stand vor dem Spiegel in ihrem Bad. Konzentriert trug sie Mascara auf ihre hellen Wimpern auf. Sie kam so selten raus aus diesem Kaff.

Hinter ihr streunte Garfield durch den Flur, in Richtung Küche, zur Futterschüssel. Der rotgelb getigerte Kater war ihr Freund. Ihr einziger Freund, um genau zu sein, zumindest hier in Hohenlohe.

Hohenlohe – das hatte sich sehr poetisch angehört in der Stellenausschreibung. Wenn sie geahnt hätte, worauf sie sich einließ!

Sie erinnerte sich noch gut an den Schockzustand der ersten paar Tage. Die Leute hier redeten ein komisches Kauderwelsch, das mit Deutsch nicht mehr viel gemeinsam hatte.

Sie waren teils verschroben, teils abweisend. Und es war schwierig, mit ihnen warm zu werden, weil sie Fremden gegenüber misstrauisch waren, zumindest erst einmal.

In den Dörfern gab es dampfende Misthaufen und Schweineställe.

Kein Theater, geschweige denn eine Oper. Und das Hohenloher Tagblatt informierte über die Nichtigkeiten, die hier passierten.

›Mord an Kleintierzüchter‹ war wohl die aufregendste Schlagzeile in der Geschichte des HTs gewesen.

Langweilig.

Aber so langsam gewann sie den Eindruck, dass man ein bisschen Insiderwissen brauchte, um sich hier zu amüsieren.

Jedoch konnte sie sich ja nicht einfach ins Café setzen und darauf warten, dass sich jemand mit ihr anfreundete, gnädigerweise sozusagen.

Und zum Chatten war sie zu stolz, oder vielmehr, sie traute sich nicht so recht. Denn wer weiß. Schwierig war die Sache mit den Freunden, schwierig.

Zu Hause in Wesel war das anders gewesen, da hatte sie viele Freunde gehabt, und sie hatte sie noch.

Nur, dass einem Freunde, die 500 Kilometer entfernt wohnten, in der Praxis wenig halfen.

»Friss nicht so viel, Garfield, du bist fett genug!«,

wies sie die Katze zurecht, als aus der Küche die üblichen Schmatzgeräusche drangen.

Sie öffnete ihre Schminkschublade und suchte einen Lippenstift aus. Einen unauffälligen.

Zeit, sich hier Freunde zu suchen, sonst würde sie eines Tages wohl noch vor Langeweile eingehen.

Heiko war nett. Und wer weiß. Zuerst hatte sie gedacht, alle Hohenloher seien verzogene, ungebildete Bauernlümmel, und sich geschworen, sich ja niemals mit einem von ihnen einzulassen, eher noch lesbisch zu werden oder sich weiterhin von Garfield die Füße lecken zu lassen.

Nun aber hatte sie die Menschen hier auch schätzen gelernt – die meinten, was sie sagten. Sie waren verlässlich und ehrlich. Und das war viel wert.

Und auch bei einem Mann grundsätzlich keine schlechten Eigenschaften. Und Heiko gefiel ihr. Er war auch clever und durchaus gebildet. Gut, über Opern konnte man sich nicht wirklich mit ihm unterhalten, und für moderne Kunst und Kafka konnte man ihn auch nicht begeistern. Aber das war ja auch nicht unbedingt ausschlaggebend.

Und er hatte seine Spezialgebiete, durchaus. Er interessierte sich. Das Problem war, dass sie noch an ihrer letzten Beziehung zu knabbern hatte, und zwar gewaltig. Sie hatte viele Beziehungen gehabt, normale, exotische, One-Night-Stands.

Aber bei Stefan hatte sie gedacht, es sei was Ernstes. So mit Heiraten und Familie und so. Sie waren sogar schon verlobt gewesen. Drei Jahre lang.

Und dann hatte er sie wegen dieser Schlampe verlassen. Svetlana, eine bildschöne Russin.

Das Peinlichste aber waren die mitleidigen Blicke ihrer Verwandten und Bekannten gewesen. Ach, du Arme, du wurdest verlassen, komm, wir nehmen dich mit ins Kino, geh mit uns Pizza essen, wir bringen dich schon auf andere Gedanken. Du armes Kind.

Irgendwann war ihr das dermaßen auf die Nerven gegangen, dass sie es nicht mehr ausgehalten hatte.

Und beschlossen hatte, ganz neu anzufangen. Auch, wenn Stefan noch in ihren Träumen herumgeisterte: Sie hatte eine solche Wut auf ihn, dass sie ihn nie wiedersehen wollte.

Sie hatte die Handynummer gewechselt und auf seine E-Mails nicht reagiert.

Mit heimlicher Freude stellte sie fest, dass seine Beziehung mit Svetlana wohl auch nicht das war, was er sich erhofft hatte.

Und es bereitete ihr ein Gefühl des Triumphes, dass er nicht wusste, wo sie war.

Nein, wirklich, auf den hatte sie keinen Bock mehr.

Aber für etwas Neues war sie noch nicht bereit.

Nun gut, Heiko sah gut aus und war lieb. Ein bisschen zu sehr Macho vielleicht.

Und anscheinend wohnte er nicht alleine – er schien eine Mitbewohnerin zu haben.

Das wunderte Lisa wiederum, während sie Lippenstift auftrug.

Von der hatte er bisher gar nichts erzählt. War sie wohl eine platonische Mitbewohnerin, oder war es doch seine Freundin?

Männer hatten zwei Gründe, ihre Freundinnen zu verschweigen. Entweder fanden sie ihre Beziehungen zu privat, um darüber zu reden. Oder sie erzählten nicht von ihr, weil sie von einer anderen etwas wollten. Na ja. Sie würde sehen.

Herbert Winterbach füllte Korn in die Schüssel und Löwenzahn in die Raufe.

Sein Rammler machte sich sofort darüber her. Es waren hübsche Großsilber, die er hatte, und das erste Pärchen hatte ihm der Rudi gekauft.

Verdammt, der Rudi.

Er sah zu, wie die Ohren seines Lieblingsrammlers wackelten, während er kaute. Gedankenverloren streichelte er das Tier, das sich unter seiner Berührung wohlig duckte.

»Du bist ein Guter, gell«, murmelte er, und dann kamen ihm die Tränen.

Der Rudolf war auch ein Guter gewesen. Der Einzige, der an ihn geglaubt hatte. Der Einzige, der ihn ernst genommen hatte.

Sogar seine eigene Tochter hätte der Rudi ihm gegeben, nur, dass diese Schlampe nicht wollte. Richtig rumgehurt hatte sie, nachdem sie ihn verlassen hatte. Die Schlampe. Der Rudi hatte versucht, sie zur Vernunft zu bringen. Er selbst hatte es versucht, erst im Guten, dann war er rabiat geworden.

Geschlagen hatte er sie später aber nicht mehr und es tat ihm ja auch leid. Aber sie hatte ihn provoziert, sie war selbst schuld.

Der Rudi hatte das verstanden, damals, als sie heulend zu ihm gerannt war. Wirst's schon verdient haben, hat er gesagt und dann nicht mehr weiters darüber geredet.

Und es war nur zwei Mal passiert, zwei Mal. So tragisch war das jetzt auch wieder nicht. Kein Grund jedenfalls, Schluss zu machen.

Und der Rudi war immer nett zu ihm gewesen. Und er wäre gerne familiär mit ihm verbandelt gewesen, sehr gerne, dann hätte er den Rudi ganz offiziell Papa nennen können.

Seinen eigenen Vater hatte er schon seit zehn Jahren nicht mehr gesehen und seine Mutter war demenzkrank und wohnte im Wolfgangsstift.

Einmal in der Woche besuchte er sie und brachte ihr einen Blumenstrauß mit. Sie erkannte ihn selten. Es war hart, sie so zu sehen, und er fühlte sich hilflos, sehr hilflos.

Meistens ging er dann nach Hause und besoff sich. Er wusste, dass er zu viel trank. Aber es war so herrlich einfach.

Es half zu vergessen. Silke zu vergessen und Rudi zu vergessen.

Rudi, den er wirklich ehrlich gemocht hatte. Vielleicht sogar geliebt, könnte man sagen. Wie einen Vater. Verdammt. Es traf immer die Guten.

Sita bellte. Sie wusste es genau, wenn sie mitdurfte.

Fröhlich folgte der Hund seinem Herrchen und wollte schon um das Auto herumlaufen, um im Fußraum des Beifahrers zwar verkehrsunsicher, aber gemütlich Platz zu nehmen. Heiko öffnete jedoch die hintere Tür und breitete die Hundedecke auf dem Rücksitz aus.

»Heute musst du hinten sitzen, Sita«, sagte er und der Dackel kletterte zwar irritiert, aber dennoch brav auf die Decke.

»Wir nehmen doch Lisa mit«, erklärte er und der Hund blickte gleich viel verständnisvoller drein.

Sie fuhren los – nach Onolzheim.

Heiko ließ es krachen, weil es Spaß machte, und so standen sie in kaum fünf Minuten vor Lisas Wohnung.

Er ließ kurz auf Lisas Handy anklingeln und gleich darauf kam sie aus der Tür.

Sie trug eine hellblaue Jeans, ein braunes Top und eine sehr coole braune Lederjacke. Wieder einmal sah sie schlicht umwerfend aus.

Heiko stieg aus und hielt ihr die Tür auf. Lisa kletterte in den Wagen.

»Und wo ist deine Mitbewohnerin?«, wunderte sie sich, als Heiko wieder neben ihr saß.

»Auf dem Rücksitz!«, antwortete er.

Lisa drehte sich fragend um und erschrak fast zu Tode, als sie eine wütend aussehende Dackeldame erblickte. Dann lachte sie, laut und schallend.

»Och, hast du mich jetzt aber erschreckt«, tadelte sie den Hund lachend und wuschelte der Dackelin ohne zu fragen durchs Fell.

Augenblicklich hörte das Knurren auf, stattdessen schnupperte Sita neugierig an Lisas Hand und leckte schließlich daran.

»Iiiiih«, machte Lisa nun, lachte jedoch immer noch. Das war gut. Leute, die Hunde mochten, waren gute Menschen.

Sie bogen bereits in den Steinbruchweg ein. Das Peanuts hatte eine ganz und gar nicht günstige Lage – zwar landschaftlich schön direkt an der Jagst, jedoch in einem Wohngebiet und fernab vom Zentrum, neben dem Tierheim.

Trotzdem hatte sich Blumi, der Wirt, mit seinem hervorragenden Chili und seinem gewissenhaften und immer schnellen Bierausschank innerhalb weniger Jahre hier fest etabliert. Heiko parkte den M3 auf dem Parkplatz, wie immer so, dass andere Autos beim Ausparken keine Schramme in den Wagen fahren konnten.

Sie stiegen aus und Lisa lief ein paar Schritte in Richtung Jagst.

Die Bäume rauschten leise im Nachtwind und der beinah volle Mond spiegelte sich im leicht gekräuselten Wasser, das schwarz und dunkelblau leuchtete.

»Hier war ich noch nie«, sagte Lisa geistesabwesend.

»Schön, gell?«, meinte Heiko. Lisa nickte.

Dann stiegen sie die knarzende Holztreppe hinauf und betraten das Peanuts. Wie immer war es schummrig und verraucht.

Auch hier kümmerte sich niemand um das Rauchverbot, was Heiko natürlich gerade recht kam. Das gehörte zu einer richtigen Kneipe eben dazu.

Aus den Lautsprechern ertönte Rockmusik, einige Jugendliche spielten Dart und an der Theke, unter dem Schild mit dem ›Bier unser‹, stand Blumi – ungefähr 40, mit dunklem Haar, Dreitagebart und einem Ohrring. Und immer im schwarzen T-Shirt.

»Hallo, Herr Wüst«, grüßte er. »Gibt's widder a Razzia?«

Heiko salutierte und zog Frau und Hund die Treppe hoch zu den Tischen.

Blumi kam sofort und putzte den Tisch. »Ii bin der Blumi«, stellte er sich vor und streckte Lisa die Hand hin.

Lisa ergriff sie. »Angenehm«, sagte Lisa. »Lisa Luft!«

Blumi unterdrückte ein Grinsen. »Was darf i euch bringa?«, fragte er dann.

Heiko bestellte ein Bier und Lisa einen Weißwein.

»Gibt's hier auch was zu essen?«, fragte die Kommissarin und sah sehr hungrig dabei aus.

»Chili«, schlug Blumi vor.

»Und Salat?«, hauchte Lisa.

»Nix da«, ging Heiko dazwischen. »Jetzt wird das Chili probiert!«

Etwas verhaltener setzte er noch hinzu: »Das ist echt gut!«

Lisa lächelte. »Also gut.«

»Zwei Chilis, Blumi!«, orderte Heiko.

Blumi verschwand.

»Der Hund ist süß«, sagte Lisa und kraulte Sita hinter den Ohren, die sich, so elegant es einer Dackeldame eben möglich war, neben ihr niedergelassen hatte.

Der Dackel schloss die Augen und genoss es.

»Als du gesagt hast, du würdest noch eine Mitbewohnerin mitbringen, hab' ich mich nämlich schon gewundert!«

Sie lächelte. Heiko schluckte. War sie ein kleines bisschen eifersüchtig gewesen? Auf die Mitbewohnerin? Blumi brachte die Getränke. Heiko nippte am Bierschaum.

»Und kommst du oft hierher?«, fragte Lisa.

»Sporadisch.«

»Ich hab' auch einen Mitbewohner«, erzählte Lisa. Heiko runzelte die Stirn. »Garfield. Einen Kater!«

»Ach so!«

»Sita mag Katzen!«

»Ah ja?«

War es Zufall, dass ihre Fußspitze an seine anstieß? Oder wollte sie füßeln? Heiko bewegte den großen Zeh und Lisa zog das Bein zurück und trank verlegen aus ihrem Glas.

Blumi kam vorbei und stellte eine Schale Wasser vor Sita ab. Sofort begann der Hund, eifrig mit seiner langen, rosafarbenen Zunge zu schlabbern.

»Die ist so goldig«, urteilte Lisa

»Gleich kommt euer Chili«, meldete Blumi.

»Soochamol«, begann Heiko, »kommt ab und zu die Silke Weidner mit dem Marco Campo hierher?«

Blumi dachte kurz nach. »So eine Brünette und so ein Schwarzhaariger?«, fragte er.

Heiko nickte.

»Die sind jedes Wochenende da. Meischtens hocken sie dahinten.«

»Und waren sie am Montag vor einer Woche auch da?«

Blumi stöhnte. »Weiß ich doch nimmer!«

»Überleg mal«, bat Heiko.

Nach einer kurzen Weile meinte Blumi: »Ja, ich glaub'. Ich hol jetzt euer Chili!«

Kurze Zeit später standen zwei dampfende Schalen und ein Brotkorb auf dem Tisch. Ein unvergleichlich würziger Duft stieg auf. Das Chili glänzte in einem appetitlichen rotbraunen Farbton, große Hackfleischstücke schwammen darin, außerdem Bohnen und Mais.

Das war kein Fertigchili, das sah man. Das war Handarbeit.

»Schaut gut aus«, lobte Lisa.

Heiko wünschte Guten Appetit und sie begannen zu essen. Wunderbar. Perfekt.

»›An Guada‹ sagt man bei uns für Guten Appetit«, erläuterte Heiko.

»An Guahhtah«, versuchte Lisa, und Heiko musste lachen.

»Wie kann man nur so komisch reden!«, schimpfte Lisa, lachte dann aber ebenfalls.

Sie widmeten sich wieder dem Chili. Ein Stück Brot, in die Fleischpampe getunkt, landete im Hundemaul, das mit einem klappenden Geräusch zuschnappte und anschließend genüsslich kaute. »Niedlich«, kommentierte Lisa entzückt.

Plötzlich stieß sie Heiko unter dem Tisch an. Der sah irritiert auf. Lisa wies unauffällig auf einen Punkt hinter ihnen. Unbemerkt hatten sich Silke und Marco an ihrem Stammtisch niedergelassen. Marco hatte einen Arm um Silke gelegt und sie hielt seine andere Hand. Es sah sehr innig aus.

»Scheinen verliebt zu sein, die beiden«, stellte Heiko fest. So was könnte mir auch gefallen. Mit Lisa, dachte er weiter. »Gehen wir nachher hin. Jetzt ist erst mal Pause.« Während sie sich über dies und jenes unterhielten, verputzten sie ihr Chili und saßen schließlich mit gut gefüllten Bäuchen da.

Heiko rauchte und Blumi räumte den Tisch ab. Als er fertig war, erhoben sich die Ermittler, nahmen ihre Gläser und gingen mit Sita rüber zum jungen Liebespaar.

»Noowad«, grüßte Heiko und Lisa nickte freundlich. Die beiden wiesen auf die freien Plätze am Tisch.

»Hockt euch her!«, forderte Marco sie auf. »Und, seid ihr schon weiter?«

»Ein bisschen«, informierte Lisa.

»Wenn wir euch irgendwie helfen können, dann sagt's einfach. Ich mein', immerhin war's ja mein Vater!«, sagte Silke, die heute mal wieder sehr sexy gestylt war.

Heiko beschloss, ein bisschen mit ihr zu flirten und Lisas Reaktion abzuwarten.

Aber wieder einmal gab es schlichtweg keine grimmigen Seitenblicke, kein Zungenschnalzen, kein scharfes Einatmen, nichts. Schade.

»Für uns wäre die Ehe Ihrer Eltern interessant«, begann Lisa. »Hat Ihre Mutter, nun, wie soll ich sagen, sich jemals anderweitig orientiert?«

Silke schüttelte langsam den Kopf. »Kann sein. Weiß net genau.«

»Mer secht's«, fügte Marco hinzu.

»Was secht mer?«, fragte Heiko, schon wieder rauchend.

»Dass sie einen hat!«

»Und weiß man, wen?«, forschte Lisa weiter und trank einen Schluck Wein.

Heiko bemerkte, dass die beiden Frauen einander taxierend musterten.

»Ich weiß nicht, wen sie hat.« Silke klang wirklich ahnungslos.

»Gar keine Idee?«

Silke trank einen Schluck, bevor sie antwortete. »Das könnte jeder sein.«

Heiko zog wieder am Glimmstängel. »Na ja, jeder jetzt auch wieder nicht«, meinte er.

»Ich weiß jedenfalls nix«, sagte Silke noch einmal und stierte demonstrativ auf die Tischplatte.

Heiko fasste einen Entschluss. »Okay. Wir haben drei heiße Kandidaten. Campo, Held und Maler. Können Sie sich einen von denen als Freund Ihrer Mutter vorstellen?«

Silke schüttelte wieder den Kopf. »Also, der Maler, nun ja, ich glaube, die waren mal zusammen, aber das sind alte Geschichten.«

Lisa horchte auf. »Wann war das?«

Silke winkte ab. »Och, das ist ewig her. Da waren die vielleicht 19 oder 20.«

»Und was ist passiert?«

»Ich glaube, der Vatter hat dem Maler die Mutter damals ausgespannt. Und der Maler hat dann die dicke Hedwig geheiratet.«

»Und Sie sind sicher, dass das ausgestanden ist?«, zweifelte Lisa.

»Hundertprozentig! Das sind ganz alte Geschichten.«

»Hm«, machte Heiko.

»Und Held?« Silke nahm einen Schluck aus ihrem Glas.

»Also, der ist ja wohl ein absoluter Anti-Mann. Ich kann mir nicht vorstellen, dass meine Mutter auf den stehen würde.«

»Und Ihr Vater, Herr Campo?«

Wieder war es Silke, die antwortete. »Silvio auf keinen Fall! Meine Mutter würde niemals die Maria hintergehen. Schließlich sind die beiden Freundinnen.«

»Und mein Vater lässt zwar manchmal den Macho raushängen, aber eigentlich hat bei uns die Mutter das Sagen. Und er liebt sie über alles, da bin ich mir ganz sicher.«

Heiko betrachtete seine Finger und dachte nach. »Und ihr wart also hier am Montag vor einer Woche, also, am Tattag?«, wechselte er dann das Thema.

»Wie ich schon sagte. Hier. Bis circa um zwei nachts«, bestätigte Marco. »Hat doch der Blumi bestimmt auch gesagt, oder?«, vermutete er und Heiko brummte zustimmend.

»Willsch eine?«, fragte er und bot Marco eine Kippe an. Er war ihm wirklich sympathisch. Marco war frustriert und enttäuscht, außerdem unzufrieden, vielleicht impulsiv, aber gerade heraus und nicht bösartig.

Im Gegensatz dazu war Max ihm nicht ganz koscher erschienen. Sicherlich hatte Max nichts mit dem Mord zu tun. Ein Arschloch war er trotzdem. Einer, dem seine Familie peinlich war.

Solche hatte Heiko gefressen. Seine eigene Familie war ihm nicht im Mindesten peinlich, obwohl sein Vater ›nur‹ auf dem Bau gearbeitet hatte und seine Mutter Hausfrau war und Heimarbeit machte – Blumen stecken für den heimischen Textilblütenhersteller.

Trotzdem liebte er seine Eltern und war immer stolz auf sie gewesen.

Plötzlich kam ihm ein Gedanke. »Das würde aber heißen, dass der Herr Weidner schon tot war, als Sie nach Hause gekommen sind, Frau Weidner! Aber angerufen hat uns Ihre Mutter! Woran liegt's?«

Silke Weidner zuckte die Achseln. »Es war Nacht. Ich hab nichts gesehen, gar nichts! Die Mutter hat ihn morgens gefunden, als sie in den Stall wollte!«

Heiko brummte. Dann fragte er weiter: »Und ihr zwei seid schon lange zusammen?«

»Anderthalb Jahre«, meinte Silke und sah Marco fragend an.

»Und Herbert Winterbach?«, warf Lisa ein, einer spontanen Eingebung folgend.

Silke schnaubte. »Der! Der hat mir sogar mal einen Heiratsantrag gemacht, stellt euch vor!« Marco geriet sichtbar ins Grübeln. »Das hast du mir ja gar nicht erzählt!«, beschwerte er sich.

»Das war vor deiner Zeit«, sagte Silke. »Ist auch nicht wichtig.«

Der junge Campo trank einen Schluck Bier.

»Wart ihr mal zusammen?«, wollte Heiko wissen.

»Ich und der Herbert? Kurz«, gab Silke zu, »drei Monate, vielleicht vier.«

»Und wann war das?«, hakte Lisa nach.

Silke rechnete. »Vor vier, fünf Jahren? Keine Ahnung. Ist auch egal!«

»Und warum ist das damals auseinandergegangen?«, forschte Lisa weiter und lächelte aufmunternd. Aus den Lautsprechern dröhnte AC/DC.

»Weil er bleed is«, versetzte Silke. »Dumm. Ungebildet. Stark rechtslastig. Und ein, zwei Mal ist ihm die Hand ausgerutscht.« Sie sagte es beinah flüsternd, ganz so, als müsse es ihr peinlich sein. Sita stupste Heiko unter dem Tisch an und er legte versonnen seine große Hand auf den Hundekopf, der fast ganz hineinpasste.

»Er hat Sie geschlagen?«

Lisa wirkte entsetzt.

Silke winkte ab. »Ist nicht so wichtig. Ist ja vorbei. Aber Ihre Frage ist damit beantwortet, oder?«

»Haben Sie ihn damals angezeigt?«, fragte Heiko.

Silke keuchte. »Was soll das bitte bringen?«

Marco brütete seit einigen Minuten stumm vor sich hin.

»Und er wollte Sie heiraten?«, wollte Lisa wissen.

»Ich denke, das will er immer noch«, versetzte Silke.

Heiko starrte in sein Glas. Das vermutete er auch. Vielleicht war es an der Zeit, sich diesen Winterbach doch noch einmal genauer anzuschauen.

Es war nach eins, als sie das Peanuts verließen. Sie hatten noch eine Weile mit dem jungen Paar geredet, sich dann später aber wieder an ihren ursprünglichen Platz zurückgezogen. Und sich unterhalten. Gut unterhalten. Sie hatten sich prima verstanden, obwohl Heiko nicht krampfhaft bemüht gewesen war, geistreich zu sein. Er war einfach er selbst gewesen.

Und Lisa sie selbst. So langsam taute sie richtig

auf. Jetzt hopste sie, übermütig und vielleicht ein kleines bisschen beschwipst von den zwei Gläsern Wein, die Treppe hinunter und lief wie vorher zum Jagstufer.

Der Mond stand jetzt höher und spiegelte sich nicht mehr im Fluss, dafür waren Tausende von Sternen am Himmel zu sehen. »Oooooh«, machte Lisa, »ist das schön!«

Heiko war mit Sita hinter sie getreten und nickte. »Ja, so ist das auf dem Land. Da sieht man nachts noch die Sterne!«

»Hat ja schon was, euer Hohenlohe«, gab Lisa zu.

Sita hatte sich selbstständig gemacht und ein Entenpaar am Ufer aufgestöbert, das kurz darauf schimpfend und quakend im Fluss ruderte. »Schau dir die zwei an«, lachte Lisa, »die halten zusammen!«

Heiko schluckte. Lisa drehte sich um und wollte zum Auto laufen, im Gesicht immer noch ein glückliches Lächeln, und hielt inne. Heiko stand direkt vor ihr, nur Zentimeter entfernt. Nah, ganz nah. Er sah sie direkt an. Ihre Augen waren blau wie Lapislazuli. Lisa wurde ernst und schloss schließlich die schönen Augen. Er konnte ihre endlos langen Wimpern sehen.

Und plötzlich spürte sie Heikos Lippen auf ihren. Es war ein sehr kurzer und leichter Kuss. Ganz sanft. Danach verharrten sie minutenlang, in stummer Umarmung. Heiko schnupperte verhalten an ihrem Haar, das nach Zitronen roch. Schließlich löste sich Lisa von von ihm, beinahe verlegen.

»Und jetzt?«

»Jetzt bringe ich dich nach Hause!«, sagte Heiko.

Er hatte sie zu nichts gedrängt. Er wollte es langsam angehen lassen. Dieser Kuss war ein zaghafter Anfang gewesen. Es ging ihm nicht um schnellen Sex mit ihr. Nicht dieses Mal. Lisa war mehr.

Er war sich nicht sicher, ob sie es auch gewollt hatte. Aber sie hatte es zugelassen. Und das war doch schon die halbe Miete.

»Und, wie findest du sie?«, fragte er Sita, die ausnahmsweise neben ihm im Bett lag und den Kopf genüsslich auf ein kleines Kissen gebettet hatte. Der Hund schnupperte und rückte sich ein wenig zurecht. Heiko lachte. »Dir gefällt sie auch, gell?«

Garfield maunzte unzufrieden, weil sie ihn so lange allein gelassen hatte. Automatisch streichelte Lisa den Katzenbauch und es dauerte nicht lange, bis ein tiefes, zufriedenes Brummen ertönte. Der Kater streckte sich lang aus und rammte seine Krallen ins Sofa.

Lisa war verwirrt. Das hatte sie nicht gewollt. Nicht geplant und nicht gewollt. Aber dann war es passiert.

Und sie hatte sich gut dabei gefühlt. Und sie war überrascht gewesen, wie sanft und zärtlich sein Kuss gewesen war. Beinahe schüchtern. Sehr vorsichtig, als hätte er Angst, ihr wehzutun. Und wie er sie danach umarmt gehalten hatte, hatte sie geradezu gerührt. Er schien genauso alleine zu sein, wie sie es war.

Zwei Menschen in derselben Situation – aber reichte das aus, um eine Beziehung darauf zu gründen? Eher nicht. Aber wer weiß? Vielleicht würde sie ihm eine Chance geben. Auch, wenn sie sich eigentlich prinzipiell nie mit einem Kollegen hatte einlassen wollen.

So was war immer schwierig.

Aber da war diese Stimme in ihr, die ihr sagte, dass sie es versuchen sollte. Dass es richtig und gut wäre.

Garfield blickte sie aus seinen gelben Augen an. Und schien ihr zuzustimmen.

Herbert Winterbach öffnete eine weitere Dose Bier. Feiner Biernebel stob auf und legte sich auf seinen Daumen.

Gedankenverloren steckte er ihn sich in den Mund und lutschte daran. Dann nahm er den ersten Schluck aus der neuen Dose.

Der erste Schluck war immer der beste. Der frischeste, der intensivste. Der beste einfach. Schal wurde das Bier erst unten in der Dose, obwohl es bei ihm nicht alt wurde. Er soff zu viel und das wusste er. Aber egal. Das Saufen half ihm abzuschalten. An bestimmte Sachen gar nicht erst zu denken. An Sachen und Leute.

Er nahm einen weiteren Schluck Bier. Von dem Kleinen hatte sie ihm keinen Ton gesagt, gar nichts, und dabei war es sein Kind, er würde seine Seele darauf verwetten, dass der Kleine von ihm war.

Beschissen hatte sie ihn nämlich bestimmt nicht, die junge Weidnerin. Was sie nur an diesem Itaker fand!

Er hätte ja im weitesten Sinne damit leben können, wenn es ein Ordentlicher gewesen wäre, der seinen Platz einnähme. Ein Deutscher. Einer mit einem Beruf. Obwohl er trotzdem eifersüchtig wäre, sicher. Aber ein arbeitsloser Ausländer, das ging gar nicht.

»Rooooak«, klang es aus der Küche und Winterbach brüllte: »Ruhe!«

Er wäre auch ein guter Vater gewesen, ganz sicher. Und er würde auch nicht so viel saufen, wenn er mit ihr zusammen wäre. Sie war schuld, sie war an allem schuld.

Es klingelte. So spät noch, um diese Zeit, fragte sich Herbert und erhob sich mühsam vom Sofa. Sofort drehte sich alles, er hatte wohl doch wieder zu viel getrunken.

Er fluchte und hielt sich die Stirn. Mühsam tastete er sich in der Dunkelheit zum Lichtschalter, fluchte erneut, als er gegen den Couchtisch stieß, und schaltete das Licht im Wohnzimmer ein. Auch im Flur und nun konnte er einen undeutlichen Schemen an der Tür ausmachen.

»Ja?«, rief er, erhielt jedoch keine Antwort.

Er verdrehte die Augen. Toll. Er schob sich weiter vor und entriegelte die Kette und all die Schlösser. Kaum hatte er das letzte Schloss geöffnet und die Türklinke berührt, flog ihm die Tür entgegen, geöffnet von einem heftigen Fußtritt, und Hunderte von Fäusten schienen auf ihn einzuprasseln.

DONNERSTAG, 23. APRIL

Am nächsten Morgen hatten sie nicht so recht gewusst, wie sie einander begegnen sollten. Sie hatten sich schüchtern lächelnd begrüßt. Lisa hatte Heikos Jackenärmel gestreichelt und er hatte ihre Hand gedrückt. Jetzt saßen sie nebeneinander im Auto, auf dem Weg zu Herbert Winterbach. Sie hatten nicht darüber gesprochen, aber es war okay. Schon passierten sie die Ortseinfahrt und folgten der Kirchberger Straße.

»Glaubst du, das Kind ist von Winterbach?«, fing Lisa an.

»Der Gedanke ist mir auch schon gekommen. Kann sein. Und der Zeitraum passt auch. Was hat sie gesagt, vor vier Jahren?«

»Ja. Und Leon ist drei. Das passt!«

»Aber Herbert hat kein Motiv. Der Alte war ja für eine Liaison mit seiner Tochter. Dann schon eher Marco.«

»Kann sein«, gab Lisa zu. »Aber vielleicht wollte er das Ganze etwas schneller haben, erben, keine Ahnung! Von den Kindern ist ja wohl niemand willens oder in der Lage, den Hof zu führen!«

»Frau Weidner hätte das Ruder in der Hand gehalten, das hätte ihm nichts gebracht!«, hielt Heiko dagegen. »Jedenfalls ist es interessant, die Sache mit dem Kind zu klären.«

Heiko parkte den Wagen und sie stiegen aus. Die Kastanienbäume am Schmiedebach trieben klebrige Knospen, die diesen einzigartigen Geruch verströmten. Der Bach rauschte bedächtig vor sich hin. Es war noch früh und kaum was los. Sie überquerten die Straße und klingelten am alten Backsteinhaus.

Nichts tat sich. Alles ruhig.

»Geh'n wir wieder«, meinte Heiko, doch Lisa legte den Finger an die Lippen und machte: »Sch!«

Heiko lauschte, hörte aber nichts.

»Da stimmt was nicht«, stellte Lisa fest. Schließlich vernahm auch Heiko von drinnen ein unterdrücktes Stöhnen.

»Geh zur Seite!«, forderte er, trat einige Schritte zurück und trat dann mit Wucht die Tür ein. Es dauerte kurz, bis sie im schummrigen Halbdunkel etwas sehen konnten. Im Flur lagen Beine. Die obere Hälfte des Kerls lag im Wohnzimmer. Mit drei Schritten waren die Kommissare bei Herbert, von dem das Wimmern ausging.

»Sind Sie okay?«, fragte Heiko.

Was für eine Frage! Winterbach war übel zugerichtet. Auf seinem rechten Auge prangte ein faustgroßes Veilchen, auf einer Platzwunde am Kopf klebte verkrustetes Blut. Ein Arm schien gebrochen zu sein, er stand seltsam verdreht vom dünnen Körper ab, und auf den Schienbeinen, die aus den karierten Boxershorts ragten, prangten große blaue Flecken. Heiko zückte sein Handy und rief einen Rettungswagen.

»Haben Sie gesehen, wer das war?«, fragte er Herbert, der immer noch stöhnte.

»Ich weiß nicht«, jammerte er. »Ich weiß es wirklich nicht!«

Heiko und Lisa wechselten einen Blick. »Waren Sie recht besoffen?«, fragte Heiko, und Herbert nickte, wohl etwas peinlich berührt.

»Gleich kommt der Krankenwagen«, informierte Lisa und legte beruhigend ihre Hand auf Herberts gesund aussehenden Arm. Sie ignorierte den stechenden Geruch, die Mischung aus Schweiß, Blut und Alkohol, die von dem Geprügelten aufstieg.

Herbert nickte und schluckte.

»Und Sie haben gar keine Idee, wer das gewesen sein könnte? Überhaupt keine?«, forschte Heiko weiter. Herbert schüttelte den Kopf. Keine Ahnung.

Sie hatten Winterbach ins Krankenhaus begleitet und saßen nun, während er behandelt wurde, in der Cafeteria des Crailsheimer Kreiskrankenhauses, das seit Kurzem aus Imagegründen »Klinikum Crailsheim« hieß.

Heiko hasste die Klinikatmosphäre, sie erinnerte ihn immer an den Tod seines Opas.

Er hatte einen Kaffee und einen Latte Macchiato sowie zwei Stücke Käsekuchen geholt.

»Wer war das bloß?«, fragte Lisa und rührte in ihrem Latte Macchiato.

Heiko machte sein übliches »Hm« und dachte nach.

»Umbringen wollte der Angreifer ihn wohl nicht. Vielleicht berauben? Vielleicht ist rumgegangen, dass der Herbert was geerbt hat.«

»Aber dass er das Geld noch nicht hat, müssten die Leute doch auch wissen«, versetzte Lisa.

»Es gibt noch eine andere Möglichkeit!«, meinte Heiko und hob nachdenklich seinen Zeigefinger. »Erinnerst du dich an gestern Abend? Als Silke Weidner erzählt hat, Herbert hätte sie verdroschen? Für mich sieht das hier so aus, als ob ...«

Lisa sog scharf die Luft ein. »Du meinst, Marco ist auf ihn losgegangen? Wegen Silke?«

Heiko trank einen Schluck Kaffee. »Wäre doch immerhin möglich. Ich kann jedenfalls jeden Kerl verstehen, der seinem Vorgänger eine reinhaut, weil der die Frau geschlagen hat!«

»Heiko!« Lisa tat entrüstet.

»Im Ernst! Kannst du das nicht nachvollziehen?«

»Schwierige Sache«, meinte Lisa, konnte aber nicht umhin, sich vorzustellen, wie Heiko auf Stefan losgehen würde – obwohl der sie nicht geschlagen hatte –, und die Vorstellung war irgendwie gut. Aber sehr, sehr böse. Böse, böse, böse. Aber trotzdem.

»Trotzdem ist das hier eine Straftat. Körperverletzung«, gab sie zu bedenken und Heiko nickte, während er ein weiteres Stück vom Käsekuchen abstach und genüsslich in seinem Mund verschwinden ließ.

»Leider ja.«

»Sie hätte ihn damals anzeigen sollen!«

»Zu spät. Jetzt ist das ohne Aussicht auf Erfolg.«

Der Arzt kam herein und suchte mit Blicken nach den Kommissaren. Schließlich kam er zu ihnen an den Tisch. Er trug einen weißen Kittel und darunter einen legeren Rollkragenpullover. Alles in allem eine dezente Erscheinung. Außergewöhnlich waren nur sein dunkler Teint und das pechschwarze Haar, das in lockigen Strähnen über die nachtschwarzen Augen fiel.

Er stellte sich als Doktor Tajry vor.

»Ah, anta men Maghreb?«, fragte Lisa sofort und diesmal war es Heiko, der nichts verstand. Doktor Tajry nickte. »Näm, äna men Maghreb. Änti terafi ed däriya?«

»Shweya shweya«, antwortete Lisa und strahlte.

Heiko blinzelte.

»Also, was Ihren Patienten betrifft«, fuhr der Orientale mit leichtem französischem Akzent auf Deutsch fort, »für heute sollten Sie ihn in Ruhe lassen. Er ist wirklich übel zugerichtet. Nichts Lebensbedrohliches – aber unangenehm. Den Arm haben wir eingegipst und das Auge muss beobachtet werden.«

»Und wann können wir ihn befragen?«, wollte Heiko wissen.

Doktor Tajry schüttelte leicht den Kopf. »Morgen vielleicht, inshallah!« Er hob die Hand und Lisa sagte sofort: »Shokran, ä-l-tbeb!«

»Du sprichst Arabisch?«, fragte Heiko verwundert, während er sich eine Zigarette anzündete. Sie gingen zum Parkplatz, Richtung Auto.

Im Beet standen die Narzissen nun in voller Blüte.

»Marokkanisch. Ein bisschen!«

»Woher kannst du das?«

»Hab' einen Ex aus Marokko!«

»Hast du nicht auch einen Ex aus Peru?«

Lisa hob bestätigend die Hand.

»Und kannst du auch Spanisch?«

»Por supuesto«, meinte Lisa. Mann! Diese Frau war ein Sprachgenie.

»Was hast du zu ihm gesagt?«

»Och«, grinste Lisa, »also zunächst hat er gemeint, wie überaus hübsch und attraktiv ich doch sei. Woraufhin ich das Kompliment zurückgegeben habe und seinen athletischen Körperbau gelobt habe. Und dann, nachdem er mir weitere Komplimente gemacht hat, haben wir schließlich ein Date für heute Abend ausgemacht.«

Heiko setzte sich in Bewegung und verfolgte die absolut untypisch und ungewohnt ausgelassene, kreischende Lisa, um sie beim Auto einzufangen. Lachend küssten sie sich.

»Willst du nicht lieber ein Date mit mir ausmachen? Wir – äh – könnten ein bisschen über den Fall reden«, schlug er vor, während er sie umfasst hielt.

Lisa schien abzuwägen. Theatralisch. »Und ich könnte was kochen«, lockte Heiko.

»Du kannst kochen?«, fragte Lisa und es klang etwas verwundert. Sie hätte ihn eher in die Dosenraviolіecke gesteckt.

»Sita hilft mir«, meinte der Kommissar ein bisschen beleidigt und Lisa lachte.

Lisa stieg von ihrem Motorrad und nahm den Helm ab. Hier wohnte er also. Ein Wohnblock. Na ja. Hübsch war das nicht. Aber sie war gespannt auf die Wohnung.

Sie klingelte und hörte umgehend das Summen des Türöffners.

»Dritter Stock«, sagte Heiko durch die Sprechanlage und war gleich wieder weg.

Lisa stieg die schmalen Treppen hoch. Schließlich befand sie sich vor der Wohnungstür aus dunklem, altem Holz. Sie stand einen Spalt offen und Lisa drückte sie auf. Augenblicklich erhob sich wütendes Gekläff. »Scht, Hund!«, machte Heiko und eilte zur Tür.

»Ich bin's doch nur, Sita!«, meinte Lisa lachend. Die Dackeldame knurrte noch kurz, erhielt aber sofort einen Klaps von ihrem Herrchen. Brav schnupperte sie dann an der Hand der Besucherin und trat schließlich mit gnädigen Blicken beiseite.

»Nett von dir«, meinte Lisa und Heiko küsste sie flüchtig. Dann nahm er ihr die Jacke ab. Die Wohnung roch leicht verraucht. Klar, er rauchte ja. Das war etwas, was sie ihm längerfristig würde abgewöhnen müssen. War ja schließlich ungesund. Obwohl sie zugeben musste, dass ein rauchender Kerl schon was hatte.

»Essen ist gleich fertig«, meinte Heiko und bat sie ins Wohnzimmer. Dort hatte er eine kleine Essecke, wo er schon den Tisch gedeckt hatte. Das Geschirr glänzte und in einem hohen silbernen Leuchter steckte eine Tafelkerze und verbreitete anheimelndes Licht. Die Stoffservietten passten zur Tischdecke.

Lisa pfiff durch die Zähne. »Wow! Nicht schlecht«, lobte sie. Jedoch folgte sie Heiko in die Küche, anstatt sich zu setzen. »Was gibt es denn?«, fragte sie neugierig.

Die Küche wirkte recht antiquiert, eine beige emaillierte Uhr hing über der Tür und tickte unglaublich laut. An einer Leiste über der Arbeitsplatte gab es ein ganzes Arsenal von Küchenutensilien, darüber ein immenses und gut gefülltes Gewürzregal. Ein großer Teil der Arbeitsplatte war durch eine High-Tech-Kaffeemaschine belegt und aus dem Ofen leuchtete es verheißungsvoll.

»An Bolla Fleisch un a Rängele Eebira.« Heiko lachte schallend über Lisas Geblinzel.

Doch Lisa hob den Zeigefinger und legte ihn sinnend auf die Lippen. »Eebira, warte, sind Kartoffeln, nicht?«

Heiko applaudierte theatralisch. »Sehr gut!«, lobte er.

»Aber was um Himmels Willen ist ein Rängele?«

»Eine Pflanzreihe im Acker«, erklärte Heiko.

»Ah, und das gibt es heute?«

»Heißt einfach viel!«, präzisierte er.

Lisa lachte. »Soso. So maßlos sind die Hohenloher also!«, tadelte sie mit ironischem Unterton und schnalzte mit der Zunge.

»Und was ist ein Bolla?«, fragte sie weiter.

»A Bolla – äh, eine Kugel, aber irgendwie zusammengeballter, schwierig zu erklären, jedenfalls auch viel, ganz schön viel!«

»Und was für Fleisch gibt es?«, wollte Lisa wissen.

»Es gibt Rumpsteak an Herzoginkartoffeln auf gegrilltem Gemüse«, erläuterte Heiko im Tonfall eines versnobten Kellners im Fünf-Sterne-Restaurant.

Sita bellte auffordernd von der Türe her und setzte probeweise eine Pfote in die Küche.

»Raus hier, du Vieh!«, schimpfte Heiko und der Dackel verzog sich winselnd und beleidigt in sein Körbchen.

»Die Arme!«

»Die kriegt eh wieder was«, brummte Heiko. »Setz dich ins Wohnzimmer, ich bring gleich das Essen«, bat er und drehte Lisa den Rücken zu.

Lisa verzog sich und setzte sich an den Esstisch. Sofort kam Sita und kroch unter den Tisch.

Lisa lachte. »Du weißt, wann es was gibt, nicht?«, sagte sie und kraulte das struppige Fell. Neugierig sah sie sich um. So wohnte er also. Nicht schlecht. Ein bisschen zu clean vielleicht, sie war mehr für bunt.

Überwiegend weiß und Chrom, eine Schrankwand à la Verner Panton, natürlich ein großer Fernseher mit DVD-Player, Lautsprechern und allem Drum und Dran, im Chromregal eine verblüffend kleine und wahrscheinlich erstaunlich leistungsfähige Stereoanlage, aus der irgendeine Kuschelrock-CD dröhnte.

Wie süß! Wollte er sie verführen? Er würde enttäuscht werden, so schnell würde sie nicht zu haben sein.

Aber längerfristig war sie da durchaus aufgeschlossen.

Die Tür schwang auf und Heiko stellte eine silberne Platte, auf der vier Steaks lagen, auf den Tisch.

»Soll ich?«, rief Lisa.

»Nein, auf keinen Fall«, antwortete Heiko. Als Nächstes brachte er eine große Schüssel mit Herzoginkartoffeln, die selbstgemacht zu sein schienen. Nicht schlecht! Dazu eine Platte mit Gemüse, das ganz und gar nicht wie Tiefkühlgemüse aussah. Und einen Korb mit Brot, ferner eine Schale mit Kräuterbutter, die wohl ebenfalls eine Eigenkreation war, und einen orangeroten Dip mit Chilistücken drin. Schließlich trug er noch eine Karaffe herein, die einen dunkelroten Wein enthielt.

»Hast du das alles selbst gemacht?«, wollte Lisa wissen, während Heiko noch einen Platz für eine Stielvase mit einer einzelnen roten Gerbera suchte.

»Klar, ist doch Ehrensache!«, meinte er. »Tiefkühlkost gibt's bei mir net! Zumindest net für Gäste!«

Mit theatralischer Geste schenkte er den Wein in zwei langstielige Gläser, und sie stießen an. »Auf …«, Heiko schien zu überlegen. »Auf die baldige Aufklärung des Falles!«, bestimmte er schließlich unbeholfen. »Und auf unseren schönen Abend, oder?«, fügte Lisa hinzu. »Oder nicht?«

»Doch, natürlich!«, Heiko nickte eifrig. Dann tat er ihr ein Steak, einige Kartoffeln und eine ordentliche Portion Gemüse auf, bevor er für sich selbst schöpfte.

»Mmh, das sieht aber lecker aus«, lobte Lisa, und auch Sita streckte interessiert ihre Schnauze unter der Tischdecke hervor.

»Fang an!«, forderte Heiko sie ein bisschen unbeholfen auf. Das ließ sich Lisa nicht zweimal sagen. Es schmeckte fantastisch. Das Fleisch war perfekt. So wie alles andere auch.

»Lecker, richtig gut«, wiederholte Lisa und Heiko machte »Hm«.

Und dann unterhielten sie sich. Sie unterhielten sich prima. Über ihre Beziehungen. Über Tiere. Über den Fall. Und schließlich saßen sie auf dem Sofa, bei einem weiteren Glas Wein und selbst gemachter Crème brulée.

»Schmeckt hervorragend!« Lisa wuschelte mit ihrer freien Hand durch Heikos Frisur. Er lächelte verlegen. Sie hob noch einmal die Hand und liebkoste sein Haar. Es gefiel ihr. Es war sehr schwarz und sehr dicht. Und es hatte eine gute Länge.

Sita hechtete aufs Sofa und klemmte sich demonstrativ zwischen sie. Die beiden lachten.

»Na, eifersüchtig?«, fragte Lisa und knuddelte den Hund, der sich das anstandslos gefallen ließ. »Was meinst du, wer war es?«, fragte Lisa nun, während sie gedankenverloren weiterhin Haarsträhnen zwirbelte.

»Hm, ich weiß nicht so recht. Was denkst Du?«

»Also, ich denke, es war Marco. Marco Campo. Der hat nicht nur ein Motiv!«

»Ja, aber dem traue ich das irgendwie nicht zu. Der ist ein guter Kerl.«

Lisa nippte am Rotwein und naschte von der Creme. »Na ja! Immerhin so integer, dass er seinen Vorgänger verdrischt!«

Heiko erhob Einspruch: »Das ist nicht bewiesen! Und wie gesagt, wenn … ich könnte es verstehen. Ich kann es auch nicht leiden, wenn einer Frauen verprügelt, und würde da auch für gar nichts garantieren!«

»Du würdest also …«, meinte Lisa und zwirbelte nun eine ihrer eigenen, blonden Haarsträhnen, »meinen Ex verdreschen, wenn er mich verprügelt hätte?«

»Klar!«, sagte Heiko grinsend, wobei er Lisa ein bisschen an Tarzan erinnerte, und trank Wein. »Hat er?«

»Natürlich nicht! Aber wie männlich!«

Lisa amüsierte sich köstlich und dachte bei sich, dass Heiko schon ein richtiger Kerl wäre.

Eine Pause entstand, in der Lisa wieder am Wein nippte und schließlich ihren Blick im Wohnzimmer schweifen ließ. Er blieb dann neben der Stereoanlage hängen, wo auf dem Boden ein Gitarrenständer mit einer schwarz lackierten E-Gitarre stand.

»Du spielst Gitarre?«

Heiko brummte zustimmend. »Früher, in der Schulband, da war ich der Gitarrist.«

»Bestimmt sind alle Mädels auf dich abgefahren!«

Heiko grinste verlegen. »Manche.«

»Spielst du mir was vor?«

Heiko zierte sich.

»Bittööőh!«, machte Lisa.

»Ich hab' schon so lange nicht mehr gespielt.«

»Ach, das verlernt man doch nicht!«

»Um diese Zeit … im Mietshaus …«

»So spießig kenne ich dich ja gar nicht.«

»Also gut! Was willst du denn hören?«

»Was kannst du denn?«

Heiko überlegte. Was er konnte, waren meist rockige Sachen. Unromantische Sachen.

»Ich könnte dir das Solo aus ›November Rain‹ vorspielen.«

»Ja, wunderbar, ich liebe Guns'n'Roses!«, freute sich Lisa. »Und entfernt hast du ja auch Ähnlichkeit mit diesem, wie hieß er noch, Slash, oder?«

»Na ja, meine Frisur ist schon ein bisschen anders!«, protestierte Heiko.

Wenige Minuten später war die Gitarre eingestöpselt und Heiko ließ probeweise einige Akkorde erklingen. Dann begann er.

Lisa erkannte den Part gleich. Das Solo war unverkennbar. Sofort stiegen vor ihrem geistigen Auge Bilder auf, Szenen von dem Video aus den 90ern, die tote Braut im Sarg, wie tragisch! Als Teenie hatte sie jedes Mal geheult, wenn der Clip auf MTV gelaufen war.

Heiko brach ab. »Aber Lisa, was ist denn? Warum weinst du denn?«

Lisa wischte sich eine Träne weg. »Ich weine doch gar nicht.«

Heiko kam zu ihr. »Doch, das tust du. Hab' ich was falsch gemacht?«

Lisa schüttelte den Kopf. »Neinnein, du hast nichts falsch gemacht. Ich meine, kennst du noch das Video zu November Rain? Ich hab' da früher immer geheult, verstehst du das? War doch schlimm, dieses Video, oder?«

Heiko erinnerte sich. Ja, das war ein blödes Video gewesen. Sehr traurig. Nicht, dass er damals geheult hätte. Aber er bevorzugte eben Unterhaltung, die emotional unkomplizierter war.

Lisa sah immer noch traurig aus, sehr traurig sogar.

Er setzte sich zu ihr aufs Sofa und legte den Arm um sie. »Ist doch nicht so schlimm«, meinte er. Lisa versuchte ein Lächeln. »Entschuldige, ich komm mir so albern vor.«

Heiko zog sie etwas näher an sich. »Aber nein, Lisa, du bist doch nicht albern! Du bist …« Er hielt inne und Lisa hob den Kopf. Ihre Gesichter näherten sich und dann küssten sie sich wieder. Intensiver als die beiden ersten Male. Und es war wunderschön.

Heiko räumte das Geschirr in die Spülmaschine. Es war ein schöner Abend gewesen. Sie hatten gekuschelt und geschäkert, mehr nicht. Aber immerhin. Die Sache war am Laufen. Und er wollte nichts riskieren. Also lieber langsam. Langsam und sicher.

FREITAG, 24. APRIL

Simon reichte Heiko als Erstes eine Notiz, als er zur Türe hereinkam. Er schien irgendwie geknickt zu sein. Vielleicht hatte er mitgekriegt, dass zwischen Lisa und dem Kommissar etwas passiert war.

Heiko war hin und hergerissen. Er mochte den kleinen Schwaben und er tat ihm irgendwie auch leid. Aber so einfach war es eben nicht. Er konnte ihm ja nicht einfach aus Mitleid die Frau überlassen, die er …, die sie beide haben wollten.

Heiko murmelte einen Gruß und hielt den Blick auf den Zettel gesenkt. »Wüst, Luft, zum Chef«, stand darauf, und in diesem Moment kam Lisa herein.

»Du kommst genau richtig!«, begrüßte Heiko seine … ja, was war sie denn nun eigentlich? Gute Frage! Seine Kollegin auf jeden Fall. Eine Freundin auch. Und SEINE Freundin? Vielleicht. Heiko fand eigentlich schon und er hoffte inständig, dass sie das genauso sah.

»Ach, Simon, gibt's eigentlich schon irgendwas Neues von der Uhr?«, fiel ihm dann plötzlich ein.

Der Kriminalobermeister schüttelte den Kopf. »Da hat irgändwie nix gepasst!«, meinte er etwas zerknirscht.

»Na, macht ja nix, wenn sich noch was ergibt, sagst du einfach Bescheid, gell?«

»Setz dich, Heiko, und Sie sich auch, Frau Luft!«, begrüßte sie Schorsch und minimierte sein Solitärfenster.

Er lehnte sich erwartungsvoll zurück und faltete die Hände über der ansehnlichen Wampe, die heute von einem blaugrün karierten Hemd verhüllt und von einer grünen Krawatte gekrönt war. »Nun, was gibt es Neues im Fall Weidner? Gestern Morgen bei der Besprechung wart ihr ja ungewöhnlich still.«

Lisa schluckte, sie schien immer noch einen Heidenrespekt vor dem Schorsch zu haben.

»Nun ja, wir sind dran. Wir haben die Familie abgecheckt.«

»Und?« Schorsch zog erwartungsvoll eine Augenbraue hoch, was er sehr gut konnte, und sackte noch tiefer und noch chefmäßiger in seinen schwarzen Ledersessel.

»Im Moment ist unsere heißeste Spur, dass die Frau Weidner eine Affäre hat! Wir haben nämlich einen Liebesbrief«, informierte Heiko.

»Und mit wem?«

»Wir überprüfen grad mehrere Kandidaten. Da kommt noch ein graphologisches Gutachten.«

»Und was ist mit dem Mann, der zusammengeschlagen wurde? Steht das in irgendeinem Zusammenhang mit dem Mord?«

»Das wissen wir noch nicht. Wir denken aber, dass das eine andere Sache ist!«

»Nämlich?«

»Wir vermuten da eine Eifersuchtssache, im weitesten Sinne!«

Georg Ullrich nickte bedeutungsvoll und beugte sich über den Tisch, die Hände immer noch gefaltet. »Ich will euch ja keinen Druck machen, aber die Presse hat angerufen. Die wollen Ergebnisse und ich auch. Wenn das so lang dauert, das macht sich halt nicht gut!«

Heiko nickte. »Okay«, sagte er dann einfach.

»So ein Depp!«, schimpfte er, als sie den kurzen Weg zum Krankenhaus zu Fuß zurücklegten, »Was bildet der sich denn ein? Hockt den ganzen Tag vor der Kiste und zockt Solitär und mantelt sich dann auf, weil wir den Mörder noch nicht haben!«

Lisa dachte bei sich, dass Heiko echt niedlich war, wenn er sich aufregte.

»Wir werden ihn schon finden, den Mörder!«, beruhigte sie.

Lisa strahlte. Der Araber. Eine Gelegenheit zum Fremdsprachenreden! »Wä salamu es alikum«, grüßte sie und der Arzt sagte »Älikum es salam.« Er kam auf sie beide zu und schüttelte ihre Hände. »Ich denke, Sie können den Patienten befragen«, meinte er. »Er ist auf dem Weg der Besserung. Natürlich wird er noch ein paar Tage hier bleiben müssen. Aber das wird schon wieder!«

»Shokran«, sagte Lisa.

»Bläj jmil.«

Heiko kapitulierte. Das war eine Sprache, die ihm wirklich gänzlich suspekt war. Englisch hatte er gehabt in der Schule, Französisch und sogar Latein. Französisch hatte er schnell wieder vergessen und Latein war zwar ab und zu hilfreich, aber trotzdem nicht wirklich alltagstauglich. Aber Arabisch … also Arabisch kam wirklich vom anderen Stern.

Die Tür schwang geräuschlos auf und gab den Blick auf zwei Betten frei. In dem einen saß ein Opa mit zerzausten und wirr vom Kopf abstehenden Haaren, der in seinem gelb gestreiften Pyjama überaus aufmerksam wirkte und hektisch Apfelkompott löffelte.

Im anderen lag Herbert Winterbach, den Arm in Gips und das Auge blau geschwollen.

»Sin des die Bollizischda?«, fragte der Alte sofort und seine Augen weiteten sich, gierig nach einer Sensation.

Herbert nickte schwach.

»Moorcha«, grüßte Heiko und der Opa nickte.

»Na, wie geht es Ihnen?«, fragte Lisa, und sie musste ihr Mitgefühl nicht einmal heucheln. Der Mann sah wirklich arg mitgenommen aus.

»War schon mal besser«, krächzte Winterbach mit belegter Stimme.

»Können Sie sich jetzt erinnern?«, fragte Heiko.

Der Patient schluckte. »Nicht genau. Vielleicht war's der Itaker!«

»Wer?«, hakte Lisa nach.

»Marco Campo?«, vermutete Heiko.

Winterbach nickte, so gut es ihm eben möglich war. »Kann sein. Der hat doch eine schwarze Lederjacke, wenn mich nicht alles täuscht. Und genau so eine hatte der Typ von gestern auch an.«

»Na, da ist er aber nicht der einzige Mensch auf der Welt«, wandte Lisa ein.

»Ja, aber einen Grund hätte er ja auch!«, fuhr Winterbach fort.

Lisa zog die Augenbrauen hoch. »Nämlich?«

»Ha, d'Silke. Und vielleicht auch den Kleinen!«, meinte er.

»Ist der von Ihnen?«, wollte Heiko wissen.

Winterbach schluckte. »Ich vermut's«, gab er zu. »Aber ich weiß es net. Der kann von einigen Kerlen sein, so, wie die rumgehurt hat, nachdem wir auseinander waren.«

Der Opa schüttelte missbilligend den Kopf. »Der arme Mou!«, murmelte er und schob sich einen weiteren Löffel Apfelkompott in den faltigen Mund.

»Und der alte Herr Weidner hätte die Liaison zwischen seiner Tochter und Marco Campo nicht geduldet«, vermutete Lisa.

»Der hat schon getobt, als wir uns getrennt haben! Ich wäre dem sein perfekter Schwiegersohn gewesen. Und der Silke wäre ich auch ein guter Mann geworden«, sagte Winterbach und hustete. »Aber die Silke sagt was anderes. Die sagt, Sie hätten sie geschlagen!«

Winterbach versuchte ein Grinsen. »Also, Fräulein, hören Sie mal kurz weg, und, Herr Kommissar, ganz unter uns: Alles darf man den Weibern nicht durchgehen lassen, oder? Wenn einem da mal die Hand ausrutscht, dann ist das doch okay!«

»Das ist eine Straftat«, erklärte Lisa spitz und fühlte ihr Mitleid schwinden.

Winterbach winkte ab. »Sind alles alte Geschichten!«

Die Schwester kam herein. Sie war sehr klein und sehr rund und sie redete mit den Patienten, als hätten die ein paar Gehirnzellen zu wenig.

»Ja, Herr Wiiiihnterbach, ja wie geeeeeht's uns denn, gell, des wird scho widder, wenn Sie brav sin, dann wird des ganz schnell widder, gell!« Sie schüttelte das Kissen auf und widmete sich dann Winterbachs Bettnachbarn, bei dem sie eine ohrenbetäubende Lautstärke anschlug, wohl, weil sie annahm, dass alle Alten schwerhörig wären. Dann verschwand sie so schnell wieder, wie sie gekommen war.

»Und hätte der sonst noch einen Grund?«, fragte Heiko weiter.

Winterbach leckte sich die Lippen mit einer sehr rosafarbenen Zunge. »Ha, 's Geeld!«

»Wieso?«

»Ha, der Itaker ist doch arbeitslos. Kein Wunder, wenn ihr mich fragt. Und d' Silke erbt ja vielleicht auch aweng was!«

»Und Sie erben auch«, versetzte Lisa.

»Aber ich hätte bloß warten müssen. Und der Marco hätte lang warten können, sehr lang! Wer weiß, vielleicht hat sie in ein paar Monaten schon wieder einen anderen, die Hur'.«

Die Kommissarin hatte nun gar nichts mehr für den lädierten Winterbach übrig, selbst wenn Silke auch für ihren Geschmack einen Tick zu schlampig rumlief. Aber das ging sie nichts an, sie nicht und Winterbach, dem die Eifersucht aus den Augen schaute, noch viel weniger.

»Könnt ihr zwei mir einen Gefallen tun?«, fragte Herbert plötzlich.

»Welchen denn?«, wollte Heiko wissen.

Herbert trank einen Schluck Wasser und sagte dann: »Ich hab' einen Vogel. An Babagei. Und so, wie es aussieht, muss ich hier noch eine Woche oder so bleiben! Nach den Hasen schaut der Held, netterweise, aber den Vogel will ich ihm nicht auch noch aufdrücken. Ich will ihn aber auch nicht grad ins Tierheim tun.«

»Wir kümmern uns um ihn«, versprach Heiko.

Winterbach nickte. »Danke. Der Schlüssel ist in der Schublade. Und der Vogel ist in der Küche. Er heißt Hansi.«

»Vielleicht sollten wir doch Marco Campo mal einen Besuch abstatten, meinst du nicht?«, schlug Lisa vor. »So unsympathisch dieser Winterbach auch ist, ganz so abwegig finde ich den Gedanken, dass der junge Campo in dem Mord irgendwie mit drinhängt, nicht.«

Heiko stimmte zu und hielt Lisa die Autotüre auf. »Dann ab nach Tiefenbach. Und da holen wir dann gleich noch diesen … Hansi.«

Um diese Zeit war Marco zu Hause. Das Wohnhaus gehörte zur Pizzeria, man musste um das Restaurant herumgehen und einen kleinen Hof überqueren, in dem es ein Beet gab, das bereits eingesät aussah.

»Ob die wohl das Gemüse auf ihre Pizza tun?«, fragte Lisa.

»Sicher«, meinte Heiko. »Müssen wir im Sommer mal probieren!«

Auf dem Hof standen außerdem mehrere rote Sitzgruppen aus Plastik, daneben jeweils zusammengefaltete Sonnenschirme mit verblassten Coca-Cola-Schriftzügen in Grau-Rosa, alles mit langen, schweren Ketten gesichert.

Der nutzlose Biergarten wirkte irgendwie trostlos und die Sitzgruppen hatten was von schlafenden Aliens.

Das Türschild machte nicht viel her, ›Campo‹ stand mit Kuli nachlässig auf vergilbtes Papier gekritzelt. Sie klingelten und es dauerte nicht lange, bis geöffnet wurde. Marco sah zerzaust aus und steckte in einem schwarzen Adidas-Jogginganzug. Er schien ehrlich überrascht zu sein, die beiden zu sehen.

»Moorcha«, murmelte er, obwohl es schon nach Mittag war.

»Na, war eine lange Nacht vorgestern, gell?«, vermutete Heiko und drängte ungefragt am verdutzten jungen Campo vorbei ins Haus. Lisa folgte ihm.

»Kommt doch rein«, sagte Marco ironischerweise und geleitete die Kommissare ins Wohnzimmer. Das Wohnzimmer war überaus modern eingerichtet, in hellen Cremetönen und mit dezenten, aber weichen Teppichböden. Ein großer Fernseher stand in einer Ecke des Raumes und an der gegenüberliegenden Seite befand sich als einziges antikes Stück ein alter Schallplattenschrank mit Plattenspieler. An den Wänden hingen große, abstrakte Bilder.

»Mei Mudder«, erklärte Marco. »Die malt selber.«

Alle betrachteten kurz die Bilder und Lisa befand: »Schön«, während Heiko die Werke gedanklich in ›Gang zur Garage‹ einordnete. Marco schien eher seine als Lisas Meinung zu teilen.

»Kaffee?«, fragte er, doch Heiko winkte ab.

»Und, wie kann ich euch helfen?«, wollte Marco wissen und deutete ihnen an, sich zu setzen. Die Couch war hart, aber bequem.

»Wann sind Sie denn gestern aus dem Peanuts heim, Herr Campo?«, fragte nun Heiko in ungewöhnlich förmlichem Tonfall.

»Wieso? Ist wieder einer umgebracht worden?« Er erhielt keine Antwort, erntete stattdessen aber ein Schulterzucken von Heiko. Marco zündete sich eine Zigarette an.

»Um halb zwei!«, gab er Auskunft, während er einen ersten Rauchfaden ausblies.

»Und danach?«, fragte Lisa weiter.

»Danach hab' ich meine Silke nach Hause gebracht und bin dann hierher«, antwortete Marco und seine Finger trommelten auf die Lehne des Sessels, in dem er sich fläzte. Dann rauchte er wieder. Heiko lehnte sich nach vorne. »Könnte es nicht sein, dass Sie noch einen Abstecher zum Winterbach gemacht haben und den zusammengeschlagen haben?«, fragte er und seine buschigen Augenbrauen hoben sich bedrohlich.

»Echt, hat den einer zusammengeschlagen?«, fragte Marco und zog wieder an der Kippe.

Lisa nickte. »Und haben Sie nicht gestern während unseres Gesprächs erfahren, dass Winterbach erstens der Ex Ihrer Freundin ist und sie zweitens noch geschlagen hat?«

»Vielleicht ist der Kleine ja auch von ihm!«, fügte Heiko hinzu und beobachtete Marcos Gesichtsausdruck. Doch der blieb ruhig.

»Körperverletzung wär' das«, referierte Heiko und verschränkte die Arme vor der Brust.

Marco setzte sich auf und legte die gefalteten Hände auf die Knie. »Ich sag nicht, dass ich's war! Aber verdienen tät er's, oder etwa net?«

Heiko hob tadelnd die Brauen. »Da geht's gar nicht drum. So was ist illegal, fertig, aus!«

»Frauen schlagen auch, soweit ich informiert bin!«, wandte Marco ein.

Schweigen entstand. Schließlich räusperte sich Lisa. »Wissen Sie, was ich glaube?«, fragte sie. »Sie werras mr glei soocha!«

»Ich denke, Sie haben gestern herausgefunden, dass Winterbach der Vater von Silkes Kind ist. Zeitlich haut das nämlich genau hin. Und das hat Sie wütend gemacht und da haben Sie ihm einen Besuch abgestattet.«

Marco schwieg.

»Das wirft auch auf die Mordsache ein ganz anderes Licht«, gab Heiko zu bedenken. »Meinen Sie nicht, Frau Luft?«

Lisa lächelte und nickte theatralisch-nachdenklich. »Könnte doch immerhin sein«, überlegte sie laut, »dass es zwischen Ihnen und dem alten Weidner Krach gegeben hat. Nicht bloß wegen der latenten Ausländerfeindlichkeit des Alten, sondern auch wegen Silke. Der Weidner hätte doch gern den Winterbach als Schwiegersohn gehabt. Womöglich hat er gedroht, seine Tochter zu enterben.

Dann haben Sie ihn zur Rede gestellt und es hat Streit gegeben, und dann, wo Sie doch anscheinend so ein ganz Impulsiver sind …«

Marco sagte nichts.

»Haben Sie Herrn Weidner umgebracht?«, fragte die Kommissarin nun ganz direkt.

»Nein, natürlich nicht!«, empörte sich Marco. »Also hört zu, und das sage ich euch jetzt ganz inoffiziell: Ich verbürge mich für nichts, wenn einer die Silke anfasst! Ich sag nicht, dass ich den Herbert verprügelt hab'. Ich sag nur, ich könnte für nichts garantieren.

Aber nie im Leben könnte ich einen Menschen umbringen und schon gar nicht auf diese Weise. Nicht mal den alten Weidner.«

Heiko kramte in seiner Jackentasche. »Also, wenn das so ist, dann haben Sie ja sicher nichts gegen eine DNA-Probe? Und Ihre Fingerabdrücke bräuchten wir auch.«

Campo schluckte. »Jetzt wegen dem Mord oder wegen der Schlägerei?«

»Erst mal nur wegen dem Mord!«, beruhigte der Kommissar.

»Wenn ich euch die Proben gebe, dann werde ich entlastet, oder?«

»Wenn Sie unschuldig sind, ja!«, gab Lisa zu bedenken.

»Also dann!«, meinte der junge Mann und öffnete den Mund.

Lisa betrachtete Heiko beim Hinausgehen nachdenklich von der Seite und fragte dann in kritischem Tonfall:

»Wie oft rasierst du dich eigentlich?« Insgeheim dachte sie, dass er mit seinem Bart ziemliche Ähnlichkeit mit dem Räuber Hotzenplotz hatte.

»Ich seh gern aweng gefährlich aus«, versetzte Heiko.

Lisa seufzte. »Und jetzt müssen wir diesen Papagei retten?«

Heiko nickte. »Der kann ja nix dafür, oder? Und? Denkst du, Campo hat was mit der Sache zu tun?«

Lisa zwirbelte nachdenklich eine ihrer Haarsträhnen. »Ich weiß nicht. Mein Bauchgefühl sagt eher Nein. Was glaubst du?«

»Also, ich bin mir sicher, dass er den Winterbach verprügelt hat. Aber dass er der Mörder vom Weidner ist, das glaube ich auch nicht.«

»Hat Winterbach ihn angezeigt?«, erkundigte sich Lisa.

Heiko verneinte. »Bisher nicht. Und wenn du mich fragst, wird er das auch schön bleiben lassen.«

»Warum?«

»Nun, wenn er ihn anzeigen würde, würde es natürlich auch um das Motiv gehen. Und dann würde rauskommen, dass der Winterbach die Silke verprügelt hat. Und in Anbetracht der Tatsache, dass das mit hundertprozentiger Wahrscheinlichkeit vom Informantennetz aufgeschnappt werden würde, würde es in atemberaubender Geschwindigkeit bald das ganze Dorf wissen, auf welche Weise auch immer.

Winterbachs Ruf wäre für immer ruiniert und er ist nicht der Typ, dem das egal wäre.«

Lisa widmete sich nun einer anderen Haarsträhne. »Spielen wir aber doch mal den Fall hypothetisch durch«, schlug sie dann vor. »Also. Nehmen wir an, Marco Campo geht zum alten Weidner und konfrontiert ihn mit seiner Beziehung zu Silke. Der Weidner hat getobt und damit gedroht, Silke zu enterben. Daraufhin sieht Campo seine Felle davonschwimmen.«

Heiko stutzte.

»Ja?«

»Das passt nicht. Campo macht nicht den Eindruck, als würde er wegen 10.000 Euro zu spinnen anfangen.«

»Vielleicht. Wir sollten uns wohl auf den Briefeschreiber konzentrieren. Da haben wir ja ein paar Kandidaten.«

»Was hast du gemacht?«, wollte Silvio wissen und sah seinen Sohn böse an.

Maria stellte die Platte mit den Koteletts auf den Tisch und legte jedem eines auf den Teller. Daneben platzierte sie die Schale mit den Pellkartoffeln. Marco schnitt ein großes Stück vom Kotelett ab, steckte es sich in den Mund und kaute hektisch und überaus missmutig darauf herum. Maria setzte sich neben ihn.

»Ich habe dich was gefragt, figlio mio«, insistierte Silvio. »Antworte!«

Marco wusste, dass sein Vater ihm niemals eine knallen würde. Das hatte er nie gemacht und er würde es auch nie tun.

Umso gefährlicher waren die subtileren, verbalen Feinheiten, die seine Forderungen unterstreichen konnten und die oft sehr verletzend waren.

Seine Mutter hatte bisher nichts angerührt und legte ihm nun die Hand auf den Arm.

»Hast du den Winterbach verprügelt?«, fragte sie und sah ihren Jungen eindringlich an. Ihre Stirn legte sich dabei in unansehnliche Falten und sie sah mit einem Mal zehn Jahre älter aus. Marco schluckte und lehnte sich zurück. »Gestern waren die Silke und ich im Peanuts«, erzählte er. »Und da haben wir diese Kommissare getroffen. Und denen hat die Silke erzählt, dass der Winterbach sie verprügelt hat.«

Maria nickte. »Das hat mir die Erna auch schon mal erzählt.«

Silvio zog die Augenbrauen hoch. »Weiter?«

Marco räusperte sich. »Nun, ihr wisst ja, ich liebe die Silke und da hab' ich eine solche Wut gekriegt, dass ich ...«

Silvio kaute nun doch auf einem Kotelettstück. Seine schwarzen Augen funkelten. Maria streichelte den Arm ihres Sohnes.

»Da hast du gedacht, dem müsste man mal eine reinhauen!«, vollendete Silvio. Marco nickte ergeben. Nun landete Silvios Faust doch krachend auf dem Tisch.

»Dio mio!«, entfuhr es dem Italiener. »Ja, bist du denn des Wahnsinns?«

»Aber ich liebe sie doch so, die Silke. Und die hätte den Mistkerl nicht angezeigt, niemals, und da muss man doch was tun! Das kann man doch nicht so stehen lassen!«

Silvio ließ das Besteck auf den Tisch fallen, verschränkte die Arme und lehnte sich nach hinten. »Ich weiß sowieso nicht, was du mit der willst! Ihr Vater hat unsere ganze Familie verachtet – und warum? Perché non siamo tedeschi! Nur, weil wir keine Deutschen sind! Wie erbärmlich!«

»Die Erna und die Silke sind nicht so«, schaltete sich nun Maria ein. »Das war nur der Alte!« Missmutig nahm Silvio sein Besteck wieder auf und schnitt erneut in sein Kotelett. Plötzlich hielt er inne. »Kannst du mir eines versprechen, figlio?« Marco zuckte die Schultern. »Mit dem Mord hast du aber nichts zu tun, oder?«

Eine halbe Stunde später hatte sich in der Küche ein handfester Streit entsponnen. Maria schrie ihren Mann an, was ihm einfiele, seinen Sohn des Mordes zu bezichtigen.

Silvio rechtfertigte sich brüllend, wenn der auf den Winterbach losgehe, dann könne es ja immerhin möglich sein.

Gar nichts kann sein, rief Maria, wild wie eine Furie. Marco hatte sich in seinem Kinderzimmer verschanzt, für das er eigentlich schon viel zu alt war. Er war ehrlich schockiert, dass sein Vater ihm so etwas zutraute. Einem Kerl, der seine Freundin verdrischt, eine reinzuhauen, war ja wohl eine Sache. Mord war eine andere.

Er fühlte sich wie ein Kind, das etwas ausgefressen hatte und dessen Eltern sich deshalb ständig stritten. Wie ein Kind, das, unendlich traurig, das tobende Gewitter des elterlichen Streites mitanhört und nichts dagegen tun kann.

»É il tuo figlio!«, rief nun seine Mutter und ihre Stimme überschlug sich. Das genügte. Marco Campo schnappte sich seine Lederjacke und ging.

Die beiden Damen hatten sich an den Wohnzimmertisch gesetzt. Erna Weidner hatte wie immer so viel Kuchen besorgt, wie sie und Maria Campo niemals würden essen können, und so befand sich eine riesenhafte Platte auf dem Tisch.

Den Rest vernichtete dann sowieso regelmäßig Karl. Maria erzählte gerade die Geschichte von

Marcos Problemen mit der Polizei. Sie war ehrlich besorgt um ihren Sohn. Denn nur, weil sie ihm glaubte, musste die Polizei das noch lange nicht auch tun.

Erna Weidner winkte ab. »Diese Polizisten sind doch ziemlich auf Zack, die finden schon die Wahrheit heraus! Und um deinen Marco brauchst du dir keine Gedanken zu machen, der ist schwer in Ordnung! Noch Kaffee?«

Maria nickte. Erna goss nach und legte Maria ungefragt noch ein Stück vom versunkenen Apfelkuchen auf den Teller.

Doch die war viel zu sehr mit ihren Gedanken beschäftigt, um zu protestieren, wie sie es sonst immer tat. »Ich freue mich, dass unsere beiden zusammen sind. Das ist schon was Ernstes, glaube ich.«

Erna nickte.

»Und mit dem Kleinen kommt Marco auch ganz gut klar.« Die Bäuerin wies auf das am Boden hockende Kind, das ganz in sein Spiel mit dem Straßenteppich und seinen Miniaturautos versunken war.

»Aber wie geht es dir? Ich rede die ganze Zeit von mir, bitte entschuldige!«

Erna betrachtete sinnend ihre Kaffeetasse. »Jetzt, wo er unter der Erde ist, ist es leichter! Aber die Arbeit ist schwer, sehr schwer. Aber der Karl hilft mir schon! Der schafft sehr schwer, is auch ein guter Junge.«

Maria trank Kaffee und stach ergeben ein Stück vom Kuchen ab. »Ihr könnt euch doch eine Hofhilfe besorgen, das gibt's doch. Das ist vielleicht gar nicht so schlecht!«

Erna Weidner zuckte die Achseln. Meist waren die Hofhilfen gescheiterte Bauern, die ihren Hof – oft nach Generationen im Familienbesitz – wegen der schlechten wirtschaftlichen Lage aufgeben mussten. Tragische Gestalten, wirklich.

»Und was ist mit ihm? Was sagt er dazu?«, meinte Maria nun.

Die Uhr tickte. Die Bäuerin zuckte die Achseln.

»Wie das weitergehen soll, weiß ich auch nicht! Der hat ganz verrückte Ideen.«

Maria machte: »Hm«, und rührte im Kaffee.

»Aber du liebst ihn, ja?«

»Schon!«

Leon stand plötzlich auf, watschelte zum Tisch und fragte: »Oma, kriege ich einen Kuchen?«

»Wie heißt das, Kleiner?«

»Bitte!«, krähte der Dreijährige sofort.

Erna hob ihren Enkel vom Boden auf, setzte ihn auf den freien Stuhl neben sich und drückte ihm ein Stück Hefezopf in die Hand, das Leon sofort begeistert zu kneten begann.

»Willst du wissen, was ich denke?«, fragte Maria kauend. »Ich denke, du brauchst kein schlechtes Gewissen zu haben. Ich hätte es mit deinem Rudi auch nicht ausgehalten. Der Silvio ist ja schon schwierig, aber der Rudi war manchmal schon richtig anstrengend!«

Erna Weidner schwieg und kaute Schwarzwälder Kirschtorte.

»Oder etwa nicht?«

Die Witwe senkte den Blick.

»Ha ja. Weißt du, früher, da waren wir so glücklich. Wie konnte das nur passieren?«

Maria schüttelte den Kopf. »Solche Dinge passieren eben«, tröstete sie und legte ihrer Freundin eine Hand auf den Arm. »Du musst jetzt das Beste aus deiner Lage machen. Du brauchst dich wegen ihm nicht zu genieren. Warte eine Weile, und dann kannst du dich offiziell mit ihm sehen lassen! Vielleicht könnt ihr sogar irgendwann heiraten.«

Erna nickte. »Vielleicht mache ich das!«

In der Wohnung war es schummrig. Es roch nach Alkohol und kaltem Rauch.

»Er ist in der Küche, hat der Winterbach gesagt!«

Sie durchquerten das Wohnzimmer und hörten auch wirklich einige krächzende Laute, die sich schwer nach Papagei anhörten. Lisa öffnete den Raum, aus dem das Geräusch drang, und fand sich Auge in Auge mit einem mittelgroßen Graupapagei, der sie nun interessiert musterte.

»Roooaak«, machte der Vogel und drehte den Kopf um 180 Grad.

»Du bist ja hübsch«, meinte Lisa und schnappte sich die Packung mit dem Vogelfutter, die neben dem eigentlich zu kleinen Käfig stand. Hansi hielt sich mit dem Schnabel am Gitter fest und kletterte mit seinen fleischigen, riesenhaften Füßen begeistert in Richtung Futterschüssel.

»Vorsicht, die können beißen!«, warnte Heiko.

»Rooooak«, machte Hansi und sah nun wirklich ein bisschen gefährlich aus. Heiko nahm Lisa die Packung aus der Hand und hielt sie über den Käfig.

Der Vogel fixierte sie und sagte dann laut und deutlich: »Du Depp, du!«

Heiko hätte vor Schreck beinah das Futter fallen lassen, Lisa blinzelte und wusste offenbar nicht, wie sie reagieren sollte. »Hat mich das Vieh grad' beschimpft?«, wollte Heiko wissen.

Lisa starrte immer noch entgeistert auf den Vogel. »Scheint so.«

»Deppdepp, Deppdepp du!«, wiederholte der Vogel und wippte ungeduldig auf und ab. Heiko ließ Futter in die Schüssel rieseln.

»Am besten, du nimmst ihn mit zu dir nach Hause!«, schlug er dann vor.

»Iiiich? Falls du es vergessen hast, ich habe eine Katze! Und Katzen haben Vögel zum Fressen gern! Außerdem kann ich keinen Mitbewohner brauchen, der mit Schimpfwörtern um sich wirft!« Heiko seufzte. Dann blieb ihm wohl nichts anderes übrig, als das Tier selbst mitzunehmen. Er setzte Lisa am Revier ab, damit sie Uwe noch die DNA-Probe geben konnte. Dann fuhr er auf direktem Weg nach Hause.

Sita knurrte. Nicht nur ein bisschen. Sie zog die Lefzen zurück und entblößte sämtliche Zähne. Begleitet von einem tiefen, gurgelnden Grollen.

»Scht«, machte Heiko und wuchtete den Käfig durch die Tür.

»Roooak«, sagte Hansi und drehte den Kopf.

Heiko beschloss, den Vogel erst mal im Wohnzimmer unterzubringen. »Roaaak«, machte das Tier noch einmal, als Heiko ihn auf der Fensterbank abstellte.

Sita platzierte sich sofort vor dem Käfig und knurrte noch bösartiger.

»Ruhe, Hund!«, forderte Heiko. »Der Babagei wohnt jetzt bei uns, des is der Hansi!« Hansi streckte die graue Zunge heraus und spreizte die Flügel. Die Dackeldame sah Heiko verständnislos an und sträubte das Nackenfell.

»Idiot«, sagte Hansi und zeigte damit, dass er noch mehr Vokabeln draufhatte. Heiko seufzte schwer. Ein beleidigender Papagei war das Letzte, was er gebrauchen konnte.

»Komm, mir gehn eine Runde«, schlug Heiko seinem Hund vor und holte die Leine. Das ließ sich der Dackel nicht zweimal sagen.

Es war mild, immerhin ging es nun schon auf den Mai zu. Heiko hatte nur eine dünne Jeansjacke und ein T-Shirt an und fror nicht.

Bald wären überall die Maifeste. Heiko liebte die Maifeste. Die waren etwas ganz Besonderes. Und die Steaks waren die besten im ganzen Jahr.

Vielleicht wäre es sinnvoll, mit Lisa nach Tiefenbach aufs Maifest zu gehen und sich ein bisschen umzuhören. Eventuell gäbe es noch Hinweise auf die Affäre der Weidnerin. Oder am besten gleich auf den Mörder. Beziehungsweise auf ein und dieselbe Person, wäre ja durchaus möglich.

Ein Maikäfer surrte über ihnen und Sita sah hoch. Sie überlegte kurz und beschloss dann, das Insekt zu ignorieren. War ihr wohl doch nicht ganz geheuer, genau wie Hansi.

Es handelte sich höchstwahrscheinlich um eine Beziehungstat, da war er sich fast sicher. Es ging irgendwie um die Familie Weidner. Mit Geld hatte das Ganze nichts zu tun. Schwierige Sache. Wenn es um Geld ging, hatte man den Mörder meist schnell. Beziehungen musste man erst entwirren, bevor man sie analysieren konnte. Und das war oft mühselig, so wie in diesem Fall. Der Hund trippelte zielstrebig weiter.

Und dann Lisa. Er glaubte so langsam, dass das mit ihr was richtig Ernstes werden könnte. So für immer und so. Vielleicht war er auch nur unglaublich dumm, weil er so verknallt in sie war. Aber sie war doch sicherlich auch verliebt, oder etwa nicht? Die Weiber sind immer so verdammt schwer einzuschätzen. Und dann dieses Rumgezicke, mit dem sie sich interessant machen wollen! Geradezu lächerlich. Lächerlich und äußerst nervig. Aber was will man machen.

Er zündete sich eine Zigarette an.

SAMSTAG, 25. APRIL

Heiko stand vor dem Kerzenregal. Er wusste, dass Frauen Kerzen liebten, und seine Mutter war ja schließlich eine Frau. Jedes Jahr hatte er die größten Probleme, wenn ihr Geburtstag kam und er ihr etwas schenken sollte. Denn anders als sein Vater war sie nicht mit einer Flasche Wein zufrieden.

Frauen wollten, dass man sich Gedanken machte, was ihnen gefallen würde. Nur leider hatte er überhaupt keine Ahnung, was ihr gefallen könnte. Und jedes Jahr ging er dann am Samstagmittag, bevor er zu seinen Eltern fuhr, noch schnell in den Möbel Sohn, um ihr noch irgendwas zu kaufen, was ihr dann mal mehr und mal weniger gefiel. Weil sie sich jedes Jahr um halb drei trafen, um die patentierte Mokkatorte seiner Mutter zu vernichten.

Heiko seufzte so laut, dass eine der Verkäuferinnen nun auf ihn zukam. Sie hatte mittelblondes, gelocktes Haar, war sehr groß, schlank und etwa 50 Jahre alt. »Suchen Sie was Bestimmtes?«, fragte die Frau nun mit leichtem, osteuropäischem Akzent.

Heiko zuckte die Achseln. »Ich brauche ein Geburtstagsgeschenk für meine Mutter«, murmelte er und sah die Frau hoffnungsvoll an.

»Ah ja«, machte sie und bückte sich, um ein riesenhaftes Marmeladenglas in geschwungener Form aufzuheben. »Da könnten Sie Ihrer Mutter doch zum

Beispiel ein schönes Windlicht schenken! Da kann man dann Sand reindekorieren und eine schöne Kerze reinstellen, vielleicht noch ein paar Muscheln. Und zusammen mit einem schönen Blumenstrauß ist das dann doch ein nettes Geschenk!«

Heiko entging nicht, dass die Frau das Geschenk lediglich als ›nett‹ bezeichnet hatte, aber zu mehr würde es nun wohl nicht mehr reichen.

Er fragte also ergeben: »Helfen Sie mir?« Sehr professionell interviewte ihn die Dame nun über die Badezimmereinrichtung seiner Eltern. Heiko hatte keine Ahnung.

»Grau, glaub ich!«, riet er.

»Also wissen Sie, dieses Jahr ist ja Lila Trendfarbe. Wir haben ein ganzes Lilathema im Sortiment!«

Heiko hatte keine Ahnung, was ein Lilathema war, nickte aber billigend.

»Ich stell' Ihnen da mal was zusammen«, sagte die Verkäuferin und lächelte aufmunternd. In den nächsten fünf Minuten riss sie ein Päckchen lilafarbenen Sand auf und kippte ihn in das Marmeladenglas, obendrauf kamen einige lila gefärbte Holzstücke und ein Päckchen weiße Turmschnecken. Schließlich krönte sie ihr Werk mit einer riesenhaften lilafarbenen Stumpenkerze und fragte dann: »Einpacken?«

Anderthalb Stunden später fuhr er mit dem kunstvoll in Klarsichtfolie verpackten Glasteil und einem Blumenstrauß von der Tankstelle bei seinen Eltern vor.

Die Verpackung sah zwar schön aus, erfüllte

aber seiner Meinung nach kaum den Zweck einer Geschenkverpackung, weil man ja schließlich hindurchsehen konnte. Nun gut, schien gerade ›in‹ zu sein. Er parkte den Wagen und betrachtete einen Moment lang sinnend das Haus. Hier in Westgartshausen war er aufgewachsen. Das Dorf war klein, sehr klein, er glaubte sogar, dass es nicht einmal ganz tausend Einwohner hatte.

Obwohl es in der Umgebung auch Dörfer mit nur 100 Einwohnern und weniger gab. Aber solche Käffer waren ihm zu verhockt, zu eng, man lebte zu nah aufeinander und bekam von den Nachbarn alles mit. Furchtbar. Nicht sein Geschmack. Aber es gab Leute, die mochten das. Westgartshausen jedenfalls war anders.

Seine Kindheit hier war traumhaft gewesen, wunderschön. Im Winter konnte man auf dem zugefrorenen Fischweiher Schlittschuh fahren, im Sommer durch die weiten Wiesen toben und durch den Wald streifen.

Sein Onkel Sieger hatte hier einige seiner Wiesen und Heiko hatte die Heuernte in guter Erinnerung. Nirgends hatten die Wurstbrote so gut geschmeckt wie in der Mittagspause beim Heumachen. Als Tisch hatten dabei die ersten Heuballen gedient, die aus jener riesenhaften Maschine ploppten, die schon so manch unvorsichtigem Bauern einen Teil seines Armes gekostet hatte und vor der der kleine Heiko einen Heidenrespekt gehabt hatte.

Schon wurde die Haustür geöffnet und seine Mutter stürmte heraus, ihn scheltend, dass er sich so selten blicken ließe.

»Alles Gute zum Geburtstag, Mama«, sagte er und streckte seiner Mutter den Tankstellenblumenstrauß und das komische Kerzendings hin.

»Das sind aber schöne Blumen, danke! Und das Windlicht, hach, da hast dir ja richtig Gedanken gemacht, mei Buale! Schön hast du's ausgesucht, ganz toll!«

Heiko fühlte sich wie ein Dreijähriger, der vom Kindergarten ein schönes Bild mit heimbrachte und dann dafür gelobt wurde.

Er lächelte und hütete sich zuzugeben, dass er beim Aussuchen große Hilfe gehabt hatte.

Seine Mutter drückte ihn so fest, dass ihm fast die Luft wegblieb, was man ihr eigentlich gar nicht zutraute, wenn man sie sich so ansah. Aber sie hatte ihn eben lieb.

»Du siehst ja ganz verhungert aus, du isst zu wenig, Bua«, fuhr seine Mutter fort.

»Quatsch«, widersprach Heiko und rüttelte an seinem kleinen Bauchspeckröllchen.

Seine Mutter winkte ab. »An einem Kerl muss ein bisschen was dran sein! Aber jetzt komm' erst mal rein!«

Drinnen empfing ihn der vertraute Geruch seines Elternhauses. Er hatte bereits gelernt, dass jeder Ort einen eigenen Geruch hatte. Und der seines Elternhauses war unverwechselbar. Unbeschreibbar. Vielleicht nicht gerade blumig. Aber er führte dazu, dass er sich jedes Mal, wenn er das Haus betrat, sofort in seine Kindheit zurückversetzt fühlte. Auch deshalb, weil seine Mutter ihn wie einen kleinen Jungen behandelte.

»Setz dich, ich komm gleich«, bestimmte sie und stellte das komische Kerzendings wie einen Pokal auf den Tisch, der schon immer als ›Gabentisch‹ gedient hatte. Sein Vater ließ sich neben ihm auf dem Stuhl nieder und musterte ihn wohlwollend.

»Und, wie läuft's?«, fragte er.

Heiko löste seine Blicke von der gigantischen Mokkatorte und sah seinen Vater an. Alt war er geworden, alt. Es war seltsam, den eigenen Vater alt zu sehen. Ein Vater hatte stark zu sein.

»Gut. Interessanter Fall!«

Wüst senior beugte sich vor. »Ja, ich hab' in der Zeitung davon gelesen. Scheint ja ein netter Kerl gewesen zu sein, dieser Kleintierbauer!« Heiko machte »Hm« und meinte dann: »Ach, weißt du, wenn man sich so mit dem Fall befasst, dann kommen verschiedene Meinungen über einen Menschen bei einem an.«

Der Vater brummte zustimmend. »Und scheint's habt ihr noch keine heiße Spur?«

Heiko schürzte die Lippen. »Wie kommst du denn darauf?«

Sein Vater angelte umständlich die Zeitung von der Couch und reichte sie ihm. »Seite 21!«, informierte er knapp.

Heiko blätterte in den Lokalteil und sah die riesige Schlagzeile sofort: ›Polizei tappt immer noch im

Dunkeln‹. Sofort begann es in ihm zu brodeln. Er las weiter.

›Im Fall des Mordes an dem beliebten Tiefenbacher Kleintierzüchter Rudolf Weidner tappt die hiesige Polizei weiterhin im Dunkeln. Der Leiter der Dienststelle, Polizeioberkommissar Georg Ullrich, teilte mit, die Polizei würde zwar mehrere Spuren verfolgen, eine heiße sei aber noch nicht dabei. Das HT hat eine Nachbarin der Weidners befragt, die uns die Information gab, dass ein guter Bekannter von Rudolf Weidner mit schweren Verletzungen im Krankenhaus liege. Der Mann ist noch nicht wieder ansprechbar. Ob und inwieweit die gefährliche Körperverletzung im Zusammenhang mit dem Mord steht, das hat die Polizei zu klären!‹

Heiko warf das Blatt missmutig auf die Couch zurück. »Kommen die Oma und der Sieger auch?«, fragte er.

Wüst senior schüttelte den Kopf. »Der Sieger muss schaffen.«

Seine Mutter kam herein und stellte die Kaffeekanne auf den Tisch. Es war DIE Kaffeekanne, seit 30 Jahren, genau, wie es DAS SERVICE war, seit ebenfalls 30 Jahren. Grau-weiß, mit Jagdmotiv. Ein Klassiker.

»Ist was?«, fragte sie. Heiko äugte zum HT hin und beschloss dann, sich von der Meldung nicht den Tag verderben zu lassen.

»Nein, alles okay«, log er also.

Seine Mutter lächelte und stellte mit ausladender Bewegung die Vase mit dem Tankstellenblumenstrauß auf den Tisch, um ihn dann mit Entzücken im Blick zu betrachten. »Und was macht die Liebe?«, fragte sie nun standardmäßig, während sie sich setzte.

Heiko räusperte sich. Seine Mutter zog die Augenbrauen hoch, weil sie wohl ahnte, dass sie diesmal eine andere Antwort als das übliche »Nix« erhalten würde.

»Nun, es gibt da eine Kollegin, die mir gefällt!«, gab er zögernd zu.

»Und?«, fragte seine Mutter, die vor ihrem geistigen Auge offenbar schon die Enkel herumtapsen sah.

»Ja, läuft!«, meinte Heiko. »Mal sehen, ob was draus wird.«

Und dann war es wie jedes Jahr gewesen. Sie hatten auf die ›Muader‹ angestoßen, erst mit Sekt, dann mit Kaffee. Dann hatten sie wie jedes Jahr die Hälfte der fantastischen Mokkatorte vernichtet. Und dann hatten sie noch gemütlich beieinander gesessen, waren ein bisschen spazieren gegangen und dann wieder um den Wohnzimmertisch gehockt, bis um sechs. Dann waren so langsam die Nachbarn eingetrudelt und nach einer Weile hatte sich Heiko dann verabschiedet.

Er fühlte sich wohl bei seinen Eltern. Auch wenn das mit dem Älterwerden schon seltsam war. Es war wirklich betrüblich zu sehen, wie sie alt wurden.

Sie waren immer jung gewesen, jung und stark. Nun

durchzogen graue Strähnen das Haar seiner Mutter, ihr Gesicht war immer noch schön, ja, aber faltig.

Und sein Vater ging gebeugter als früher, hatte öfter als in der Vergangenheit die Hände in den Hosentaschen. Und er hatte angefangen, Strickwesten zu tragen, diese hässlichen Dinger, die auch der Oberstudienrat trug. Das machte ihn älter. Irgendwie seltsam.

SONNTAG, 26. APRIL

Heute war Adlersonntag. Adlersonntag bedeutete Mittagessen mit Sieger im Adler.

Der ›Adler‹ war das Dorfrestaurant in Eltershofen.

Eltershofen war eines jener Dörfer, in denen jeder jeden kannte und auch jeder über jeden Bescheid wusste.

Und genau genommen, war der Adler kein Restaurant im eigentlichen Sinn.

Obwohl. Es gab durchaus eine Karte mit kleinen Speisen. ›Was Gscheits‹, also ›An Bolla Fleisch und a Rängele Eebira‹ oder Ähnliches gab es allerdings nur sonntags.

Und deshalb ging Sieger jeden Sonntag nach Eltershofen in den Adler zum Essen. Und bekam sozusagen vom Familienessen ab. Die Wirtsfamilie aß im Hinterzimmer des Restaurants und die Gäste vorne.

»Und was gibt's heut?«, fragte Sieger die Wirtin, auch ›Wirte‹ genannt.

Die ältere, üppige Frau im blauen Blümchenkleid linste über ihre Brille. Ihr grauer Dutt wackelte, als sie den Kopf hob. »Heit git's Sauerbrooda und Spätzle!«, informierte sie.

»Ja, des bringsch mer«, meinte Sieger anerkennend und seine blauen Augen blitzten erwartungsvoll. »Für mii aa«, bestellte Heiko, genießerisch Hohenlohisch redend.

Die Tür ging auf und eine Horde Mittfünfziger kam herein – der Liederkranz Eltershofen.

»Moorcha, Wirte!«, rief einer der Männer. Sofort gruppierten sie sich um den anderen der beiden langen Tische, die sich in dem kleinen Raum befanden. Sie bestellten sich entweder Rot- oder Weißweinschorle und falteten dann sinnend die Hände über ihren mehr oder weniger großen Bäuchen.

Das Restaurant war eher traditionell eingerichtet und war früher wohl einmal sehr modern gewesen. Die Wände waren mit hellem Holz vertäfelt. Zur Dekoration waren überall Textilblumensträuße in Siebziger-Jahre-Vasen aufgestellt. Und auf der Theke stand ein roter Weihnachtsstern und alle rätselten ständig, wie es die ›Wirte‹ schaffte, ihn so lange am Leben zu erhalten.

»Moorcha, Sieger, und gell, des is der Heiko!«, rief einer vom Liederkranz herüber. Die beiden Männer nickten grüßend.

»Und, wie läuft's in euerm Fall?«, wollte Sieger wissen.

Heiko trank einen Schluck Cola.

»Ich weiß au net.«

»Ja, habt ihr noch gar keine Idee?«

»Ach, verschiedene Spuren halt. Aber nix Konkretes.«

Einer von den Liederkränzlern hatte das Gespräch mitgehört. »Ou, gell, du untersuchsch ja den Mord am Rudi Weidner«, schaltete er sich ein. Seine weißen Koteletten zuckten gespannt. »Und?«

Heiko schüttelte den Kopf. »Noch nix.« Und er wunderte sich keine Sekunde, dass man sogar hier in Eltershofen über den Mord am Kleintierzüchter Bescheid wusste.

»Und wie läuft's mit deinem Mädle?«, fragte Sieger nun.

»Läuft«, brummte Heiko.

Sieger legte die Stirn in Falten. »Jetzt schwätz halt!«

Heiko grinste.

»Ja, die wär scho recht!«

»Ja, und?«

»Ha, die war schon mal bei mir!«

»Und?«

»Was, und? Läuft, hab' ich doch gesagt!«

Sieger nickte.

»Und bei dir?«, wollte Heiko wissen.

Sein Onkel stöhnte und winkte ab. »Ich und die Weiber!«, meinte er und es klang etwas hoffnungslos. Heiko stimmte ihm innerlich zu. Er glaubte auch nicht, dass sein Onkel wirklich eine Frau brauchen konnte. Der wollte seine Ruhe. Der wollte in den Wald und Holz machen und nach seinen paar Schafen sehen. Und, was am wichtigsten war, er wollte niemanden haben, der sich in seine Angelegenheiten einmischte.

Plötzlich ertönte vom Nachbartisch ein melodisches »Humm«. Kurz darauf stimmte der Liederkranz ein triumphales ›Am Brunnen vor dem Tore‹ an, während die Wirte zwei enorme Teller mit dampfendem Sauerbraten und frischen Spätzle sowie eine gewaltige Sauciere vor den beiden Männern abstellte.

MONTAG, 27. APRIL

»Kommst du kurz mit zum Uwe?«, fragte Heiko. »Ich will ihn wegen der DNA fragen.«

Lisa nickte und gemeinsam gingen sie in den dritten Stock zur Spurensicherung. Uwe war ein überaus kompetenter Kollege. Trotzdem war er nicht gerade der Ordentlichste. Sein Reich war schlichtweg chaotisch, zumindest auf den ersten Blick.

Zwar hatte er die meisten Beweisstücke in Schubladen einsortiert, das System, das dahinter steckte, kapierte allerdings nur er allein. Aber es funktionierte. Uwe suchte nie. Das Genie beherrscht das Chaos, sagte er immer.

»Na?«, begrüßte Heiko den Spurensicherer und klopfte ihm kameradschaftlich auf den Rücken. Uwe brummte.

»Was gibt's Neues?«

Lisa lächelte den Kollegen strahlend an. Ein bisschen Eifersucht schadet nie.

»Wegen dem Weidner?«, fragte Uwe zurück und suggerierte damit, dass er ja noch so vieles andere zu tun hatte.

Heiko machte: »Hm.«

Uwe räusperte sich. »Also, erst mal: Der Obduktionsbericht ist da. Der Kerl war tatsächlich ein Vollalki und die Leber war auch ziemlich kaputt. Der wäre eh keine 90 geworden. Und gestorben ist er tatsächlich an diesem Hieb ins Gesicht, aber das war ja sowieso klar.«

Heiko wartete. Uwe liebte es, die Spannung zu erhöhen.

»Aber in Bezug auf die Axt hat sich was Interessantes ergeben.«

Lisa blickte den Spurensicherer auffordernd an.

»Also, tatsächlich war keine DNA von Maximilian Weidner auf der Axt.

Alle anderen und selbstverständlich das Mordopfer hatten sie schon mal in der Hand. Fremd-DNA hab ich bisher noch nicht gefunden. Also leider bisher noch keine Spur vom Mörder, außer, es wäre doch jemand von der Familie gewesen. Aber das ist nicht der springende Punkt.«

»Sondern?«, forschte Heiko.

»Der springende Punkt ist, dass sich die DNAs der Kinder zu wenig ähneln.«

»Und das bedeutet?«

»Das bedeutet, dass Maximilian Weidner einen anderen Vater hat. Das Mordopfer ist nicht der Vater von Maximilian.«

Die Kommissare sahen sich erstaunt an. Diese Nachricht war ja interessant.

»Sondern wer?«

»Unbekannt. Das müsst ihr rausfinden.«

»Ich kann mir schon denken, wer der Vater ist, du nicht?«, meinte Heiko.

Lisa schürzte die Lippen. »Simon, kannst du rausfinden, wann Maximilian Weidner geboren ist, wann sich Erna Weidner von Fritz Maler getrennt hat, wie sich die Weidners kennengelernt haben, wann sie geheiratet haben und so weiter. Du weißt schon! Und schnell, bitte.«

Der Kriminalobermeister rührte in seinem Plastikkaffeebecher. »Übrigens ist das graphologische Gutachtän da!«, informierte er beiläufig.

»Und?«

Heiko musste sich nun wirklich beherrschen, weil er schon wieder jemanden vor sich hatte, der sich alles aus der Nase ziehen ließ.

»Kandidat A ist es zu 70 Prozent, zu fast 30 Prozent Kandidat C. Kandidat B kann mit an Sicherheit grenzender Wahrschainlichkeit ausgeschlossen werden.«

»Und wer ist Kandidat A?«

Simon trank noch einen Schluck Kaffee und sagte dann: »Malär.«

Maler wohnte in der Seestraße. Die beiden Kommissare parkten den Polizeiwagen auf dem geräumigen, akkurat gepflasterten und von Buchsbäumchen gesäumten Hof.

In solchen Fällen nahmen sie immer den Dienstwagen.

Sie mussten zwei Marmorstufen hinaufsteigen, um zur Haustür zu gelangen. Dann klingelten sie. Recht schnell war drinnen Bewegung zu vernehmen. Dann öffnete sich die Haustür und Hedwig Maler stand im rosafarbenen Jogginganzug vor ihnen.

Ihre Augen weiteten sich und die Glitzersteinchen auf dem samtigen Oberteil bebten, genau wie sie selbst. Dann versuchte sie ein Lächeln. »Grüß Gott, ach, die Kommissare! Kommen Sie doch rein.«

»Ist Ihr Mann da?«, fragte Heiko dazwischen, um das Ganze nicht unnötig in die Länge zu ziehen.

Zwischen Hedwig Malers Augen entstand eine lange, steile Falte. »Ja, aber warum?« Schon schob sich von hinten Fritz Maler heran, mit seinem schütteren Blondhaar und den blauen Augen hätte er gut die männliche Version seiner Frau sein können. Nur, dass er keinen rosafarbenen Jogginganzug, sondern Jeans und ein blaukariertes Hemd trug. »Ja?« Er fuhr sich nervös mit der Hand durch die Haare und verursachte eine sehr derangiert wirkende Sturmfrisur.

»Wir müssen Sie leider bitten mitzukommen!«, eröffnete Heiko.

Maler erstarrte. »Wieso? Bin ich festgenommen?«

Lisa versuchte ein Lächeln. »Aber nicht doch, Herr Maler, wir müssen Ihnen nur ein paar Fragen stellen.«

»Und geht das nicht auch hier?«, fragte er. »Leider nicht«, antwortete Heiko. »Ich denke, es ist in unser aller Interesse, wenn wir das Ganze auf dem Revier machen.«

Hedwig runzelte die Stirn und musterte ihren Mann mit einem seltsamen Blick, legte dann aber entschlossen den Arm um ihn. Maler löste sich aus ihrem Griff und tätschelte die dicke Hand.

»Ist schon gut, Schatz. Das wird sich alles klären. Ich bin schließlich unschuldig.«

Die Fahrt zum Revier verlief recht schweigsam, solche Angelegenheiten waren immer etwas peinlich. Vor allem, wenn man den Verdächtigen gut leiden konnte. Und Maler war ein netter Kerl, grundanständig, soweit Heiko das beurteilen konnte. Aber schon oft hatte er erfahren müssen, wie sehr man sich in Menschen täuschen konnte, vor allem in denen, die ansonsten ruhig und besonnen wirkten. Die waren oft die größten Psychopathen.

Sie parkten den Wagen auf dem Hof und öffneten die hintere Tür. Wegen der Kindersicherung hinten konnte der Mann nicht selber aussteigen, was ihm offensichtlich einiges Unbehagen verursachte.

»Herr Maler, wir müssen Sie ganz kurz in eine Verwahrzelle setzen, weil wir noch etwas organisieren müssen!«, sagte Lisa und fasste Maler am Arm. Der Verdächtige nickte fast unmerklich und ergab sich in sein Schicksal.

Die Zelle im Untergeschoss des Polizeireviers Crailsheim war klein. So klein hatte er es sich nicht vorgestellt. Schon in den ersten Minuten hier drin hatte er sich bemühen müssen, ruhig und gleichmäßig zu atmen. Das Gefühl, lebendig begraben zu sein, hatte sich unheimlich schnell eingestellt. Er presste die Fingerspitzen gegeneinander und sah sich noch einmal um. Die Zelle war weiß gekachelt. Weiß, mit grauen Fugen.

Er hatte sich auf dem einzigen Einrichtungsgegenstand niedergelassen: Einer Pritsche mit einer wenig gemütlich aussehenden, dunkelbraunen Auflage ohne Decke. Außerdem gab es noch ein Stehklo in der vorderen Ecke. Darüber und gerade außer Reichweite für den Insassen wölbte sich eine sehr kleine und sehr unauffällige Überwachungskamera.

Unwillkürlich dachte er an Geschichten von einer Rolle Klopapier und einem Stück Seife pro Woche. Das könnte er nicht ertragen. Nein. Er könnte hier nicht drin sein. Er würde sich aufhängen, früher oder später.

Das Gefühl des Begrabenseins meldete sich wieder. Maler sah zum Fenster. Es war viel zu weit oben, als dass er hätte hinaussehen können. Diffuses Streulicht fiel in den engen Raum, das irgendwie gar nichts brachte.

Um sich abzulenken, begann er, die Kacheln zu zählen. Es waren 14 quer und sieben längs. Machte insgesamt 98 pro Wand. Pro Längswand. Also 196 an den beiden Längswänden. Endlich klackte das Schloss und die Tür schwang auf. Vor ihm standen die beiden Kommissare.

»Herr Maler? Kommen Sie?«

Wenig später saßen Heiko und Lisa zusammen mit dem Verdächtigen und Frau Brucker im Büro. Frau

Brucker war Schreibkraft und würde das Verhör protokollieren. Auf diese Weise könnten die Kommissare sich auf die Mimik und auf die Art der Äußerungen des Verdächtigen konzentrieren.

Momentan rann Maler ein Schweißtropfen über die Stirn, obwohl es im Büro nicht besonders warm war. Nervös wischte er ihn mit der Hand weg.

Simon kam herein, legte die Akte auf den Tisch und stellte einen Automatenkaffee vor dem Verdächtigen ab, was dieser mit einem dankbaren Blick quittierte.

»Milch? Zucker?«, bot Lisa an, aber Maler schüttelte den Kopf. Die Kommissarin nickte Frau Brucker zu, die sofort den bebrillten und stets sehr weise und streng wirkenden Blick auf den Bildschirm richtete.

»Also, Herr Maler«, begann Heiko und schlug die Akte auf, »wir haben Sie hergebeten, weil wir Sie verdächtigen, Herrn Rudolf Weidner ermordet zu haben.« Die Tasten des Laptops klackten leise, als Frau Brucker das Protokoll begann. Maler trank einen Schluck Kaffee.

»Wie kommen Sie denn darauf?«, fragte er dann und kratzte sich am Kopf.

»Ich werde Ihnen sagen, wie wir darauf kommen. Also: Wir wissen aus sicherer Quelle, dass Sie und Erna Weidner mal ein Paar waren! Und zwar bis … ungefähr Dezember 1976.«

Heiko ließ die Information wirken und beobachtete sein Gegenüber. Der Mann verschränkte die Arme und starrte auf seine Finger.

»Und?«

»Und Rudolf Weidner hat Ihnen damals Ihre Freundin ausgespannt! Und wir haben einen Brief an Erna Weidner, der laut graphologischem Gutachten mit 70-prozentiger Wahrscheinlichkeit von Ihnen ist.«

Maler lachte unfroh. Dann beugte er sich nach vorne und sagte:

»Also. Dass der Rudi mir die Erna damals ausgespannt hat, das stimmt. Und dass ich das damals nicht toll fand, das stimmt natürlich auch. Aber fänden Sie es nicht sinnvoller, wenn ich den Kerl gleich umgebracht hätte und nicht erst fast 40 Jahre später? Und ich kann nicht behaupten, dass ich damals nicht daran gedacht hätte. Meine Wut hätte dafür gereicht.«

Lisa wedelte mit der Hand. »Ich sage Ihnen, was wir uns gedacht haben: Unsere Theorie ist, dass Sie damals mit Erna Weidner zusammen waren. Und, was Sie vielleicht nicht gewusst haben: Erna Weidner war schwanger und Maximilian ist nach unseren Erkenntnissen nicht Rudolfs Kind.«

Maler hörte auf zu atmen und riss staunend die Augen auf.

»Äh …, wie bitte …, was?«

Heiko blätterte in der Akte und las vor: »Maximilian wurde am 25. August 1977 geboren. Rechnen wir doch mal neun Monate zurück, so in den November 1976? Sagt Ihnen das was?« Maler hob abwehrend die Hände. »Also, das weiß ich doch nicht mehr! Das ist ja schon so lange her.«

»Entschuldigen Sie, aber das nehme ich Ihnen nicht ab! Das muss doch sicher sehr schmerzhaft für Sie gewesen sein, wenn Ihre schwangere Freundin …«

»Ich wusste doch nicht, dass sie schwanger war!«

Heiko lehnte sich in seinen bordeauxfarbenen Bürostuhl zurück, sodass dieser vernehmlich knirschte. Das Geräusch wurde nur noch vom Klacken der Maschine übertönt. »Wir haben uns gedacht, dass Sie vielleicht in letzter Zeit irgendwie herausbekommen haben, dass Sie Maximilians Vater sind. Und dass Sie sich dann wieder auf die alten Zeiten besonnen haben und angefangen haben, der Weidnerin Avancen zu machen. Und dann könnten Sie sich doch überlegt haben …«

Maler schnaubte verächtlich, wirkte aber immer noch sehr aufgekratzt. Heiko war sich nicht sicher, ob seine Nervosität von einem allgemeinen Respekt vor der Obrigkeit herrührte, vielleicht von der Angst, eingesperrt zu werden, oder vielleicht auch daher, dass Maler tatsächlich Dreck am Stecken hatte.

»Hören Sie, ich weiß nicht, ob ich der Vater vom Max bin, und ehrlich gesagt, ist es mir auch egal. Vorbei ist vorbei. Die Erna hat sich damals entschieden und ich hab' auch kurz darauf die Hedwig geheiratet.«

»Sind Sie glücklich mit ihr? Glücklicher, als Sie mit Erna gewesen wären?«, wollte Lisa wissen. Maler befeuchtete sich die Lippen. »Ich gebe zu, am Anfang war es nicht leicht. Aber ich habe meine Hedwig lieben gelernt und wir kommen sehr gut …«

»Könnte es nicht doch sein, dass da alte Gefühle wieder aufgeflammt sind?«, unterbrach Heiko und legte eine Kopie des Briefes auf den Tisch. »Datiert auf März des letzten Jahres«, meinte er und klopfte auf das Papier. »Wie gesagt, der Brief ist zu 70 Prozent von Ihnen.«

»Wer sagt das?«

»Unser Gutachter. Ein Profi. Irrt sich selten.«

Maler nahm das Blatt und überflog es. Dann machte sich ein Grinsen in seinem Gesicht breit. Er legte den Brief wieder ab. »Also, erstens ist das gar nicht meine Schrift.«

»Und zweitens?«

»Zweitens däd ii sou an gschwollana Scheiß gor net schreiwa.«

Heiko hatte einen Kugelschreiber aufgenommen und drehte ihn beiläufig zwischen den Fingern. »Der Brief ist also nicht von Ihnen?«, fragte Lisa. »Und von wem ist er denn dann?«

»Weiß ich doch net, habt ihr nicht auch die Schriftproben vom Silvio und vom Held? Schaut euch halt die mal genauer an.«

»Silvio Campo ist verheiratet und Held ist trauernder Witwer.«

»Ich bin auch verheiratet, na und? Und trauernder Witwer heißt ja wohl gar nichts! Andererseits kann ich mir das bei diesem verknöcherten alten Sack nicht wirklich vorstellen, da schon eher beim rassigen Silvio.« Er lächelte nervös und betrachtete kurz darauf wieder seine Fingernägel. Die Laptoptasten klackten rhythmisch und hörten dann auf.

»Auf dem Brief sind Fingerabdrücke, wir gehen nachher noch mit Ihnen zum Erkennungsdienst. Eine DNA-Probe brauchen wir auch, für den Vaterschaftstest.«

»Haben Sie ein Alibi für die Mordnacht?«, fuhr Lisa dann fort. Das Klacken der Tasten setzte wieder ein.

Maler wippte auf dem Bürostuhl hin und her. »Ich war zu Hause. Bei meiner Frau. Bei Hedwig.« Heiko schürzte die Lippen. »Sie können sich ja denken, Herr Maler, wie glaubwürdig für uns ein Alibi vom Ehegatten ist.«

Maler hob die Hände und ließ sie wieder sinken. »Und? Soll ich jetzt lügen? Was erfinden? Was ist euch denn lieber? Sperrt ihr mich jetzt ein oder nicht? Ansonsten würde ich nämlich sehr gerne wieder nach Hause.«

Lisa versuchte ein Lächeln und beugte sich verbindlich nach vorne. »Herr Maler, wir wollen Ihnen nicht verhehlen, dass Sie derzeit unser Hauptverdächtiger sind. Trotzdem haben wir keinen echten Beweis, weder für Sie noch gegen Sie. Noch nicht.«

Lisa ließ die Worte sacken. Maler blieb stumm, und Heiko seufzte. »Jedenfalls bringt unser Kriminalobermeister Sie gerne wieder nach Hause, quasi mit Chauffeur. Zuerst hätten wir allerdings noch gerne Ihre Fingerabdrücke und eine DNA-Probe von Ihnen. Und verreisen Sie bitte nicht, ja?«

»So, und drehen. Den Finger drehen, Herr Maler, ja, so.« Maler gehorchte und kam sich ein bisschen wie ein Kind beim Onkel Doktor vor.

»Und jetzt bitte auf diese Stelle abdrucken«, instruierte der rockig wirkende Spurensicherer, ein Herr Walter, wenn er den Namen noch richtig wusste. Er hatte etwas Furchteinflößendes an sich und wirkte ein bisschen wie die Sparversion von B.A.Baracchus aus der Fernsehserie ›Das A-Team‹. Aus den Augenwinkeln registrierte Maler eine riesenhafte Axt, die nachlässig auf einem Holzhocker lag.

»Entschuldigen Sie, aber ist das …?«, begann er.

»Mund auf!«, befahl der Spurensicherer.

»Wie bitte?«

»Mund auf!«

»Ah ja.« Maler öffnete den Mund und ließ es zu, dass der Rocker ein Wattestäbchen auf seiner Mundschleimhaut hin und her bewegte. Der Mann steckte das Stäbchen in ein Röhrchen und verschraubte es sorgfältig, bevor er antwortete: »Ja, das ist DIE Axt! Damit hat der Mörder zugeschlagen.«

»Das muss ein Monster sein.«

»In vielen Leuten stecken Monster, ohne dass sie was davon wissen. Oder ohne dass man es merkt«, konstatierte der Spurensicherer. »Auch in Ihnen könnte ein Monster stecken, theoretisch.«

Der Kleintierzüchter schüttelte heftig den Kopf.

»Nein, zu so was wäre ich nicht fähig. Ich bin unschuldig, das müssen Sie mir glauben.«

Der Rocker legte die Stirn in Falten. »Wenn Sie unschuldig sind, dann haben Sie ja nichts zu befürchten.«

Maler schluckte. »Aber manchmal, da kommen doch auch Unschuldige in den Knast, oder? Den Knast würde ich nämlich nicht ertragen.«

Der Spurensicherer nickte. »Ja, das lässt sich manchmal nicht vermeiden. Immerhin sind wir ja auch nur Menschen und keine Hellseher. Wer wirklich unschuldig ist, das weiß oft nur der Liebe Gott.«

»Aber ...«

»Aber Sie dürfen unbesorgt sein, Herr Maler. Wir machen unsere Arbeit gut, auch, wenn wir nicht perfekt sind. Und das mit den DNAs und so ist fast immer eine eindeutige Sache.«

Maler wandte sich zum Gehen. Schon in der Tür, drehte er sich noch einmal um.

»Eine Sache noch«, begann er und es klang sehr unsicher.

»Ja?«

»Könnten Sie es mir sagen, wenn sich herausstellen würde, dass, nun ja, ich meine wegen dem Max.«

»Selbstverständlich.«

»Und?«

»Was, und?«

Hedwig verdrehte die Augen. Sie nahm drei Wurstscheiben und legte sie mit spitzen Fingern auf ihr Butterbrot. »Gibt es nichts zu erzählen? Ich meine, die rücken hier mit dem Polizeiauto an und holen dich ab, zum Verhör, und es gibt nichts zu erzählen?«

Maler starrte auf das gepellte Ei, das vor ihm lag und in das er nur allzu gern kommentarlos gebissen hätte. Aber Hedwig hatte recht. Er war ihr Rechenschaft schuldig.

»Sie verdächtigen mich«, sagte er so neutral wie möglich und biss dann doch in sein Ei.

»Und wie kommen sie dazu?«

Hedwig hörte auf zu kauen.

»Du weißt doch, dass ich und die Erna früher mal …, nun ja.«

Hedwig lachte und es war laut und hysterisch.

»Wegen der alten Geschichte? Das kann doch nicht sein.«

Maler sah sie an. In ihre blauen Augen. Schöne Augen hatte sie, seine Hedwig. Es stimmte, was er gesagt hatte. Er hatte sie lieben gelernt. Aber die Kommissarin hatte den Nagel auf den Kopf getroffen. Er wusste, dass er Erna viel mehr geliebt hätte, viel mehr. Sie hätte er nicht erst lieben lernen müssen.

Und dass er mit ihr glücklicher gewesen wäre, das wusste er auch. Aber das war ja nicht Hedwigs Schuld. Sie waren zufrieden und sie hatten ein schönes Leben. Sie hatten einen netten Sohn.

Er, Maler, hatte bis zur Rente einen guten Beruf gehabt. Er konnte zufrieden sein. Und Hedwig konnte bestimmt nichts dafür.

Er seufzte. »Es ist ein Liebesbrief an die Erna aufgetaucht, einer vom letzten Jahr, und der soll laut dem Graphologen von mir sein. Angeblich.«

Hedwigs Blick verfinsterte sich. Sie biss erneut in ihr Wurstbrot und sagte minutenlang gar nichts. Es war so still, dass Maler die Wanduhr ticken hören konnte.

Dann fragte sie: »Und? Ist er von dir?«

Maler öffnete den Mund, aber Hedwig hatte schon die Hand auf seinen Arm gelegt und schüttelte vehement den Kopf. »Entschuldige. Du weißt, dass auch in mir diese alte Geschichte noch brodelt, Fritz. Aber ich denke nicht, dass du …«

»Das habe ich auch nicht.«

»Gut.«

»Gut.« Maler dachte nach. Maximilian. Sollte er Hedwig von der Sache erzählen? Wenn er es aufschieben würde, würde er doch nur die ganze Zeit daran denken müssen. Und wenn Max nicht von ihm wäre, bräuchte Hedwig ja gar nichts davon zu wissen.

Ach was. Er fasste einen Entschluss. »Da ist noch was, Hedwig.«

»Ja?« Wieder das Ticken der Küchenuhr.

»Sie meinen, dass der Max nicht vom Rudolf ist.«

Hedwig schwieg.

»Hast du gehört?«

Sie nickte.

»Und? Was sagst du dazu?«

Hedwig sah ihrem Mann in die Augen und meinte dann:

»Ich weiß es nicht, Fritz. Ich weiß es nicht.«

Lisa blinzelte. War da was? Sie öffnete die Augen und sah die Leuchtanzeige des Weckers.

2.45 Uhr. Sie richtete sich auf und lauschte. Dann bemerkte sie das leuchtende Display ihres Handys. Eine SMS? Mitten in der Nacht?

Sie tastete nach dem Handy und weckte dabei Garfield, der neben ihrem Bett fläzte und sie nun unwillig anblickte. Ja, richtig. Eine Kurzmitteilung empfangen. Sicher von Heiko. Aber mitten in der Nacht?

Sie drückte auf ›Lesen‹.

Die SMS kam nicht von Heiko. Sie kam von Stefan.

»Bitte verzeih mir, ich liebe dich immer noch über alles, ich bin schon auf dem Weg zu dir!« Lisas Puls schnellte auf gefühlte 300 hoch. Verdammt, was wollte der denn? Und was fiel ihm ein, sie überhaupt zu kontaktieren? Dass sie nichts mehr mit ihm zu tun haben wollte, hatte er ja wohl hinreichend kapiert. Und woher hatte er überhaupt ihre neue Handynummer? Ihre Mutter hatte doch nicht …! Das war ja ungeheuerlich.

Garfield hüpfte schnurrend aufs Bett und verlangte, gestreichelt zu werden.

Arschloch, blödes, der konnte ihr gestohlen bleiben! Sie hatte so sehr getrauert und er hatte sie sitzen lassen, sie belogen und betrogen! Anscheinend war es mit seiner Tussi nicht so gut gelaufen und jetzt, plötzlich, wollte er sie zurückhaben? Da hatte er sich geschnitten! Sie war außerdem verliebt in Heiko.

Garfield schnurrte.

Bist du das?, fragte eine Stimme in ihr. Bist du verliebt in ihn? Oder geht es dir nur um die Abwechslung? Quatsch, sagte sie sich. Das mit Heiko ist was Ernstes.

Sie schaltete das Licht wieder aus und ließ es zu, dass Garfield sich an sie drückte. Aber es dauerte lange, sehr lange, bis sie wieder eingeschlafen war.

DIENSTAG, 28. APRIL

Er war schlecht gelaunt. Lisa war komisch drauf und er hatte keine Ahnung, warum. Sie hatte ihn nur flüchtig geküsst, auf die Wange, und vermied es, ihn anzusehen.

»Was ist denn los?«, fragte Heiko zum 17. Mal.

Lisa schüttelte den Kopf. »Nichts. Es ist nichts«, sagte sie.

Heiko seufzte. Wenn Frauen sagen, dass ›nichts‹ sei, dann war meistens sehr wohl was im Busch, und zwar was Gravierendes. Sie wollten dann, dass man als Mann über seine Fehler nachdenkt, von selber auf seine Missetat kommt und dann Buße tut. Seit zwei Stunden zermarterte er sich deshalb das Gehirn, was er angestellt haben könnte. Aber ihm fiel beim besten Willen nichts ein, nicht mal mit einer großen Portion Empathie für das weibliche Geschlecht.

»Ich wollte dich fragen, ob du übermorgen mit mir zum Maifest gehst«, sagte er schließlich. »Maifest? Was ist denn das?«

»Eine kleine Feier zur Walpurgisnacht! Mit Maibaum und den besten Steaks der Welt.«

»Klingt gut«, meinte Lisa, wirkte aber eher geistesabwesend. Simon kam herein und meldete einen weiteren Besucher.

»Wer?«, fragte Heiko.

»Nicht für dich, für Lisa. Ein Stefan Zeuner.«

»Spinnst du? Was fällt dir ein, einfach hier aufzukreuzen?«, schnauzte Lisa den betreten dreinblickenden Stefan an, der sich hinter einem riesigen Blumenstrauß verschanzte.

»Ich lass euch zwei dann mal allein«, Heiko verschwand türknallend.

Lisa bemerkte es nicht einmal.

»Kapierst du denn nicht, dass ich nichts mehr mit dir zu tun haben will? Nichts? N – I – X???«

Stefan schluckte und sein Adamsapfel hüpfte. »Hör mir bitte kurz zu«, bat er, »bitte, nur kurz. Fünf Minuten! Bitte! Ich bin extra hierher gefahren!«

Lisa verschränkte die Arme vor der Brust und sagte: »Eine. Du hast eine Minute!«

Stefan nickte. »Es tut mir alles so leid, Lisa. Aber ich weiß jetzt, dass du die Frau meines Lebens bist. Ich habe Fehler gemacht, so viele Fehler.

Lisa, würdest du mich trotzdem heiraten?«

Lisa war tropfnass. Es war ihr piepegal, dass ihre Wimperntusche verlief. Scheißegal, um genau zu sein. Die Handvoll Wasser ins Gesicht war genau das, was sie gerade brauchte. Am liebsten hätte sie das Waschbecken volllaufen lassen und den ganzen Kopf hineingesteckt.

Das Wasser erfrischte sie. Und trug hoffentlich zur Klärung ihrer Gedanken bei. Er war da. Stefan.

Ihr Herz pochte wie wild und sie wusste nicht, ob es ein Rest Liebe war, ob es Aufregung war, Wut oder Zorn. Sie tippte auf eine Mischung aus allem.

Immerhin, ihre Mutter fand, dass Stefan der ideale Mann für sie wäre. Und vielleicht war er das ja auch, Mütter hatten für so was doch schließlich einen sechsten Sinn.

Oder etwa nicht?

Mit Heiko fühlte sie sich gut. Sie fühlte sich gut, wenn sie zusammen waren. Die Küsse hatten sich gut angefühlt, wirklich. Auch das Kuscheln mit ihm war gut gewesen, sehr schön. Und wäre Stefan nicht dazwischengekommen, dann hätte sich das mit Heiko auf jeden Fall gut entwickelt, sicher.

Aber nun wusste sie überhaupt nicht weiter. Sie betrachtete sich im Spiegel. »Was willst du«, formten ihre Lippen, und sie hatte keine Antwort darauf.

Die Zeit mit Stefan war schön gewesen, wunderschön. Die schönste Zeit ihres Lebens, um genau zu sein. Sie waren sehr, sehr glücklich gewesen, sie hatten Pläne gehabt. Perfekt war es gewesen. Bis Stefan die Affäre mit dieser aufgetakelten Kuh angefangen hatte. War das ein Ausrutscher, ein verzeihlicher vielleicht?

Hatte sie überreagiert?

Hätte sie die Beziehung retten sollen, retten müssen?

Sie schüttelte den Kopf. Wer weiß. Beziehungen waren wie Wege. Man musste sich ständig entscheiden, welche Abzweigung man nimmt. Und oft konnte man nicht mehr zurück. Verdammt. Wollte sie zurück? Zurück zu Stefan? Was wollte sie überhaupt hier in Hohenlohe, in diesem Kaff, in tiefster Wildnis, bei diesen Menschen?

Bei den Menschen, die sie doch tief in ihrem Inneren sehr schätzte und deren Art ihr lieber war als der platte Ruhrpotthumor und die Anonymität der Großstadt.

Sie nahm ein Papierhandtuch und wischte sich die Wimperntuschereste und das restliche Wasser ab. Dann holte sie ihren Lippenstift aus der Tasche und zog die Lippen sorgfältig nach. Sie stand an einer Weggabelung, dessen war sie sich mehr als bewusst. Und egal, wie sie sich entscheiden würde, sie würde nicht zurück können. Deshalb musste sie genau überlegen, sehr genau.

Lisa kam zurück. Er musste sehen, dass sie geheult hatte. Trotzdem sah sie ihm herausfordernd ins Gesicht.

»Geht's wieder?«, fragte ihr Ex mitfühlend, was sie maßlos ärgerte. Sie hob trotzig den Kopf. Stefan räusperte sich. Komische Situation, fand Lisa.

»Wir können heute Mittag zusammen essen gehen«, schlug sie ihm dann vor. Mehr als die Mittagspause würde er nicht bekommen. Vorerst nicht.

Ihr Ex nickte eifrig. »Danke.«

Lisa taxierte ihn. Er hatte sich einen Anzug angezogen. Extra. Er sah gut aus im Anzug. Und er wusste, dass er ihr im Anzug gefiel. Er hatte das für sie gemacht.

Sie selbst hatte sich jedoch betont dürftig aufgehübscht. Eigentlich war sie einfach in Arbeitsklamotten erschienen. Sie trug Jeans, einen schlichten Pullover und dezentes Make-up. Sollte er sich ja nichts einbilden. Sie war sich der ganzen Sache sowieso nicht sicher.

Es war nur eine Option und sie hatte ein schlechtes Gewissen wegen Heiko. Sie würde ihm alles erklären müssen, unter keinen Umständen wollte sie ihn verletzen.

Jedenfalls saßen sie und ihr Ex schließlich im Restaurant des Hotels Post Faber. Ob es richtig oder falsch war, wusste sie nicht. Sie würde sich anhören, was er ihr zu sagen hätte. Aus Neugier und weil sie so nett war. Genau, nur deshalb.

»Du glaubst gar nicht, wie sehr ich dich vermisst habe«, schmalzte Stefan und ergriff theatralisch ihre Hand. Lisa entzog sie ihm sofort und führte ihr Glas Wein zum Mund. Dann stellte sie es ab.

»Also hör mir gut zu«, sagte sie. »Ich brauche kein blödes Geseiere von dir, das nehme ich dir nicht ab. Lass uns doch Tacheles reden. Was ist denn nun mit deiner Svetlana? Hat sie dich verlassen?«

Stefan schluckte und knetete seine Hände. Der Kellner, der ihre Bestellung aufnahm, kam ihm gerade recht. Stefan bestellte die ›Forelle Müllerin‹ und Lisa einen Salat mit Putenstreifen. »Und?«, fragte sie dann.

Stefan schluckte wieder. Er schwitzte. Lisa genoss es, ihn leiden zu sehen. Er sollte noch viel mehr leiden, jawohl!

»Ich liebe sie nicht«, brachte er nun hervor, »und

mit ihr was anzufangen, war der größte Fehler meines Lebens!«

Lisa verdrehte die Augen. »Ja, innere Stimmen haben dich gezwungen, mit ihr ins Bett zu steigen«, meinte sie nun mit einem spöttischen Unterton.

»Nein, es war nur, sie hat mich angemacht und …«

»Und du warst ihr hilflos ausgeliefert. Womöglich konntest du gar nichts dafür! Womöglich hat sie dich verhext?«

Stefan trank einen Schluck Wein. »Gut, der Wein, oder?«

Lisa verzog das Gesicht und schwieg eisern.

»Es war meine Schuld, Lisa, ganz allein meine Schuld. Aber so ist das eben mit den langjährigen Beziehungen! Es schleicht sich Routine ein und dann kommt etwas Neues, Aufregendes, und man gerät in Versuchung.«

»Ja, und dann macht man das, was der Schwanz einem sagt!«, höhnte Lisa gerade so laut, dass nur Stefan es hören konnte.

So ging es weiter, bis schließlich das Essen kam. Sofort setzten beide ein freundliches Lächeln auf und bedankten sich mit einem ›Das sieht aber toll aus‹ beim Kellner.

Die nächsten fünf Minuten konzentrierten sie sich ganz aufs Essen.

Dann fing Stefan wieder an: »Also, was passiert ist, kann ich nicht ändern. Ich würde es sofort tun, wenn das möglich wäre. Aber was ich kann, ist, dir zu sagen, dass ich dich liebe, immer noch, und ich werde dich immer lieben. Und ich will mit dir zusammen sein, Lisa, für immer!«

Lisa legte die Gabel weg und sah ihn an. Er sah ehrlich aus. Aber sie wusste, dass er das gut konnte. Trotzdem, sie nahm es ihm ab. Sie berührte sanft seine Hand.

»Stefan, auch ich wollte mein Leben mit dir verbringen, und ich habe dich geliebt, so sehr. Aber als du das gemacht hast, da ist etwas in mir zerbrochen!«

»Das kann man doch kitten, oder?«, fragte Stefan hoffnungsvoll.

Lisa schüttelte den Kopf. »Ich weiß es nicht. Ich denke, nicht.«

»Deine Mutter sagt, du hättest einen Freund.«

Lisa nahm ihr Besteck wieder auf. »Stimmt das?«, fragte er.

Stimmte das? Hatte sie einen Freund? War Heiko ihr Freund, wegen dieser paar Küsse, wegen dieser einen Umarmung, wegen dieses Kuschelabends bei ihm zu Hause? Schön war es gewesen an diesem Abend im Peanuts, sehr schön. Schön war es auch bei Heiko in der Wohnung gewesen. Romantisch. Hatte sie sich von der romantischen Stimmung verleiten lassen?

Es hätte auf jeden Fall etwas daraus werden können, vielleicht, wäre Stefan nicht aufgetaucht. Oder war er es doch, ihr Freund? War sie verliebt in ihn?

Lisa schüttelte wieder den Kopf.

»Ich weiß es nicht«, gab sie zu. »Es tut mir leid.«

Nachmittags hatten sie noch ein bisschen über den Fall geredet und Heiko war sehr mürrisch gewesen, was sie ihm nicht verdenken konnte. Schließlich hatte er entnervt vorgeschlagen, heute mal früher Feierabend zu machen, und sie hatten sich voneinander verabschiedet und nicht wirklich gewusst, was sie einander sagen sollten. Darüber war Lisa unglücklich, aber gleichzeitig war sie auch verwirrt. Sie brauchte Zeit, um nachzudenken. Und sie hasste solche Situationen. Am liebsten war sie einfach nur glücklich und genoss ihr Leben. Aber manchmal war das eben nicht so einfach.

MITTWOCH, 29. APRIL

Heiko stellte einen Kaffee auf Uwes Arbeitstisch ab, den dieser sofort zu schlürfen begann, ohne sich erst groß zu bedanken.

»Und?«, fragte Heiko.

Uwe zog die Augenbrauen so hoch, dass sich seine Stirn in tiefe Falten legte. Heiko verdrehte innerlich die Augen. Dieses Theater konnte er heute nun wirklich nicht gebrauchen. Die Sache mit Lisas Ex setzte ihm zu. Mehr, als er gedacht hatte. Er war wohl doch sehr verliebt in seine Kollegin. Verdammt.

Heiko seufzte.

»Und die unteren Abdrücke?«, präzisierte er dann.

»Sie sind jedenfalls nicht von Maler. Also den Brief hat er definitiv nicht geschrieben, was natürlich nicht heißt, dass er nicht auch was mit dem Mord zu tun haben könnte. Aber selbst das ist unwahrscheinlich, immerhin habe ich keine DNA-Spuren von ihm an der Axt gefunden. Aber da sind dann noch diese anderen Spuren«, dozierte der Spurensicherer und fuhr sich fahrig mit der linken Hand über die Glatze.

»Welche anderen Spuren?«, wollte Heiko wissen.

»Bisher unbekannt! Könnte auch der Mörder gewesen sein! Wenn der nicht Handschuhe getragen hat! Jedenfalls, die Fingerabdrücke auf dem Brief haben wir bisher noch nicht. Und sie sind auch nicht in der Datenbank. Aber wenn ihr mir eine Probe bringt, dann kann ich das ganz schnell abgleichen.«

»Danke, Uwe!«, meinte Lisa und strahlte.

»Und was ist mit der DNA vom Campo? Mann, lass dir doch nicht alles aus der Nase ziehen!«, schnauzte Heiko.

»So weit bin ich noch nicht!«, verteidigte sich Uwe etwas verwundert. »Da kümmer' ich mich später drum.«

»Was war das denn für ein Ausbruch?«, tadelte Lisa.

»Was? Ach, nix.«

Pause.

»Denkst du, was ich denke?«, fing Lisa dann wieder an. Sie hatte heute einen ausgesprochen neutralen Tonfall drauf, wie Heiko fand. Der Ton war nicht geschäftsmäßig, das wäre zu negativ geurteilt. Vielleicht, nun, neutral eben. Beiläufig.

Als wäre nie etwas gewesen zwischen ihnen beiden. Wobei zwischen ihnen ja tatsächlich bisher nicht viel mehr vorgefallen war als eine Knutscherei und ein bisschen Kuscheln, Dinge, die auch zwischen besoffenen 15-Jährigen auf einer Klassenparty passieren konnten. Harmlos und unschuldig. Nichtssagend. Bedeutungslos, wenn man so wollte.

»Wenn es der Maler nicht war, dann war es der Held. Oder, was denkst du?«

Heikos Bürostuhl knarrte, als er sich nach hinten lehnte. Beiläufig nahm er einen Kugelschreiber in die Hand, um ihn kurz darauf unablässig zwischen den Fingern zu drehen. Lisa schüttelte den Kopf.

»Vielleicht verrennen wir uns da in was. Der Mord muss ja nicht zwangsläufig mit der Affäre zusammenhängen! Es dreht sich schließlich nicht alles im Leben um Beziehungen, nicht wahr?« Lisa schüttelte den Kopf. »Aber wahrscheinlich ist es doch, oder findest du nicht?«

Der Kuli in Heikos Hand rotierte schneller. »Der Dritte auf der Liste ist der Held, nicht?«

Lisa stimmte zu. »Auf jeden Fall schadet es nicht, wenn wir Held mal nach seinem Alibi fragen.« Heiko dachte kurz nach und sagte dann: »Gut. Gehen wir. Und Lisa, noch eine Sache: Lassen wir doch das Theater. Du kannst dich wieder normal benehmen! Wenn du nicht willst, dann lass es. Vergessen wir einfach alles, für mich ist das kein Problem.«

Er schluckte. Eine peinliche Pause entstand. Heiko fluchte innerlich. Was erwartete er denn? Dass sie ihm um den Hals fiel? Dass sie ihn anschrie? Dass sie ihm versicherte, sie würde diesen blöden Idioten augenblicklich in den Wind schießen? Das, was sie tat, war schlimmer als all diese Möglichkeiten. Sie tat nichts dergleichen. Sie tat gar nichts.

Erst sah es so aus, als sei keiner zu Hause. Sie warteten nun schon geraume Zeit vor der Tür. Der Gartenweg war der ordentlichste, den beide je gesehen hatten. Akkurat geschnittene Rosenbüsche säumten ihn, außerdem Buchsbaumkugeln und in Kegelform getrimmte Thujas.

Selbst die Klingel war ordentlich, der Name ›Dr. Held‹ war mit Hilfe einer Normschriftschablone mit schwarzem Filzstift geschrieben worden.

Sie läuteten, aber es rührte sich nichts. Schließlich, als sie schon wieder gehen wollten, öffnete sich drinnen eine Tür und jemand kam zur Haustür. Held sah durch den Türspion und machte dann mit einem undeutbaren Lächeln auf. Heute trug er eine olivfarbene Strickweste. »Ah, Bollizei! Grüß Gott, kommt rein«, sagte er.

Das Wohnzimmer dominierte ein riesenhaftes Bücherregal aus Eichenholz, das vom Boden bis zur Decke reichte und die komplette Wandfläche einnahm. Es gab eine gelbe Abteilung mit Reclamheftchen, die ungefähr einen Quadratmeter ausmachte, mehrere alte, mehrbändige Werke mit blau- und rotgoldenem Einband, Hunderte einzelner Bücher und große Bildbände. Alles fein säuberlich sortiert.

»Wow!«, entfuhr es Heiko. Held steckte die Hände in die Hosentaschen und nahm sie gleich wieder heraus.

»Ja, Lesen bildet.«

Er wies auf die bordeauxrote Sitzgruppe. »Setzt euch, bitte«, forderte er sie auf. »Tee?«

Lisa winkte dankend ab. »Wir kommen gerade vom Kaffeetrinken.« Held nickte und setzte sich ihnen gegenüber. In der Ecke tickte eine alte Standuhr aus dunklem Holz und schwenkte bedächtig ihr schweres Pendel hin und her.

»Also?«

Heiko räusperte sich. »Herr Held, von den Kleintierkumpels vom Herrn Weidner haben Sie bisher das schlechteste Alibi. Leider.«

Held zog die Augenbrauen zusammen.

»Ich bin halt Witwer, ich kann auch nichts dafür, und glaubt mir, Alleinsein ist beschissen!«

Lisa nickte mitfühlend und lächelte gleichzeitig aufmunternd. »Überlegen Sie doch mal: Haben Sie an dem Abend wirklich gar nichts mehr gemacht?«, fragte Heiko weiter.

Held zog die Schultern hoch.

»Waren Sie vielleicht bei der Tankstelle? Beim Geldautomaten? Oder Zigaretten kaufen?«

»Nein! Ich rauche nicht!« Der Oberstudienrat schüttelte den Kopf. Das Ticken der Standuhr nervte.

Pause.

Heiko registrierte den Teppichboden mit Jagdmotiv.

»Doch, jetzt fällt mir was ein!«, entfuhr es Held plötzlich, und er begleitete seine Äußerung mit einem begeisterten Schnipsen seiner Finger.

»Ich habe noch eine E-Mail verschickt!«

»Und an wen?«

»An einen Kundenservice. Vom SchleckiFressi.«

»Vom was?«

»Na, vom SchleckiFressi! Das ist ein Online-

Tierfutterversand! Ich zeige es euch, einen Moment! Kommt mit!«

Held schlappte voraus in den angrenzenden Raum, der wohl das Arbeitszimmer war. Auch hier stand ein riesenhaftes Bücherregal, allerdings mit Atlanten, Schulbüchern und ähnlichem Zeug. »Des Arbeitszimmer konnte man steuerlich absetzen, als ich noch im Dienst war, wisst ihr«, erklärte er. Auf einem gigantischen Eichenschreibtisch erblickten sie einen etwas altmodisch wirkenden Computer, dessen Tasten schon recht angegraut waren. Der Computer lief bereits, wie die verhältnismäßig doch sehr laute Lüftung verriet. »Moment, ich logg mich ein«, sagte Held nun und wirkte dabei ziemlich fachmännisch. »Gleich hab' ich's!«

Nach einer Minute Hacken war er in seinem Outlook-Account und zeigte nun triumphierend das Ergebnis: »Da! Sonntagabend, 1.15 Uhr: ›Eingangsbestätigung: Wir haben Ihre Nachricht erhalten!‹ Gott sei Dank hab' ich das noch nicht gelöscht! Und da, im Postausgang: ›Beschwerde‹, gesendet am Sonntag, 1.13 Uhr!«

Lisa und Heiko lasen:

»Sehr geehrte Damen und Herren,

mein Name ist Wilhelm Held. Als Mitglied des Kleintierzuchtvereins Crailsheim züchte ich Holländer Hasen und das mit einigem Erfolg. Ich konnte schon mehrfach Preise mit meinen Tieren gewinnen, unter anderem bei der Tierprämierung des Fränkischen Volksfestes. Darauf bin ich sehr stolz. Ich hege und pflege meine Holländer mit größtmöglicher Sorgfalt, um bestmögliche Ergebnisse zu erzielen. Das Futter beziehe ich von Ihrem Online-Versand. Bisher war ich auch immer sehr zufrieden mit der Ware. Nur neulich gab es einen geradezu desaströsen Zwischenfall: Ich habe Ihre neue Futtersorte, nämlich ›Superrabbit 3000‹, gekauft.

Wie immer, habe ich auf gewohnt gute Qualität vertraut. Nur wurde mein Vertrauen leider bitter enttäuscht. Das sehr teure Produkt hat, anders als auf der Verpackung angegeben, keine Verbesserung der Felldichte hervorgerufen. Auch der ›brillante Glanz‹ des Fells ließ zu wünschen übrig. Einige der besten Rammler haben das Futter sogar verschmäht – wohl instinktiv, da eine meiner Häsinnen davon starken Durchfall bekommen hat. Ich musste sie vom Tierarzt untersuchen lassen und für die Behandlung 53,71 Euro bezahlen.

Leider war also Ihr Produkt ein totales Fiasko – wie verfahren Sie denn in solchen Fällen?

Ich hoffe auf eine gütliche Einigung und verbleibe

mit freundlichen Grüßen

Ihr Dr. Wilhelm Held, Oberstudienrat.«

Held hatte die beiden Kommissare beim Lesen prüfend beobachtet. »Gilt das?«, fragte er etwas ängstlich und knetete dabei seine Hände.

»Die E-Mail ist ellenlang, da habe ich ganz schön lange dran gesessen!«, triumphierte der Pensionär.

»Ja, okay. Fürs Erste ist es besser als nichts!«

»Soll ich es euch ausdrucken?«

»Bitte.«

Schon hatte Held eine Taste gedrückt und das nervige Kreischen eines uralten Nadeldruckers ertönte. Zeitgleich klingelte Heikos Handy. Es war Uwe.

»Hey, Heiko, gut, dass ich dich erwische! Du, also die letzten DNA-Spuren auf der Axt sind vom jungen Campo! Vielleicht solltet ihr ...«

»Wir fahren gleich hin!«, unterbrach ihn Heiko. Er legte auf und reichte Held die Hand. »Wir müssen uns verabschieden, Herr Held. Wir haben neue Erkenntnisse.«

Der Oberstudienrat lächelte wohlwollend.

Wilhelm Held blickte zum Fenster hinaus und sah die Kommissare diskutieren. Er ging in die Küche und goss sich ein Glas Cognac ein.

Er war kein Säufer, bestimmt nicht. Zumindest nicht so, wie Rudolf Weidner es gewesen war. Der war ein Säufer gewesen, ein ganz brutaler Säufer. Er war immer beim Silvio rumgehockt oder bei seinen Hasen.

Er, wenn er eine solche Familie wie der Rudi gehabt hätte, er hätte sich ganz anders um die gekümmert. Wenigstens aus Maximilian würde was werden.

Und auch Silke hätte mehr aus sich machen können, wenn sie nicht so früh schwanger geworden wäre. Nur Karl war tatsächlich auf dem Hof gut aufgehoben. Um den Hof zu leiten, dazu fehlte ihm allerdings der Grips.

Trotzdem, selbst der jüngste Weidner war in Ordnung, im Großen und Ganzen. Und Erna war eine wunderbare Frau. Immer noch schön. Und das Beste an der Familie von Rudolf Weidner war: Sie lebte noch.

Er selber hatte da schon weniger Glück gehabt, viel weniger. Er und seine Helga hatten lange probieren müssen, bis es geklappt hatte mit einem Kind. Drei Fehlgeburten hatte seine Frau gehabt und das war eine schlimme Zeit gewesen, eine sehr schlimme Zeit.

Aber dann waren sie so glücklich gewesen mit der kleinen Berta. Und alles war wieder gut geworden. Bis seine Frau den Schlaganfall bekommen hatte und letztlich daran gestorben war. Das hatte ihn in ein tiefes Loch gerissen und er hatte damals nicht geglaubt, dass er jemals wieder würde lachen können. Oder auch nur sich würde freuen können.

Er nippte am tröstlichen Getränk.

Und nur Berta zuliebe hatte er sich damals wieder aufgerafft, sonst wäre er glatt in den Wald gegangen und hätte sich aufgehängt. Sowieso hätte ihn keiner vermisst. Er hatte zwar Freunde, aber keine guten. Er hatte Verwandte, aber nur entfernte. Niemand, den es wirklich interessiert hätte.

Aber er hatte sich zusammengerissen. Für Berta.

Und dann, nach fünf Jahren, war die Katastrophe passiert. Und nur eine Person auf der Welt hatte ihn damals davon abgehalten, seinem Leben ein Ende zu setzen.

»Und, was meinst du zu Held?«, fragte Lisa sinnend, als sie den Gartenweg entlanggingen.

Heiko grübelte. »Na ja. Also das mit der E-Mail ist kein richtiges Alibi, immerhin könnte er die Mail auch vorgeschrieben und dann mit Outlook verschickt haben. Und dass die Uhrzeit wie die Faust aufs Auge passt, ist doch schon irgendwie verdächtig!«

»Och, wieso, viele Leute können nachts schlecht schlafen und beschäftigen sich dann noch irgendwie«, wandte Lisa ein, die den unglücklich wirkenden Witwer offenbar mochte.

»Andererseits bezweifle ich stark, dass der Held mit seiner uralten Kiste irgendwas anderes als das übliche E-Mail-Schreiben draufhat! Und wenn wir davon ausgehen, dass er die Mail wirklich um diese Zeit geschrieben hat, dann wäre das ein Alibi. Der Mord muss kurz, nachdem der Weidner aufs Grundstück gekommen ist, passiert sein. Als die Hunde gebellt haben und das war laut Karl Weidner eben um viertel zwei. Selbst torkelnd braucht er vom Silvio aus nicht länger als eine Viertelstunde, das passt ja dann«, fuhr Heiko fort.

»Ich weiß nicht, dem Held traue ich das irgendwie nicht zu. Vielleicht ist es auch jemand ganz anderer.«

»Ja, vielleicht Marco Campo. Immerhin hätte der durchaus ein Motiv. Den nehmen wir uns jetzt als Nächstes vor.«

Bei Campos war niemand zu Hause. Heiko beschloss, es für heute dabei zu belassen und es baldmöglichst wieder zu versuchen.

Lisa heulte. Sie heulte hemmungslos. So, wie schon lange nicht mehr. Sie wusste nicht, was sie tun sollte.

Garfield kam zu ihr und tränenblind streichelte sie das Katzenfell. »Mein Guter, mein Guter!«, wimmerte sie, und der Kater schnurrte beruhigend.

Sie riss das zehnte Tempotaschentuch aus der Verpackung und schnäuzte sich geräuschvoll. Sie musste mit jemandem reden. Aber mit wem? Sie dachte kurz nach und wählte dann eine Nummer.

Nach kurzem Tuten hörte sie ein: »Luft?«

»Papa?«, piepste sie ins Telefon.

»Lisa?«, fragte ihr Vater. »Was ist denn, um Gottes Willen?«

Lisa schniefte. »Papa!«, schluchzte sie.

»Was ist denn los, Kind?«

Lisa schniefte wieder.

»Was ist denn?«

»Stefan ist da!«, krächzte sie ins Telefon und dann erzählte sie ihm alles. Sie erzählte von diesem Abend, wie ihre Mutter sie zu Stefan hatte überreden wollen, wie sehr es Stefan alles leidtäte. Und dass Mama davon überzeugt sei, er wäre der Richtige für sie.

Der Mann fürs Leben.

Papa Luft wartete erst, ob Lisa noch was sagen würde, dann meinte er: »Ich finde nicht, dass deine Mutter entscheiden sollte, wer für dich der Richtige ist. Das solltest du selbst entscheiden! Was ist denn mit diesem Polizisten? Hattest du nicht was mit einem Kommissar?«

Lisa verzichtete darauf zu erklären, dass sie erst seit Kurzem mit Heiko zusammen war oder auch nicht. »Was hat Mama denn über ihn erzählt?«, wollte sie wissen.

»Deine Mutter hat gemeint, er sei ein unverständlich brabbelnder, barbarischer Schwabe, roh und ungebildet, unrasiert, und er würde jeden Samstag Schweine auf so einem Marktplatz verkaufen! Da hat sie wohl ein bisschen übertrieben …!«

Lisa musste nun doch grinsen. Typisch ihre Mutter.

»Also, wenn du mich fragst, hört sich das wesentlich besser an als Stefan, dieser blöde Lackaffe«, meinte ihr Vater nun.

Lisa wusste, dass er Stefan nicht leiden konnte. Und sie fragte sich unwillkürlich, ob sie deswegen ihren Vater angerufen hatte, um von ihm einen Rat in Richtung Heiko zu bekommen.

»Er hat dir so wehgetan, das werde ich ihm nicht verzeihen, niemals.«

Lisa schluckte. »Also, was soll ich denn jetzt machen?«

»Das weiß ich nicht, mein Kind. Das kann dir niemand sagen. Das musst du ganz allein selbst entscheiden. Nicht ich, nicht Stefan, und schon gar nicht deine Mutter!«

»Muss dich unbedingt sehen, muss mit dir reden!«, lautete der Text der SMS, die Lisa von Stefan ein paar Minuten nach dem Telefonat erhielt. Es hörte sich sehr verzweifelt an. Verzweifelt, aber auch einen Tick zu bestimmend.

Also simste sie zurück: »Sorry, hab' heut keine Zeit.« Zehn Sekunden später klingelte ihr Handy. Es war Stefan. Sie nahm das Gespräch nach kurzem Zögern an.

»Hey, Lisa.«

Lisa schluckte. Wie früher. »Ja? Was willst du?«

»Mit dir reden«, sagte Stefan. »Können wir uns sehen?«

»Ich weiß nicht, ob das gut ist.«

»Bitte! Im Stadtmuseum haben sie eine Vernissage heute Abend. Gehst du mit mir hin?«

Das war typisch Stefan. Kulturell interessiert. Nicht, dass Heiko gar nicht kulturell interessiert gewesen wäre. Aber Stefan war eher der klassische Typ. Neu an Stefan war der bittende Tonfall. Lisa dachte nach. Die Sache war nicht abgehakt. Ganz und gar nicht. Sie hatte durchaus das Gefühl, in Heiko verknallt zu sein. Aber Verknalltsein und Liebe waren zwei Paar Stiefel, unter Umständen. Ersteres verschwand, Letzteres blieb.

Und sie wusste nicht, ob sie Stefan nicht doch noch liebte.

»Gut«, sagte sie also und schwor sich insgeheim, dass sie sich heute Abend entscheiden würde.

»Blumi, noch oons!«, bestellte Heiko und hielt sein leeres Glas hoch. Das war es, was er heute wollte: Sich volllaufen lassen! Nun war ihm auch klar geworden, warum Lisa heute den ganzen Tag so komisch drauf gewesen war. Ihr blöder Ex hatte sie wieder angegraben und sie war sofort umgefallen.

»Weißt du, Blumi, die Weiber sind Scheiße, alle Scheiße«, meinte er, schon etwas lallend, als Blumi das nächste Hefeweizen brachte. Eigentlich mochte er das Zeug ja gar nicht. Und er war auch kein Säufer, bestimmt nicht.

Der Wirt nickte und gab ihm einen Klaps auf die Schulter.

»Mach dir nix draus, mein Freund«, tröstete er. »Vielleicht wird's ja auch noch mal.«

Heiko schnaubte. Dieser Typ war doch der Grund dafür gewesen, warum Lisa abgehauen war von zu Hause. Weil sie es nicht mehr ausgehalten hatte ohne ihn. Weil ein Tapetenwechsel ihr geholfen hatte, nicht mehr an ihn zu denken.

An ihn, mit dem sie doch eigentlich ihr Leben hatte verbringen wollen. Ein blöder, langweiliger, hässlicher kleiner Fischkopf. Arschloch.

Heiko trank einen Schluck Bier. Und jetzt, wenn er wieder angeschissen kam wie eine Ratte aus einem Kanal, fiel sie natürlich sofort um.

Sie muss mit ihm reden, hatte sie ihm erklärt. Nur

reden, hatte sie gesagt, und Heiko wusste genau, was das bedeutete. Heute Abend würde es bestimmt einen Versöhnungsfick geben. Wegen der guten alten Zeit. Und dann würde sie mit ihm nach Hause gehen und ihn heiraten.

Lisa und Stefan, hörte sich doch gut an, würde sich gut machen mit Zuckerguss auf einer Hochzeitstorte.

Aber schon okay, er würde sie vergessen, die süße, perfekte Lisa, die schön und clever zugleich war.

Verdammt!

Mit Schwung stellte er sein Bierglas auf den Tisch, sodass eine kleine Pfütze des Gebräus auf den Tisch schwappte.

»Scheiße!«, entfuhr es ihm. Die einzige Frau, die er wirklich wollte, seit Jahren, ach was, seit fast einem Jahrzehnt, fing wieder was mit ihrem beschissenen Ex an. Scheiß Weiber, dachte er noch einmal.

Die Ausstellung war vom Crailsheimer Lokalkünstler Erhart Prank. Er stellte großformatig gemalte Früchte und Crailsheimer Ansichten in moderner Acrylmalweise aus.

Technisch perfekt, aber etwas zu glatt für Lisas Geschmack. Stefan gefielen die Bilder. Schon dreimal hatte er versucht, ihre Hand zu fassen, und sie dabei immer wieder leicht gestreichelt. Jedes Mal hatte sie sich ihm wieder entzogen. Sie hatten bald alle Bilder angeschaut und Stefan schlug vor, noch etwas zu essen. Sie gingen also ins ›Bullinger Eck‹, das dem Museum direkt gegenüberlag.

Es handelte sich um ein rustikal eingerichtetes, sehr geschmackvoll in warmen Farben gehaltenes Lokal.

Stefan bestellte geschmälzte Maultaschen, schließlich seien sie ja hier in Schwaben. Er bemerkte die bösartigen Seitenblicke, die vom Stammtisch herübergeschickt wurden, nicht. Lisa entschied sich für Spaghetti Napoli, darauf hatte sie irgendwie Lust.

»Und, hast du darüber nachgedacht?«

»Worüber?«

Wieder schluckte Stefan. »Ob du mir noch eine Chance geben willst.«

Lisa sah aus dem Fenster. Es war dunkel, und man konnte schemenhaft den Kreisverkehr erkennen.

»Weiß nicht«, sagte sie. Den restlichen Abend drehten sich ihre Gespräche um Belanglosigkeiten. Belanglosigkeiten, aber auch um früher. Wie schön es früher war. Dass sie doch eigentlich ganz glücklich miteinander gewesen waren, und das für recht lange Zeit sogar. Dass es doch meistens schön war, dass sie immer noch zusammen wären, wäre da nicht dieser blöde Fauxpas passiert. Am Ende war Lisa melancholisch eingelullt und so erklärte sie sich mit einem nächtlichen Spaziergang einverstanden.

Stefan nahm sofort ihre Hand, als sie vor die Tür traten, und Lisa ließ ihn gewähren. Sie schloss sogar ihre Finger um seine Faust, zögernd zuerst, dann sicherer. Die Nachtluft war kühl, aber nicht unangenehm.

Sie liefen die Lange Straße entlang. Zuerst passierten sie die Johanneskirche, die in der Dunkelheit sehr majestätisch wirkte. Wie ein schlafender Riese, der im Mittelalter geboren worden war und seither hier lagerte.

Ihr Weg führte sie in Richtung Rathaus. Aus einer Tür drang Technomusik. Er zog sie nach links, vorbei am Hotel Post Faber, wo er ja wohnte. Sie folgten der Straße, stiegen die Treppe beim kurzen Stück Stadtmauer hinab, eines von zweien, das Crailsheim nach dem Bombardement von 1945 erhalten geblieben war.

Schließlich standen sie auf der Jagstbrücke. Der Mond spiegelte sich silbern im Fluss und das Wehr rauschte.

Stefan hielt sie umfasst und sah ihr tief in die Augen. Dann fingerte er in seiner Tasche herum. Nervös. Fahrig förderte er ein kleines Etui zutage und klappte es auf. Es enthielt einen Ring. Einen Ring mit einem enormen Diamanten, so groß, dass er nicht echt sein konnte. Dann sank er vor ihr auf die Knie.

»Lisa, willst du mich heiraten?«, fragte er mit zitternder Stimme.

Lisa sagte nichts. Sie war zu perplex. Sie wusste auch nicht, was sie antworten sollte. Sie wusste es einfach nicht.

Stefan richtete sich wieder auf und schlang die Arme um sie. Sie küssten sich. Der Mond. Der Fluss. Ein Kuss. Und plötzlich wusste Lisa ganz genau, was sie wollte.

DONNERSTAG, 30. APRIL

Er sah auf den Wecker. Acht Uhr. Sein Schädel brummte. Fieberhaft überlegte er, wie er gestern nach Hause gekommen war, und kam zum Schluss, dass Blumi ihn in ein Taxi gesetzt haben musste.

Sein Handy piepste und er fischte danach. Ah, eine SMS von Lisa.

Eine ›Wir-müssen-reden‹-SMS.

War ja klar, worum es da gehen würde. Er drückte auf ›Nachricht löschen‹ und kostete den Moment aus. Das Handy fragte ihn, ob er die Nachricht auch wirklich löschen wolle, ganz sicher und ganz bestimmt, und er drückte auf ›Ja‹.

Er brauchte jetzt erst mal einen Kaffee. Ein Blick aus dem Fenster bestätigte ihm, dass sein Auto noch am Peanuts stehen musste. Verdammt, das bedeutete Fahrradfahren am frühen Morgen. Obwohl, vielleicht genau das Richtige für seinen Brummschädel.

Lisa saß schon am Schreibtisch, als er ins Büro kam. Sie lächelte ihn unsicher an, als er eintrat, küsste ihn aber nicht.

»Moorcha«, murmelte Heiko missgelaunt und hielt sich an seinem Automatenkaffeebecher fest, mit dem er den Rest des Katers zu vertreiben hoffte.

»Na, gut geschlafen?«, begann Lisa.

»Du bestimmt«, meinte Heiko bissig und vertiefte sich augenblicklich in die Akte.

»Hör mal, sei mir bitte nicht böse, ich musste mit ihm reden, er ist doch so weit gefahren!«

Heiko murmelte ein »Hm«.

Lisa seufzte. »Ich gebe zu, dass ich mit dem Gedanken gespielt habe, zu ihm zurückzukehren. Und wir haben uns geküsst, ja, einmal!«

Diese Auskunft versetzte Heiko einen Stich in die Herzgegend und er senkte betreten den Kopf. Lisa setzte sich neben ihn.

»Ja, einmal. Und er hat mir sogar einen Heiratsantrag gemacht.

Und weißt du, ich habe ihn so lange vermisst, so lange …«

Lisa hielt inne, Als Heiko kurz aufblickte und sie mit seinen braunen Augen für einen Moment direkt ansah. Gleich darauf starrte er wieder in die Akte. Sie schluckte.

»Es war eine Entscheidung nötig, Heiko, und ich habe mich entschieden. Das heißt, wenn du mich noch willst, dann würde ich gerne mit dir zusammen sein. Ich meine, wirklich sehr gerne!«

Heiko hielt den Kopf immer noch gesenkt, stur beinah, und Lisa konnte sein Gesicht noch immer nicht sehen.

»Heiko, ich mag dich sehr, weißt du, ich denke, das mit uns ist was Besonderes … oder könnte etwas Besonderes werden, findest du nicht?«

Der Kommissar runzelte die Stirn.

Hatte er da richtig gehört? Sie gab ihm nicht den Laufpass?

Gekränkter Stolz und Glück stritten in ihm. Rasende Eifersucht auf diesen Fischkopf, der es gewagt hatte, seine Lisa zu küssen.

Er dachte kurz nach. Dann kam er zu einem Ergebnis. Langsam stellte er den Kaffeebecher auf den Tisch und sah sie an. »Gehst du heut Abend mit mir aufs Maifest?«

Die Luft war nun milder, es hatte selbst jetzt am Abend deutlich über zehn Grad, und man fror nicht in Pulli und Jeansjacke.

Sie sah umwerfend aus in ihrer knallengen Jeans und der Lederjacke. Die beiden hatten das Auto, das Heiko noch schnell abgeholt hatte, am Straßenrand geparkt. Nicht weit weg vom Maifest, damit es nicht in Gefahr war, Opfer eines der berüchtigten Maistreiche zu werden. Die Glocke der Veitskirche läutete dreiviertel sieben, sie waren genau richtig. Um sieben würde der Maibaum aufgestellt werden.

»Das ist Tradition. Ist ursprünglich, glaub ich, so ein Fruchtbarkeitsritus. Im Mittelalter muss es in den Nächten ziemlich rund gegangen sein ...!«

»So so. Was willst du mir damit sagen?«

»Nichts! Ich wollte nur Geschichtswissen vermitteln!«

Als sie auf den Dorfplatz kamen, spielte der Posaunenchor bereits ›Der Mai ist gekommen‹. Sie entdeckten

Silke Weidner unter den Spielern und grüßten beiläufig. Dann war das Lied zu Ende und der Maibaum wurde aufgestellt – eine große, schöne Birke, ganz, wie es sich gehörte. Ein riesenhafter Traktor stemmte den Baum mit Hilfe einer Gabel hoch, Männer halfen mit Stangen, die Birke in der richtigen Position zu halten.

»Manche Dörfer nehmen auch Nadelbäume«, erklärte Heiko. »Aber der klassische Maibaum muss eigentlich eine Birke sein!«

Lisa nickte und betrachtete staunend den mit bunten Holztafeln und Wappen geschmückten Stamm. So etwas hatte sie tatsächlich noch nie gesehen. Ihr entging auch nicht die feierlich-andächtige Stimmung, die sich über die Menge gelegt hatte.

Da war wohl wirklich das ganze Dorf da.

Es dauerte eine Weile, bis der Maibaum gerade stand und kantige Holzscheite so in das Loch gesteckt waren, dass er nicht mehr umfallen konnte.

Stolz flatterten nun die bunten Kreppbänder, die die Baumkrone zierten, im Abendwind, und die Dorfgemeinschaft applaudierte und jubelte.

Lisa applaudierte auch und konnte nicht umhin, selbst auch ein feierliches Gefühl zu empfinden.

»Der Maibaum ist jetzt die Ehre des Dorfes. Wenn der Maibaum von den Nachbardörflern abgesägt wird, dann ist das eine Schande, eine sehr große sogar. In Crailsheim ist das vor Jahren einmal passiert – das war oberpeinlich!«

Lisa schien ihm nicht zu glauben und zog misstrauisch die Augenbrauen zusammen. »Wirklich!«, versicherte Heiko. »Und deshalb muss der Maibaum auch bewacht werden – die ganze Nacht!«

»Mit ordentlich Alkohol, oder?«, vermutete Lisa.

»Klar! Komm, ich hol dir ein Steak!«

»Gibt's keinen Salat?«

Heiko verdrehte die Augen. »Nix da, Steak gibt's!«

Er kaufte zwei Steaks und zwei Bier und kehrte zu Lisa zurück, die sich an die Tür der großen Scheune gelehnt hatte und etwas verloren aussah.

»Komm, wir setzen uns hin.«

Heiko wies einladend auf die zahlreichen Biertische, die bereits gut gefüllt waren.

»Lass uns beim Kleintierzuchtverein sitzen«, schlug Lisa vor, »dann können wir das Angenehme mit dem Nützlichen verbinden.«

Held und Maler hatten jeweils eine Halbe Bier vor sich stehen, Silvio hingegen saß vor einem Viertele Rotwein. Die Frauen hockten am Nachbartisch und unterhielten sich. Frau Weidner fehlte.

»Ist da noch frei?«, fragte Heiko und wies auf die leeren Plätze der Bierbank.

»Klar, setzt euch her«, sagte Fritz Maler, der wieder wesentlich gelöster wirkte, seit sich seine Unschuld herausgestellt hatte.

»Wie geht's denn dem Herbert?«, erkundigte sich Held mitfühlend.

»Der wird schon wieder«, informierte Heiko. »Nächste Woche darf er wahrscheinlich nach Hause!«

»Gott sei Dank ist er davongekommen! Wenn der Mörder den auch noch erwischt hätte!«

»Ich denke nicht, dass das der Mörder war. Es ging wohl um was anderes«, klinkte sich Lisa ein.

»Ach! Übermorgen haben wir übrigens eine Kleintierausstellung, in Rothenburg!«, informierte Held. »Wenn ihr Zeit habt, dann kommt doch mal vorbei.«

»Ja, vielleicht«, meinte Heiko.

»Ess dei Steak, Maadle, net bloß ouglotza«, sagte Maler treuherzig.

Heiko grinste. »Das ist wirklich gut«, ermutigte er seine Kollegin.

Lisa starrte etwas zweifelnd auf das doch recht fettig aussehende Fleischbrötchen in ihrer Hand. Heiko seufzte. »Schau.« Er klappte seinen Weck auf. »Das da ist das beste Steak der Welt, vom Hällisch-Fränkischen Landschwein. Das ist stinknormales Ketchup, denn mehr braucht es nicht, um den Fleischgeschmack zu kitzeln. Und das da«, er klappte den Weck wieder zu, »ist ein Weck, nicht etwa ein Brötchen oder eine Semmel, sondern ein Weck, und der schmeckt ebenfalls toll, also probier!«

Lisa blieb nun tatsächlich nichts anderes übrig, als mehr oder weniger herzhaft in den Steakweck zu beißen, und sie war angenehm überrascht: Das war tatsächlich das beste Steak, das sie je im Leben gegessen hatte. Knusprig und deftig-fleischig.

»Lecker«, urteilte sie kauend und erntete Gelächter von den Kleintierzüchtern.

»Ihr habt mir ja einen ganz schönen Schrecken eingejagt, ihr mit eurem Knast«, tadelte Maler endlich.

Heiko betrachtete sinnend sein Bier. »Ja, das tut uns ja leid, Herr Maler! Aber Sie verstehen doch sicher, dass ...«

Maler hob die Hand. »Natürlich verstehe ich das. Aber eins sage ich Ihnen: Die Häftlinge sind schon auch arme Teufel, schuldig oder nicht. Denn im Knast, also, das ist kein Zuckerschlecken! Da kriegt man Platzangst und so.«

»Kann sein«, gab Heiko zu.

Maler stand plötzlich auf, entschuldigte sich und ging in Richtung der Alten Schule, deren Toilette bei solchen Festen immer genutzt wurde. Heiko folgte ihm mit Blicken und wunderte sich ein bisschen, als er Maler plötzlich winken sah. Zögerlich drehte er sich um, um zu prüfen, ob der Mann vielleicht jemand anderen meinen könnte. Als er niemanden entdeckte, stand er ebenfalls auf, murmelte eine Entschuldigung und ging zu Maler.

»Ja?«

Der blonde Mann knetete seine Hände. »Es tut mir leid wegen dem Theater, aber das, worum ich Sie jetzt bitte, brauchen die anderen nicht mitzukriegen, und meine Frau auch nicht.« Heiko schwieg, zündete sich eine Kippe an und sah Maler auffordernd an.

»Also, der Herr Walter hat doch erwähnt, dass es beim Max Auffälligkeiten in der DNA gibt. Und Sie können vielleicht verstehen, Herr Kommissar, dass mich das schon interessiert, was da dabei rausgekommen ist. Wenn Sie ihn noch mal erinnern könnten, mir das Ergebnis …«

Heiko blies Rauch aus und sagte dann: »Natürlich.«

Heiko wandte sich an den schon recht angetrunkenen Italiener, als er zurück am Platz war.

»Wo ist denn Ihr Sohn, Herr Campo? Wir hätten da etwas mit ihm zu besprechen.«

Silvio Campo blinzelte. Offenbar war ihm schon etwas schummrig. »Weiß ich doch nicht«, lallte er.

Maria Campo, die nicht im Geringsten angeheitert war, hatte jedoch am Nebentisch genug aufgeschnappt, um sich nun neben ihren Mann zu setzen. Fast unmerklich schob sie das Weinglas außer Reichweite des Italieners. »Worum geht es?«

Mit einem Mal wirkte sie sehr wach.

»Ihr Sohn, wo ist er denn? Marco?«, wiederholte Heiko.

»Worum geht es?«, fragte Maria wieder und musterte den Kommissar lauernd. Heiko schwieg beharrlich.

»Verdächtigt ihr ihn?«

»Das wird sich noch rausstellen. Auf alle Fälle hätten wir ein paar Fragen!«, gab Lisa zu.

Maria dachte nach. Sie dachte angestrengt nach. Man sah es an der Steilfalte, die sich auf ihrer hellbraunen Stirn bildete.

»Ich hole ihn!«, überwand sie sich schließlich, verschwand in der angrenzenden Scheune und kehrte auch wirklich Minuten später mit dem ebenfalls angeheitert wirkenden jungen Italiener zurück.

Sie hatte sich bei ihrem Sohn untergehakt, trotzdem war sie es, die ihn führte, und nicht etwa umgekehrt. Marco setzte sich widerwillig zu Heiko auf die Bank. »Gehen wir woandershin!«, schlug Heiko vor.

»Warum denn?«, fragte der junge Campo.

»Presto!«, befahl Maria und gehorsam stand Marco auf und trottete hinter Heiko und Lisa her. Heiko stellte sich mit ihm an den Brunnen, der vom Landfrauenverein überaus kreativ mit Hunderten von Ostereiern, die auf lange Schnüre aufgefädelt waren, dekoriert worden war. Er bot Campo eine Zigarette an. Der junge Mann nahm sich eine und erst einmal rauchten sie gemeinsam. Schweigend.

Lisa räusperte sich. Sie kam sich deplatziert vor.

»Und, was is jetzt?«, fragte Campo schließlich.

»Schlechte Nachrichten, Herr Campo.«

Marco erstarrte, die Zigarette blieb auf ihrem Weg zu seinem Mund stehen.

»Warum?«

»Wir haben auf dem Stiel der Axt Ihre DNA gefunden!«, informierte Lisa.

Campo führte die Kippe zum Mund und zog daran. In der Dunkelheit leuchtete sie rot auf. »Ist ja logisch«, meinte er dann, »ich hab' ja der Erna ab und zu mal Holz gemacht.«

Heiko machte »Hm«. Einige Dorfbewohner schlenderten vorbei, in einem möglichst langsamen Tempo. Sie waren wohl unbedingt scharf darauf, etwas von dem Gespräch mitzubekommen. Heiko schwieg aber eisern. Er wartete, bis die Dörfler schneckengleich vorbeigekrochen und außer Hörweite waren.

»Jedenfalls sind Ihre Fingerabdrücke die fünften und letzten auf der Axt.«

»Und wenn der Mörder Handschuhe getragen hat?«, wandte Marco Campo ein.

»Und wenn nicht?«, hielt Heiko dagegen.

»Jedenfalls brauchen wir nun eine … sagen wir, Präzisierung Ihres Alibis, Herr Campo.«

Campo schnaubte unwillig. »Ich hätte doch gar kein Motiv.«

»Das hatten wir doch schon mal, Herr Campo!«, meldete sich Lisa zu Wort. »Sie hatten Streit mit dem alten Weidner, wegen Silke. Muss ja nicht einmal wegen des Geldes gewesen sein. Kann ja sein, dass er der Silke die Beziehung zu Ihnen ausreden wollte.«

Campo schüttelte heftig den Kopf. »Ausreden!« Seine Lederjacke knirschte, als er sich mit der Hand durchs gegelte Haar fuhr. »Niemand kann der Silke ihre Beziehung zu mir ausreden! Die Silke liebt mich.«

»Vielleicht war es doch das Geld?«, schlug Heiko vor. Ein Maikäfer surrte über ihm durch die Luft.

»Quatsch. Geld ist mir scheißegal.«

»Das ist leicht gesagt, Herr Campo!«, gab Heiko zu bedenken.

»Oder, anderes Szenario!«, fuhr Lisa fort. »Sie unterhalten sich mit dem alten Weidner, Sie wollen ihn überzeugen, dass Sie doch ein ganz guter Kerl sind.

Halten vielleicht sogar um Silkes Hand an. Aber er lässt sich nicht überzeugen. Nennt Sie vielleicht alles Mögliche, einen Nichtsnutz, beschimpft Sie, Herr Campo, und da sehen Sie Rot. Sie greifen zur Axt und …«

»Nein.« Campo wedelte abwehrend mit seiner Hand.

»So oder so, Herr Campo. Bitte verlassen Sie die Stadt nicht. Und überlegen Sie sich ein brauchbares Alibi. Ein zutreffendes, natürlich.«

Für diesen Abend ließen sie Campo ziehen. Sie wussten, dass er nicht abhauen würde, denn wo sollte er denn hin? Er hatte doch Silke.

Heiko zog Lisa mit sich. »Na, wie war das Steak?«, fragte er.

»Gut«, sagte Lisa. »Doch, doch, sehr gut«, versicherte sie, als sie Heikos enttäuschten Gesichtsausdruck sah.

»Willsch noch eins?«, fragte er und grinste.

Eine halbe Stunde später hatte Lisa zwei Steaks im Bauch, in Heikos Magen tummelten sich sogar drei. Nun saßen er und Lisa mit zwei Flaschen Zitronensprudel am Lagerfeuer neben dem Maibaum. Allmählich war es kühler geworden, die Sonne war weg und die Dämmerung legte sich über den Dorfplatz.

Lisa fröstelte nun doch und zog ihre Jacke enger um sich. Heiko rückte näher und legte den Arm um sie. Am Himmel stand schon silberglänzend der Mond.

Der Geräuschpegel war hoch, die Leute tranken, feierten und unterhielten sich.

»Und, wie findest du's?«, fragte Heiko und rückte noch etwas näher an sie heran.

Lisa lehnte ihren Kopf an seine Schulter und sagte einfach nur: »Schön.«

Sie saßen eine Weile still da und sahen in die züngelnden Flammen.

Nach einiger Zeit bemerkte Lisa etwas sehr Ungewöhnliches. Kinder mit Tüten. Genau genommen hatte jedes Kind eine Tüte dabei.

»Was schleppen denn all die Kinder da mit sich rum?«

»Klorollen«, informierte Heiko.

Lisa sah ihn ganz entzückend schockiert an.

»Klorollen?«

»Ja. Klorollen, Ketchup, Senf, Zahnpasta und so.«

Lisa konnte sich beim besten Willen keinen Reim darauf machen. »Und was machen die damit?«

»Maistreiche«, erläuterte Heiko. »In der Walpurgisnacht dürfen die Kinder Maistreiche machen. Autos mit Klopapier umwickeln, Gartentüren aushängen, Zahnpasta rumschmieren!«

»Wie an Halloween?«

»Wie an Halloween«, bestätigte Heiko. »Nur besser. Hohenlohisch.«

Sie waren ewig so dagesessen, und dann, spät in der Nacht, hatten sie sich auf den Heimweg gemacht. Als sie auf Höhe der Hirtenwiesen fuhren, schluckte er, fasste sich ein Herz und fragte: »Willst du … noch mit hochkommen … oder so?«

Lisa sah ihn fragend an. Dann horchte sie in sich hinein. Wollte sie? Sie wollte. »Okay«, sagte sie, und ihre Stimme hörte sich krächzend an.

Heiko führte sie ins Schlafzimmer. Er setzte sich aufs Bett und lehnte seinen Kopf an ihren Bauch. Er konnte ihren Herzschlag hören. Sie strich über sein Haar, ließ die dicken, schwarzen Strähnen durch die Finger gleiten. Gleichzeitig kitzelte ihr eigenes Haar seine Wange. Heiko atmete gleichmäßig. Er war ganz entspannt.

Dann begann er, die Konturen ihres Körpers mit den Händen nachzuzeichnen. Er arbeitete sich von ihrer Hüfte über ihren Po und ihre Schultern bis hoch zu ihren Brüsten und ließ seine Hände dort verweilen. Sie fühlten sich gut an, rund und weich. Lisa zog ihren Pullover aus. Sie trug schwarze Spitze.

Er zog ebenfalls sein T-Shirt aus und streichelte sie heftiger, befasste sich weiter mit ihrem Körper. Dann zog er sie zu sich, vorsichtig und behutsam, sanft, und sie beide versanken im großen Kissenberg seines Französischen Bettes.

FREITAG, 1. MAI

Lisa streckte sich. Die Sonne schien bereits durch die Vorhänge herein und der Platz neben ihr war leer.

Entsetzt fuhr sie hoch und sah auf den Wecker. Erst halb acht. Es war noch Zeit. Dann erinnerte sie sich, dass heute ja Feiertag war. Sie lächelte, als ihr die letzte Nacht wieder einfiel, und fragte sich, wo Heiko wäre.

»Heiko?«, rief sie, und statt ihres Kollegen, der ja jetzt wohl auch ganz offiziell ihr Freund war, kam Sita zur Tür herein, trottete aufs Bett zu und landete mit einem eleganten Satz auf der Bettdecke.

»Guten Morgen, Hund«, sagte Lisa und streichelte lachend das struppige Fell.

Aus dem Wohnzimmer tönte ein freudiges »Deppdu«. Hansi war also auch schon fit. Nun kam auch Heiko zur Tür herein, mit zwei Tassen Kaffee in der Hand.

»Guten Morgen«, grüßte er beinahe schüchtern und sah umwerfend süß aus mit seinen Boxershorts und seiner zerzausten Frisur.

»Guten Morgen.«

»Na, gut geschlafen?«, fragte Heiko und gesellte sich wieder zu ihr unter die noch warme Bettdecke. Sie kuschelte sich an ihn und nahm den Kaffeebecher. »Schwarz, gell?«, fragte Heiko und Lisa brummte zustimmend.

»Und, wie fühlst du dich?«, wollte sie wissen, während sie einen Schluck Kaffee trank.

»Gut, äh ... gut!«, antwortete Heiko und fuhr sich verlegen mit den Fingern durchs Haar. Glücklich. Es war, als würden sie sich schon lange kennen, sehr lange, und nicht erst ein paar Monate. Seltsam, sehr seltsam. Sowas war ihm noch nie passiert. Lisa stellte den Kaffee weg und rückte dann ihren Kopf auf seiner Brust zurecht.

»Ich mich auch.«

Heiko schluckte. »Und ... du denkst, es ist richtig, dass wir ...?«

Er war vielleicht ein Idiot! Er sollte das Thema nicht anschneiden. Genieße den Moment, hatte seine Devise zu lauten. »Deppdu!«, kommentierte Hansi und Heiko musste dem Vogel ganz recht geben.

»Ja, das denke ich. Aber es gibt tatsächlich ein kleines Problem«, sagte sie. Heiko traute sich nicht zu fragen und tätschelte gedankenverloren ihren Rücken.

»Mein Ex«, informierte sie.

»Nun, es geht mich ja nichts an«, begann Heiko, »aber was genau war eigentlich neulich Abend los?«

Lisa richtete sich auf. »Das hab' ich dir doch schon erzählt. Ich hab' Nein gesagt.«

»So?«

»Ja!«

»Und?«

»Nun ja ...«, fuhr Lisa fort, »er hat gesagt, er kann das nicht akzeptieren, er will mich heiraten, und er wird hierbleiben.«

»Was?«, fuhr Heiko auf und sah sie an. »Wie bitte?«, verbesserte er sich.

Lisa holte tief Luft und spielte mit seinem Brusthaar. »Er hat gesagt, er bleibt so lange im Hotel Post Faber wohnen, bis ich es mir anders überlege. Und jetzt weiß ich nicht … nun, das ist ein Problem. Findest du nicht?«

Heiko schüttelte den Kopf. »Kein Problem. Ich kümmere mich drum! Aber jetzt ist erst mal der erste Mai und das bedeutet: Maiwanderung!«

»Bitte was?« Lisa blinzelte verständnislos.

»Maiwanderung! Das ist Tradition. Gut, ehrlich gesagt, machen das eigentlich nur die Männer. Aber du bist doch emanzipiert, oder nicht?«

Beim Frühstück erklärte Heiko Lisa, dass am 1. Mai alle Männer durch die Gegend wanderten – mit einem Laaderwächele, einem Leiterwagen, der ausreichend Platz für ein paar Bratwürste und eine Kiste Bier bot. Denn mehr brauchte ein Mann am 1. Mai nicht, um glücklich zu sein. Vielleicht noch Lisa, dachte Heiko insgeheim.

Sie starteten ihre Wanderung in Wollmershausen. Heiko stellte den M3 auf einem kleinen Parkplatz ab.

Sita hüpfte begeistert aus dem Wagen und umkreiste die beiden wild bellend. Sie freute sich offenbar unbändig, dass es einen größeren Ausflug gab, denn so viel hatte auch sie schon begriffen.

Sie hatten zwar keinen Leiterwagen dabei, aber Heiko hatte eine Decke und eine Packung Nürnberger Rostbratwürste – die er für Notfälle immer im Kühlschrank hatte – sowie Brot und zwei Flaschen Wasser im Rucksack.

Lisa hatte ihm angeboten, auch was zu tragen, aber er hatte heldenhaft abgelehnt. Er nahm ihre Hand und sie wanderten in Richtung der Gronachtalbrücke, die sich über das kleine Tal erstreckte. Strahlend blauer Himmel spannte sich wie ein gewaltiges Zelt über dem blendend weißen Bauwerk.

Schließlich passierten sie die Stelle, wo die Brücke ihr Lager hatte, und Heiko erklärte Lisa stolz die Rollenkonstruktion. Lisa nickte ehrfürchtig und anerkennend.

Sie liefen nun bergab, durch ein waldiges Gebiet mit einzelnen Wiesen und schließlich am Waldrand entlang. Mehrfach kamen ihnen mehr oder weniger angeheiterte Männergruppen entgegen, die Bierkästen teilweise erstaunlich leer für die frühe Stunde. Aber das gehörte zum 1. Mai eben einfach dazu.

Schließlich zog Heiko Lisa in den Wald hinein. Schlagartig war das Licht gedämmter. Ein dunkles Grün, durchzogen von einem unterschwelligen Leuchten, durchflutete die Szenerie. Anemonen krochen über den Boden, gelb und weiß streckten sie ihre Köpfchen vom duftenden Waldboden weg.

Sita hatte ihren Schritt verlangsamt. Auch sie spürte die Atmosphäre des Waldes, die etwas ganz Besonderes war.

»Hey, wo bringst du uns hin?«, protestierte Lisa lachend.

»In meine Räuberhöhle! Und da musst du dann für mich kochen und die Höhle putzen, während ich auf die Jagd gehe!«

»Macho!« Sie folgten einem schmalen Weg, auf dem aus groben Steinen gehauene Stufen nach unten führten. In Serpentinen wand sich der Pfad den Hang hinab, vorbei an einer enormen Felswand. Und unten rauschte der Fluss, die Jagst.

Heiko klaubte einen Stein vom Boden auf und zeigte ihn Lisa.

»Siehst du?«, fragte er und hielt ihn seiner Freundin hin. Sie betrachtete ihn genauer. Auf dem Stein waren seltsame Erhebungen und Muster zu sehen.

»Seelilien!«, erklärte Heiko. »Hier im Jagsttal haben wir Muschelkalk.«

Lisa bewunderte den Stein gebührend und steckte ihn in die Hosentasche. Dann endlich erreichten sie die Holzbrücke, die sich über das Wehr spannte. Der Fluss rauschte und wogte. Sie überquerten den Steg und waren nun endlich an ihrem Ziel angelangt.

»Das ist die Heinzenmühle«, erläuterte Heiko und breitete die Arme aus wie ein König, der seiner Prinzessin sein Reich zeigt. Vor ihnen erstreckte sich ein Grillplatz, wo schon mehrere Maifeiernde eifrig grillten und Bier tranken.

Das Wehr toste und daneben war eine schöne, saftig-grüne Wiese, auf der schon zahlreiche Decken ausgebreitet lagen.

Und dann wurde es ein sehr schöner Tag. Sie grillten die Würstchen und aßen sie, in der Sonne sitzend.

Sita tobte durchs Wasser, glitzernde Tropfen stoben wie Feuerfunken auf. Und Lisa merkte ein weiteres Mal, wie wunderbar Hohenlohe sein konnte.

Lisa warf sich aufs Bett. Sie hatte sich richtig entschieden, das wusste sie genau. Die Sache war unsicher, gut. Aber sie hatte ein gutes Gefühl dabei.

Mit Stefan zusammenzubleiben oder vielmehr wieder zusammenzukommen, wäre vernünftig gewesen. Vernünftig, und – ein Fehler. Denn sie liebte ihn nicht mehr, das wusste sie jetzt. Was von der Beziehung übrig war, war Nostalgie. Nostalgie und ein Tick Melancholie – wegen der vergangenen schönen Zeiten. Mehr aber auch nicht.

Sie griff sich ihr Handy und schaltete es ein. Ganz bewusst hatte sie es aus gelassen. Sie legte es beiseite und begab sich in die Küche, um den schon ernsthaft beleidigten Garfield zu füttern.

Da hörte sie den SMS-Klingelton. War ja klar.

›Sie haben 7 neue Nachrichten auf Ihrer Mailbox!‹

Lisa wurde es mulmig. Es war doch wohl nichts passiert? Mit klopfendem Herzen wählte sie die Mobilbox an.

»Guten Tag und herzlich willkommen!«, schmalzte die ach-so-sympathische Frauenstimme. »Sie hab-en – sie-ben – neue – Nach-richt-en. Er-ste Nach-richt. Em-pfan-gen am Don-ner-stag, dem drei-ßig-sten Ap-ril.« Und dann hörte sie: »Hallo, Lisa, bitte ruf mich an, wir müssen unbedingt reden, ich denke, du machst einen Fehler!«

Stefan. Und noch mal Stefan. Noch dreimal Stefan und einmal ihre Mutter. Nicht zu glauben, Stefan hatte sich ihre Mutter als Verstärkung geholt!

Die letzte Nachricht enthielt nochmals die trotzige Ankündigung, er werde so lange in Crailsheim bleiben, bis sie es sich anders überlegt habe und vernünftig werde.

Super.

Da könnte er lange warten. Garfield kam nun doch zu ihr und wollte gestreichelt werden. Nachdenklich kraulte sie sein Fell. Sie sah auf die Uhr. Halb zwölf. Zeit, ins Bett zu gehen – denn morgen war Dienst, obwohl Samstag war.

SAMSTAG, 2. MAI

»Ah, davon hab' ich schon gehört!«, sagte Lisa, als sie auf Rothenburg zufuhren und die Stadtmauer aufragte, die zu den besterhaltensten in ganz Europa gehörte. »Das ist doch so eine Mittelalterstadt, nicht?«

»Hatte ich etwa vergessen, dir das zu sagen?«

»Wie lange dauert denn die Kleintierausstellung? Da müssen wir doch bestimmt nicht den ganzen Tag hin. Wir werden doch sicherlich noch Zeit haben, uns ein bisschen die Stadt anzusehen!«

Heiko seufzte und nickte ergeben.

Dass er am vorletzten Tag des langen Wochenendes, das wegen der Arbeit sowieso schon angeknackst war, Kultur würde machen müssen, damit hatte er nicht gerechnet. Aber mit Lisa ging alles.

Die letzten paar Tage waren wunderschön gewesen und er wusste, dass er mit ihr sehr glücklich werden könnte, wenn sie ihn ließe.

Ihm war zwar immer noch nicht nach Heiraten und solchem Kram, das hatte noch Zeit, aber mit Lisa konnte er sich schon was Festes vorstellen.

Schon beim Gang zur Schrannenscheune, wo die Veranstaltung stattfand, zeigte sich Lisa geradezu entzückt von den vielen engen Gässchen, und schließlich war sie ganz aus dem Häuschen, als sie in einer

Broschüre entdeckte, dass es in der Kirche einen Riemenschneider-Altar gab.

Aber zuerst die Arbeit, dann das Vergnügen, meinte Heiko, insgeheim hoffend, dass die Zeit für den Altar nicht mehr reichen würde.

Sie hatten die Halle nun erreicht. Es kam ihnen ein sehr spezieller Geruch entgegen – ein Geruch nach frischem Stroh, nach Tieren, etwas Mist, aber insgesamt nicht unangenehm.

So ein bisschen wie Ferien auf dem Bauernhof, dachte sich Lisa.

Der Geruch wurde noch überlagert vom Duft von Steaks und Würstchen, die natürlich bei einer solchen Veranstaltung nicht fehlen durften.

Sie zahlten den Eintritt bei einem runden, untersetzten Mittfünfziger, der mit der Kasse sehr gewissenhaft umging und das Wechselgeld lange sinnend betrachtete.

In der Halle kamen die Geräusche dazu, da ja nicht nur Hasen ausgestellt wurden. Es gab auch Hühner, Hähne, Tauben und einige Meerschweinchen. Also war die Luft erfüllt von Gackern, Krähen, Gurren und Quieken.

Dazu kam das bereits vertraute Scharren und Stampfen der Hasen. Lisa hing schon am ersten Käfig und machte: »Och, ist der süüüüüüüß!«

Tatsächlich sahen die Hasen niedlich aus, das musste auch Heiko zugeben. Entweder schnupperten sie neugierig am Finger oder sie lagen würdevoll hingegossen in einer Ecke, die Augen halb geschlossen. Wobei bei manchen Käfigen von einem In-der-Ecke-Liegen kaum eine Rede sein konnte, da die Tiere teilweise so groß waren, dass sie den Käfig der Länge nach – zumindest liegend – ganz ausfüllten.

Ein Kaninchen putzte sich hingebungsvoll, was zu erneutem Entzücken von Lisas Seite führte. Heiko besah sich indessen eher die Schilder, die an den Käfigen angebracht waren.

›Jäger‹ stand da bei ›Name des Züchters‹, darunter ›Rasse‹ – in diesem Fall ›Großsilber‹, dann gab es Kategorien wie ›Körperbau‹, ›Fellfarbe‹ oder ›Ohren‹. Bei dem Tier von einem Züchter namens ›Glock‹, das Heiko gerade betrachtete, stand ›Sgt in allen Pos.‹, was wohl eine Eins bedeutete.

Bei einem Tier stand gar ›Bester seiner Rasse‹, ein stolzes Neuseeländerkaninchen, das sich seines Sieges voll und ganz bewusst zu sein schien.

Schließlich fand Lisa auch die Namen ›Held‹, ›Campo‹, ›Maler‹ und ›Winterbach‹. ›Weidner‹ war allerdings nirgends zu entdecken.

Wäre auch pietätlos gewesen, ein bisschen Pause musste schon sein. Außerdem war ja nicht gesagt, dass die Weidnerin das Hobby ihres Mannes fortführen wollte.

Sie besahen sich noch die Hühner und Hähne, stolze, riesenhafte Exemplare, und Lisa war ganz angetan von den schmucken Tauben, die Federn auf den Füßen hatten.

Mehrmals wiederholte sie fassungslos, so etwas habe sie noch nie gesehen. Auch bei dem riesigen

Käfig, in dem sich mindestens 20 rotbraune Meerschweinchen ängstlich quiekend aneinanderdrängten, blieben sie stehen.

Die Tiere waren offenbar zu verkaufen und nicht in die Ausstellung integriert. Lisa betrachtete die putzigen Tierchen wohlwollend und steckte einen Finger durch das Gitter, was die Nager jedoch wenig kümmerte.

»Na, wer ist denn da?«, schallte es nun hinter den Kommissaren. Sie drehten sich um. Es war Fritz Maler. »So so, wollt ihr auch in die Kleintierzucht einsteigen?«

»Nein, nein, wir sind dienstlich hier! Zumindest so halb!«

»So, dienstlich, das hätt' ich mir ja fast denken können!«

»Und welche Tiere sind von Ihnen?«, fragte Heiko neugierig.

Maler geleitete sie zu einem kapitalen schwarz-weißen Rammler, auf dessen Käfigschildchen mit grüner Neonschrift das Wort ›Gesamtsieger‹ prangte.

»So, hat's endlich auch mal für den Gesamtsieg gelangt, jetzt, wo der Weidner nicht mitmacht!«, meinte Heiko und beobachtete Malers Reaktion.

Maler grinste nervös und winkte ab. »Zufall. Hab' einfach Glück gehabt. Aber der Gotthilf ist doch auch ein Prachtexemplar, oder nicht?«

Heiko hatte Mühe, seine Mimik zu bezähmen, als er registrierte, dass Gotthilf der Hase war.

»Ein schönes Tier«, lobte nun auch Lisa. Maler nickte und schlug dann vor: »Möchtet ihr vielleicht einen Kaffee? Unsere Frauen backen wahnsinnig guten Kuchen!«

Das mit dem Kaffee war eine hervorragende Idee gewesen. Denn einen Kaffee konnte Heiko jetzt gut gebrauchen.

Vor ihm stand außerdem ein Teller mit einem sehr rosafarbenen Stück Himbeersahnetorte. Lisa hatte sich für einen ›Träubleskuchen‹ entschieden und war sehr überrascht gewesen, als sie statt der erwarteten Trauben Johannisbeeren vorgefunden hatte.

»Und, jetzt, wo Sie aus dem Schneider sind, Herr Maler … haben Sie denn irgendwelche Vermutungen?«, erkundigte sich Heiko kauend.

Maler hielt inne. »Nein, also, ich habe mit der ganzen Sache nicht das Geringste zu tun, das müsst ihr mir glauben!«

Lisa lächelte gewinnend und fragte konkreter.

»Können Sie sich vorstellen, dass vielleicht jemand von den Campos hinter dem Mord steckt? Oder Herr Held?«

»Held … Campo … also nein, ich weiß nicht … nun, ich denke nicht!«

»Wenn Ihnen noch was einfällt, sagen Sie es uns dann«, mahnte Heiko.

Maler nickte eifrig.

»Ganz bestimmt, Herr Kommissar!«

In der folgenden halben Stunde ging es mal nicht

um dem Fall, sondern sie unterhielten sich angeregt mit dem Kleintierzüchter, der sie unter anderem in die Geheimnisse der Kaninchenzucht einweihte.

»Also! Was machen wir jetzt? Wir könnten uns den Riemenschneider-Altar anschauen!«

Heiko brummte etwas von Foltermuseum, was Lisa gleich als nächsten Programmpunkt festlegte. Und so ging's weiter zur St.-Jakobs-Kirche, die sich idealerweise mitten in der Stadt befand. Mit einigem Widerwillen betrat Heiko das Kirchenschiff. Sie könnten jetzt schon im Café sitzen, etwas trinken und sich die Sonne auf die Schultern scheinen lassen.

Aber nein.

Wenige Betende knieten auf den Bänken, einige Japaner machten Fotos.

Lisa hatte sich bereits einen Prospekt geschnappt und dozierte: »Der Altar heißt Heilig-Blut-Altar! Riemenschneider hat seine Figuren nie bemalt, weil er den Charakter des Holzes betonen wollte!«

»Interessant«, log Heiko.

»Komm, jetzt stell dich nicht so an! Schau's dir wenigstens einmal genau an«, forderte Lisa und schleifte ihn vor den Altar.

»Die Szene zeigt Jesus inmitten seiner Jünger, wie er Judas als Verräter entlarvt!«, las Lisa. Endlich standen sie vor dem Altar und nun musste auch Heiko zugeben, dass es ein beeindruckender Anblick war.

Unter filigran verästelten Ornamenten, die man dem Werkstoff Holz überhaupt nicht zutraute –

vor allem nicht, wenn man an Siegers Holzhaufen dachte –, befanden sich 13 Figuren.

Obwohl sie nicht bemalt waren, hatte man das Gefühl, sie seien lebendig. Die Emotionen in den Gesichtern waren wie eingefroren.

»Der linke Flügel zeigt Jesus, wie er nach Jerusalem einreitet, der rechte wiederum Jesus im Garten Gethsemane. Und auf der Rückseite hat Riemenschneider Glasfenster einbauen lassen«, erklärte Lisa weiter, den Prospekt immer noch in Händen.

Heiko schluckte. »Doch, schön.«

Als sie wieder auf den mittelalterlichen Marktplatz traten, fanden sie sich plötzlich in einer Hundertschaft Japaner wieder, die angestrengt nach oben starrte.

»Was ist denn jetzt los?«, fragte Lisa.

»Ach, die Turmuhr!«, meinte Heiko.

»Und was passiert?«, wollte Lisa wissen, während die Uhr schon anfing zu schlagen. Anschließend öffnete sich ein Fensterchen und eine Figur mit einem riesigen Krug in der Hand erschien. Die Figur trank den Krug scheinbar aus. Aus den Kehlen der Japaner stieg anerkennendes Murmeln und sie spendeten verhalten Applaus.

Lisa zog die Augenbrauen zusammen. Süddeutschland war manchmal schon komisch.

»Was war das denn jetzt?«

»Ach, das ist eine Sage!«, erklärte Heiko.

»Weißt du noch, das mit der Bürgermeisterin?«

Lisa nickte.

»Rothenburg wurde auch belagert. Und hier musste der Bürgermeister drei Liter Wein auf Ex trinken, um die Stadt zu retten.«

»Und, hat er es geschafft?«

»Klaro! War doch ein Franke. Die sind ja so ähnlich wie Hohenloher. Und die Stadt war gerettet!«

Lisa schüttelte den Kopf. »Ihr seid schon ein komisches Volk«, konstatierte sie.

Lisa lachte immer noch, als sie zum Foltermuseum kamen. Hier wurde allerdings das Lachen schnell von einem ziemlichen Grausen abgelöst, als sie die verschiedenen ›Instrumente‹ sah. Der erste Teil des Foltermuseums war in einem Gewölbekeller, in dem es kalt und nass roch, untergebracht.

Verkleidete und überaus hässliche Schaufensterpuppen hockten in winzigen, fensterlosen Zellen. Lisa war froh, dass sie nicht im Mittelalter, sondern heute lebte und dass sie nicht etwa für eine Hexe gehalten wurde. Denn dann hätte sie beim Gottesurteil die Wahl, wie sie hier erfuhr: Entweder beim Getauchtwerden zu ertrinken und als gereinigte Seele in den Himmel aufzusteigen, oder oben zu schwimmen und dann verbrannt zu werden, weil ja schließlich nur Hexen aus Holz waren.

»Brutal«, befand Heiko, als sie vor einer inwändig mit Eisenstacheln gespickten Eisernen Jungfrau standen.

»Ja, da hatte man nichts zu lachen!«, befand Lisa.

Auch die verschiedenen Vorrichtungen zum Aufhängen und Strecken waren sehr schauerlich anzusehen.

»Die hatten ihren Täter immer schnell«, meinte Heiko.

»Da ging's einfach so lange, bis einer alles zugegeben hat!« Lisa schüttelte fassungslos den Kopf. Im oberen Saal fanden sich unzählige Hinrichtungswaffen. Auch bunt bemalte, überaus groteske Schandmasken und ähnliche Gegenstände waren dort ausgestellt.

»Da.« Heiko deutete grinsend auf einen stilisierten Vogelkopf aus Holz. »Diese Maske wurde geschwätzigen Weibern angelegt! Steht hier! Sei froh, dass du nicht damals gelebt hast!«

Schon hatte er einen Hieb zwischen den Rippen sitzen. »Die hier war für Angeber«, konterte sie. »Na, wie viel PS hat deine Karre noch mal?«

Etwas später standen sie staunend vor dem Käthe-Wohlfahrt-Laden, aus dem laute Weihnachtslieder drangen – gerade ertönte Jingle-Bells. Lisa runzelte die Stirn und sah fragend zu Heiko hin. »Wir haben doch Mai, wenn ich nicht irre, oder? Oder haben wir schon Dezember?«

Heiko erklärte: »Das da ist der Hit bei den Japanern! Glitzernder Weihnachtskitsch und das das ganze Jahr über!«

Lisa lehnte sich gegen die Scheibe und linste an der Schaufensterdekoration vorbei. Tatsächlich konnte sie in der Mitte des Ladens einen Teil eines Weihnachtsbaumes ausmachen – das Ding musste so hoch wie das ganze Gebäude sein!

Die Süddeutschen kamen schon auf komische Ideen. »Da will ich kurz rein«, teilte Lisa mit und Heiko seufzte. Er wusste, was das bedeutete.

Sie betraten den Laden und wurden von einer Woge des Kitsches überwältigt – überall glitzerte, glänzte und gleißte es.

Dazwischen tauchten japanisch-schwarze Haarschöpfe auf und ab.

Lisa zog es zum haushohen künstlichen Weihnachtsbaum in der Mitte des Ladens, der so üppig mit Schmuck beladen war, dass nur noch wenige grüne Kunstnadeln aus dem Glitzer hervorlugten.

»Wahnsinn!«, murmelte sie und sah sich um. Säuberlich sortiert lag der Weihnachtskitsch in hölzernen, adrett wirkenden Kistchen, zerbrechlich wie Kleinode, dazwischen hübsche Verkäuferinnen in Dirndln und mit langen Zöpfen.

Und dann begann die Orgie.

Heiko tappste die nächste dreiviertel Stunde so hilflos wie ein kleiner Welpe hinter seiner Mutter hinter Lisa her, die sich tatsächlich alle Auslagen ansah, um nur ja nichts zu verpassen.

Hier bewunderte sie den feinen Goldstaub auf einer Glaskugel, da drehte sie mit verzücktem Gesichtsausdruck an der Kurbel einer Spieluhr, dort registrierte sie wohlwollend eine moderne Glaskugel im Hundertwasser-Design.

Schließlich erstand sie ein lilafarbenes Glöckchen aus dünnem, sehr zerbrechlich aussehendem Glas, auf das eine puderzuckrige Winterlandschaft aufgebracht war, eine unsagbar hässliche Plüschkatze im Weihnachtsmann-Kostüm, von der sie steif und fest behauptete, sie ähnele Garfield, und eine kleine Spieluhr mit Kurbel, die ›Morgen kommt der Weihnachtsmann‹ spielte.

»Hast du's jetzt?«, fragte Heiko genervt, als sie den Laden verließen und Lisa Anstalten machte, schon wieder stehen zu bleiben.

Lisa wollte gerade den Mund öffnen und eine Antwort geben, als sie von einem Lichtblitz geblendet wurden. Sie und Heiko sahen irritiert auf und erblickten vor sich einen kleinen, etwa 50-jährigen Japaner, der höflich lächelnd ein »Danksöööön« murmelte und sich artig mit zusammengelegten Händen verbeugte.

Und in diesem Moment hatte Heiko Mühe, den Hohenloher in sich zurückzuhalten.

Dann entdeckte Heiko das Schild. ›Antik- und Trödelmarkt‹ stand darauf.

»Gehn wir da noch schnell hin? Ich meine, immerhin habe ich auch die Käthe Wohlfahrt ertragen.«

Lisa spielte mit einer Haarsträhne und sagte dann: »Warum nicht.«

Kurze Zeit später befanden sich die beiden mitten im Getümmel auf dem Parkplatz eines Supermarktes. Heiko ließ seinen Blick über die Szenerie schweifen.

Er liebte Flohmärkte. Eine bunt gemischte Menschenmenge wälzte sich durch die Standreihen.

Einige der teilweise skurril gestylten Gestalten hatten eine gespannte Erwartung im Blick, stellte Lisa fest.

Es war aber auch spannend. Man wusste auf einem Flohmarkt ja vorher nie, was einen erwartete. Man konnte ein Teil finden, das einen das ganze Leben lang begleiten würde. Oder etwas, was man schon lange gesucht hatte. Oder etwas, was man eigentlich gar nicht brauchte, aber schön fand.

Lisa registrierte ein beseeltes Glänzen in Heikos Augen. Schon hatte er einen Stand mit alten Postkarten entdeckt und steuerte darauf zu. Lisa konnte ihn nur mit Mühe davon abhalten, jede einzelne Postkarte zu begutachten.

Schließlich erstand er eine Karte mit der Aufschrift ›Liebliches Taubertal‹ und eine mit ›Unser Mergentheim‹, beide gelaufen, wie er Lisa begeistert erläuterte, und mit einem akkuraten Stempel.

Am nächsten Stand, von dem Heiko wie von einem Magneten angezogen wurde, wurden alte Musikinstrumente angeboten. Besonders hatte es ihm ein messingblinkendes Grammophon angetan, das durchaus großen nostalgischen Charme besaß. »Wenn du mir mal was zum Geburtstag schenken willst«, meinte Heiko und wies bedeutungsvoll auf den alten Plattenspieler. »Hast du nicht erst im Januar Geburtstag?«

»Ja, und?«

Lisa nahm seine Hand.

»Ja, dann weiß ich ja schon, was ich dir dann einmal schenken werde, am zehnten Januar, stimmt's? Also in knapp einem Jahr!«

Heiko hatte schon wieder einen neuen Stand entdeckt, den diesmal aber auch Lisa interessant fand. Hier wurden verschiedene alte Schmuckstücke angeboten. Lisa interessierte sich besonders für die alten Broschen.

»Art-Deco«, erläuterte Heiko und nahm eine glänzend-bunte Blumenbrosche in die Hand. »Die hier ist aus Metall. Emailliert« – er drehte die Brosche um und deutete auf einen kleinen Schnörkel – »und signiert, siehst du? 20er-Jahre, würde ich sagen.« Die Besitzerin des Standes, eine Mittsechzigerin mit gefärbten schwarzen Haaren, pinkfarbenen Lippen und einem dunkelgrünen Rüschensamtwestchen, schaltete sich ein. »Nicht schlecht«, lobte sie, »alles richtig! Sie kennen sich wohl aus?«

Heiko legte die Brosche ertappt zurück. »Ein bisschen«, murmelte er.

»Wenn sie Ihnen gefällt, mache ich Ihnen einen guten Preis.«

Lisa sagte: »Ah ja«, und ließ ihren Blick wohlwollend über die anderen Anstecknadeln schweifen. Schließlich blieb sie bei einer Strassbrosche, die eine Sonne und einen Mond darstellte, hängen. Die Standbesitzerin erriet sofort, wohin Lisa schaute, und nahm die Brosche auf. »Schön, nicht?«, Sie legte der jungen Frau das Schmuckstück in die geöffnete Handfläche. »Aus den 70er-Jahren. Strass, es sind alle

Steine dran. Aber ich kann Ihnen einen sehr guten Preis machen, weil die Brosche ja nicht soooooooo alt ist.«

Die Kommissarin bewegte vorsichtig ihre Handfläche und bestaunte das Glitzern der bronzefarbenen Steinchen.

Heiko befasste sich inzwischen mit einer Reihe von alten Kettchen. Schließlich stutzte er.

»Lisa, schau mal!« Aufgeregt deutete er auf eine Taschenuhr. Eine goldene Uhr. »Siehst du das hier?«

Lisa taxierte die Uhr. »Die schaut ja genauso aus wie die, die Weidner in der Hand hatte!«

Heiko nahm die Taschenuhr auf und untersuchte sie genauer.

Auch dieses Exemplar hatte ein Mäandermuster auf dem Rand. Er drehte sie um und entdeckte auch hier eine Gravur, sogar in der gleichen, verschnörkelten Schrift. Allerdings lautete hier die Gravur ›25. März 1915‹.

»Entschuldigen Sie«, begann Heiko. Er sah auf und bemerkte, dass die Frau ihn ohnehin die ganze Zeit über beobachtet hatte. »Woher haben Sie diese Uhr?«

»Wieso?«, gab die resolute Frau zurück. »Die hab' ich rechtmäßig erworben.«

Heiko schüttelte den Kopf. »Sie missverstehen mich. Ich wollte Ihnen doch nichts unterstellen! Es interessiert mich einfach.«

»Weiß ich doch nicht mehr!«, pampte die verstimmte Frau.

Heiko zog seine Polizeimarke und hielt sie ihr unter die Nase. Die Standbesitzerin seufzte. »Aus einer Haushaltsauflösung, wenn ich mich recht erinnere.«

»Und wo genau war die?«

»In Schwäbisch Hall, glaub ich.« Pause. Dann fuhr sie fort: »Also, für 80 tät ich sie Ihnen mitgeben.«

Heiko schüttelte den Kopf. »Die Uhr interessiert mich nicht. Aber was kostet die Brosche?«

Lisa sah wieder zur Anstecknadel, die immer noch glitzernd in ihrer Hand lag.

»Hm, sagen wir 20, das ist ein guter Preis!«, lockte die Frau.

Heiko zog sein Portemonnaie.

»15 und wir nehmen sie mit.«

Sie ließen den Tag in einem der kleinen, betont urigen Restaurants ausklingen, nicht ohne von weiteren Japanern fotografiert zu werden.

SONNTAG, 3. MAI

»Und wo fahren wir jetzt hin?«, fragte Lisa noch einmal.

»Es gibt ein schönes Restaurant auf dem Karlsberg in Weikersheim«, erklärte Heiko. »Weikersheim«, murmelte Lisa nachdenklich. »Nie gehört!«

Heiko grinste. »Was! Wo doch Weikersheim genau wie Crailsheim eine riesige Metropole ist!« Schon seit einer Stunde fuhren sie nun praktisch querfeldein, passierten kleine Städtchen mit so klingenden Namen wie ›Rot am See‹ oder ›Blaufelden‹.

Lisa hatte früher nicht geglaubt, dass es in Deutschland eine Ecke gäbe, wo man so weit fahren konnte, ohne auf eine größere Stadt zu treffen.

»Und ist es noch weit?«, fragte Lisa und betrachtete die Rinder, die am Wegesrand weideten.

Das ging gut, weil Heiko zum ersten Mal in diesem Jahr das Cabriodach aufgemacht hatte. »Nein«, gab Heiko Auskunft, »fünf Minuten.«

Etwas später bogen sie in eine kleine Straße ohne Mittelstreifen ein, die unverkennbar zu einem bewaldeten Berg führte. Am Wegesrand standen in bestimmten Abständen Nachbildungen der neun Planeten.

»Interessant«, fand Lisa.

Heiko nickte.

»Ja, das Ganze ist maßstabsgetreu. Die Abstände und die Größenverhältnisse stimmen! Es gibt auch eine Sternwarte hier oben! Und als Letztes kommt die Sonne!«

Schon zog die aus kupferfarbenen und kugelförmig angeordneten Reifen bestehende Sonne rechts an Lisa vorbei. »Schön!«

Kurze Zeit später bogen sie in einen kleinen Parkplatz ein.

»So, wir sind da.«

Heiko klapperte mit den Autoschlüsseln. Dann drückte er den Cabriodachzusammenfaltknopf, wie Lisa ihn nannte, und sah scheinbar desinteressiert zu, wie sich das Dach über seinem Kopf zusammenfaltete.

Lisa wuschelte ihm durchs Haar. Kleiner Prolet! Wie süß! Missmutig sortierte Heiko seine Frisur. Sie stiegen aus und gingen auf ein großes Holztor zu.

Er hielt die Türe auf und sogleich befanden sie sich im Wald. Nicht gerade im tiefen, dunklen Wald, aber in einem schönen Spaziergängerwäldchen.

»Und hier gibt es ein Restaurant?«, zweifelte Lisa.

Heiko nickte bekräftigend. »Etwa einen Kilometer in diese Richtung!«

»Na dann!«

Hand in Hand wanderten sie auf dem kleinen Waldweg. Es war traumhaft schön. Die Sonne brach durch die schon recht begrünten Baumwipfel und malte farbige Flecke auf den Boden. Unzählige Vögel zwitscherten. Lisa wusste nicht, um welche Arten es sich handelte. Aber sie war sich sicher, dass sie noch niemals zuvor so viele verschiedene Laute auf einmal gehört hatte.

Am Wegesrand lagen malerisch aussehende Baumstümpfe, Rindenstücke bedeckten den Waldboden, der aussah, als wäre er eine weiche, moosbedeckte Matratze.

Das Vogelgezwitscher schwoll beinah zum Lärm an, Lisa kuschelte sich an Heiko, wollte ihm gerade zuraunen, wie zauberhaft es hier war.

Plötzlich hörte sie das Rascheln. Es war ein Rascheln, das da nicht hingehörte. Aufmerksam drehte sie den Kopf in die Richtung, aus der das Geräusch kam.

»Hast du das …?«, begann sie, kam aber nicht weiter. Denn vor ihnen auf dem Weg stand eine gewaltige Wildsau und musterte sie interessiert aus kleinen braunen Äuglein.

»Oh Gott!«, entfuhr es Lisa und sie stellte sich instinktiv hinter Heiko. Der kratzte sich grinsend am Kopf.

»Habe ich tatsächlich vergessen, dir zu sagen, dass es hier frei lebende Hirsche gibt? Und Rehe und Wildschweine und all so Zeug?«

In Lisa brodelte es und sie stürzte sich mit einem solchen Elan auf Heiko, dass das enorme Wildschwein erschreckt quiekend im Dickicht verschwand.

»Gott, ich hab' gedacht, mein Herz bleibt stehen!«, sagte Lisa eine Stunde später, als sie ihr ›Boeuf Hohenlohe nach Weikersheimer Art‹ verzehrt hatten. »So was darfst du nie wieder mit mir machen, nie, nie wieder!«

Heiko trank einen Schluck Cola. »Du hättest dein Gesicht sehen sollen! Unbezahlbar!«

Lisa zog eine Grimasse. »Haha! Sehr witzig! Du weißt, wie man kleine Mädchen aus der Stadt halb zu Tode ängstigt. Du bist schon ein ganz toller Hecht!«

Sie grinste. Mittlerweile fand sie es selbst ein bisschen witzig. Ein kleines bisschen. Sie hatte bestimmt wie ein hysterisches Huhn ausgesehen.

»Die sind ja nicht gefährlich. Noch nicht!«

»Wie, noch nicht?«

»Na ja, in zwei Monaten, wenn sie Junge haben, muss man schon aufpassen. Dann wollen sie die Kleinen nämlich verteidigen! Und wenn man dann eine falsche Bewegung macht, dann schlitzen sie dich mit ihren gewaltigen Hauern auf! Deine Eingeweide quellen hervor und die Jungen fressen dich bei lebendigem Leib auf.«

Heiko hatte seine Ausführungen mit passenden Gesten sowie frappierend realistischer Mimik unterstrichen und amüsierte sich nun wieder köstlich, als er Lisas entsetzten Gesichtsausdruck sah.

»Im Ernst?«

»Na ja, ohne Quatsch, wenn die Junge haben, sollte man sie nicht provozieren. Aber wenn man einfach weitergeht, ist es kein Problem.«

»Hach, wie süß, die verteidigen ihre Kinder!«, hauchte Lisa entzückt, und ihre Augen nahmen einen träumerischen Ausdruck an.

Heiko hoffte, dass sie nicht an Familienplanung dachte. Irgend so einen kleinen Wicht, der ihn ›Papa‹ nannte, sabberte und andauernd umfiel, konnte er gerade am wenigsten gebrauchen. Später vielleicht mal, vielleicht so in 5 bis 10 Jahren. Oder besser in 15.

Den Rest des Nachmittages verbrachten sie damit, im Wildpark spazieren zu gehen. Anders als vorher, als sie ohne Vorwarnung Bekanntschaft mit einem der großen Waldbewohner hatte machen müssen, freute sich Lisa nun über jede Begegnung mit den struppigen Tierchen. Und sie war geradezu entzückt, als sich ein junger Eber vor ihr in den Staub warf und sich den kratzigen Bauch kraulen ließ. Erst nach einer zehnminütigen Massageeinheit trollte sich das Tier in den Wald.

Außerdem kreuzte noch ein großes Rudel Hirsche ihren Weg, das aber viel scheuer als der kleine Eber war und erschreckt davonstob.

Lisa legte sich schwungvoll aufs Bett.

Schön war das Wochenende mit Heiko gewesen, sehr schön. Und so langsam fand sie Geschmack am Landleben. Sie würde noch ein richtiges Landei werden, eines Tages. Wenn das ihre Mutter wüsste!

Lisa verzog die Lippen zu einem Grinsen, das nur Garfield sehen konnte.

Ihre Mutter hatte sie nicht mehr angerufen, seit sie ihr mitgeteilt hatte, dass es mit Stefan nun definitiv aus sei.

Du rennst in dein Unglück, Lieselotte, hatte sie gesagt. Überleg dir das gut, Lieselotte, aber wie du meinst!

Ach, sollte sie doch denken, was sie wollte. Lisa wusste, dass ihre Entscheidung richtig gewesen war.

Wenn sie mit Heiko zusammen war, war sie einfach nur glücklich.

Sie wunderte sich selbst darüber und hätte sich solch mädchenhafte Schwärmereien gar nicht zugetraut. Aber es war so und das war schön.

MONTAG, 4. MAI

Simon weinte fast, als sie gemeinsam zur Türe hereinkamen.

»Soo, habt ihr gut geschlafen, jaa?«, stichelte er.

Heiko zog die Augenbrauen hoch und Lisa ignorierte die anzügliche Bemerkung.

»Ach, Simon, du könntest mal kontrollieren, ob vielleicht das Haller Standesamt irgendwas Passendes hat über den 27. Oktober 1914, ja?«, instruierte Heiko. Der Schwabe murmelte ein Okay und meldete dann:

»Der Herr Zeuner hat wieder angerufen.«

Heiko nickte grimmig. »Da kümmere ich mich heute Abend drum.«

Lisa sah ihn ein wenig fragend an. Der Kriminalobermeister verschwand, beleidigt, weil unbeachtet, und Lisa und Heiko setzten sich.

Die großen Finger des Kommissars trommelten auf die Tischplatte. Unter seiner Hand lag der Nadeldruckerausdruck mit Helds Beschwerde-E-Mail.

»An dem Alibi stimmt was nicht!«, brummte er unzufrieden.

»Verdammt, das kann nicht sein!« Lisa zupfte an ihrer Unterlippe und trank einen Schluck Kaffee.

Sie nahm das Blatt zur Hand und betrachtete es prüfend. »Mit Uhrzeit. Unumstößlich!«, befand sie.

Plötzlich ging die Tür auf und Simon trat ein, dicht gefolgt von Marco Campo.

Heiko erhob sich.

Der junge Italiener wirkte aufgeregt und wedelte mit einem blauen Stück Papier. »Ich wollte ... ich wollte nur ...«, begann er schnaufend.

Lisa schob ihm einen Stuhl hin, auf den Marco sich dankbar fallen ließ. Er kam langsam zu Atem und legte endlich das Papier auf den Tisch.

»Mein Kontoauszug. Ist heute gekommen.«

»Und?«, fragte Heiko.

»Na, mein Alibi! Schaut doch mal auf den 14. April.«

Heiko nahm das Blatt und las. »Um 1.24 Uhr hab' ich mit der Silke an einer Tankstelle in Aalen eine Flasche Sekt gekauft. Wir sind dann anschließend auf einen Waldparkplatz gefahren und haben die Flasche getrunken.«

»Im Auto?«

Marco grinste vielsagend. »Ja, getrunken und so. Wir wollen halt auch mal ... zusammen sein ... wir zwei. Und das geht weder bei mir zu Hause noch bei der Silke. Bleibt nur das Auto.«

»Wann seid ihr denn dann nach Hause?«, erkundige sich der Kommissar.

»Um vier hab ich die Silke daheim abgesetzt. Und um Ihre nächste Frage zu beantworten, nein, ihr ist nichts aufgefallen. Die huscht da nur immer ganz schnell zur Haustür und geht gleich rein. Man hat ja immer aufpassen müssen, dass der Alte uns nicht sieht!«

»Und warum ist Ihnen all das nicht schon am Freitag eingefallen?«, wollte Lisa wissen.

»Also, erstens hatte ich ja keinen Beweis und zweitens, also die Sache mit dem Auto … ist der Silke und mir ein bisschen peinlich … und da wollte ich sie erst fragen …«

Die Kommissarin murmelte verständnisvoll und ließ sich den Kontoauszug reichen.

»14.04.2011, 1.36 Uhr, Aalen. Das passt.«

»Nicht? Das ist doch ein Alibi, oder? Ich meine, da steht mein Name, das ist wirklich mein Kontoauszug, ihr könnt meine EC-Karte anschauen, ich zeig sie euch …«

Die Kommissare wechselten einen Blick.

»Nicht nötig, Herr Campo. Sie können gehen.«

Marco stutzte. »Wirklich? Und damit ist es okay?«

»Okay, ja.«

»Okay.«

Heiko nahm einen silberglänzenden Pyrit von der Fensterbank und betrachtete ihn sinnend. »Bleibt noch einer übrig!«, meinte er.

»Wir brauchen Beweise«, erinnerte Lisa überflüssigerweise.

»Und ein Motiv.«

Wütend legte er auf. »Die Frau Weidner sagt uns nichts über die Affäre, da bin ich mir ganz sicher!«, resümierte Lisa.

Heiko stimmte zu. »Das würde sie niemals zugeben. Aber ich weiß, wer ganz groß ist im Reden.«

»Es war schön mit dir, gestern Nacht«, sagte Lisa, als sie wieder im Auto saßen. Heiko tätschelte ein wenig unbeholfen ihr Knie.

»Mit dir auch.« Er lächelte sie an und bog in die Haller Straße in Richtung Tiefenbach ein. Sie passierten einen der vielen Kreisverkehre. Mit den Kreisverkehren hatten die Stadträte in den letzten Jahren ja echt einen Tick. Sechs Kreisverkehre gab es nun in Crailsheim, und an dem am Bullinger Eck knallte es alle paar Wochen.

Lisa hatte sich am Bullinger Eck über das gelbschwarze Häuschen mit dem aufgemalten blauen Fisch gewundert, das seit der Walpurgisnacht dort stand.

Heiko hatte kurz überlegen müssen, bis er darauf gekommen war, was es mit dem kleinen Unterschlupf, der gerade so groß war, dass ein Mann alleine darin stehen konnte, auf sich hatte.

Es stand nämlich am Bullinger Eck immer ein Christ.

Kein durchschnittlicher Christ, zu denen sich zum Beispiel auch Heiko zählte, das heißt, Christen, die an Weihnachten und an Ostern in die Kirche gingen und die eigentlich schon irgendwie an Gott glaubten.

Sondern ein missionarischer Christ, der jeden Tag, sommers wie winters, am Kreisverkehr am Bullinger Eck stand und mit einer Bibel in der Hand die vorbeifahrenden Autofahrer mahnte, gute Christen zu sein.

Jemand hatte wohl Mitleid mit dem armen Mann

gehabt und ihm das Häuschen mit dem Fisch in den Crailsheimer Stadtfarben gebaut. Das war wahre Nächstenliebe!

Lina Schumacher goss Tee aus einer edlen Kaffeekanne mit Enzianmotiv in drei goldberandete Porzellantassen.

Sie hatte nur Tee im Haus, wie sie betont hatte, da sie Kaffee nicht vertragen würde, außer ab und zu ein Tässchen Kaffee Haag.

Auf dem Tisch standen fernerhin eine passende Zuckerdose mit vergoldetem Löffelchen und ein Milchkännchen.

»No sind S' also nouni weiter kumma?«, fragte sie und setzte sich zu ihnen an den Tisch. Sie saßen in dem gemütlichen Wohnzimmer an einem großen Esstisch mit weißer Tischdecke. Es war so sauber, dass man vom Boden hätte essen können.

Frau Schumacher schien offenbar nicht viel anderes zu tun zu haben, als das Haus in Ordnung zu halten.

Auf dem riesenhaften bordeauxfarbenen Sofa hockten große Puppen mit Ringellöckchen, von blond bis brünett, in Samt- und Brokatkleidern, und wirkten wie erstarrte Kinder aus dem vorletzten Jahrhundert.

Mehrere Textilblumenbouquets zierten den Raum. Auf dem Boden lag ein heller, flauschiger Teppich.

An der Stirnseite stand eine riesige Wohnwand mit goldenen Uhren, Hummelfiguren, Sammeltellern und ähnlichem Zeug.

»Ha, wir wissen schon ein bisschen mehr. Genauer gesagt, haben wir sogar einen Verdächtigen«, trumpfte Heiko auf und trank einen Schluck Tee.

Frau Schumacher faltete die Hände wie zum Gebet und blickte sie auffordernd an.

Heiko holte geräuschvoll Luft.

»Vielleicht könnten Sie uns noch ein wenig helfen!«

Frau Schumacher entblößte ein Gebiss, das lückenhaft war und das so gar nicht zu ihrem Wohnzimmer passte. »Geera.« Sie beugte sich verschwörerisch vor.

»Also, wir denken, dass die Frau Weidner eventuell ein Verhältnis mit dem Herrn Held hat.«

Frau Schumacher trank einen Schluck Tee und behielt ihn eine Weile im Mund, bevor sie ihn hinunterschluckte.

»Mim Owwerstudiarat?«, vergewisserte sie sich.

Heiko nickte.

»Das könnt sei«, meinte Frau Schumacher.

Lisa räusperte sich.

»Wir haben Sie neulich doch nach den Abkürzungen gefragt, wissen Sie noch? Es gibt nämlich einen Brief an Frau Weidner, der mit ›HH‹ unterzeichnet ist.

Und Sie haben doch damals gemeint, die Weidnerin hätte ihren Mann ›Riesenschecke‹ genannt.

Und der Willi hat doch Holländer Hasen. Und da haben wir uns gedacht …«

Die Frau rührte im Tee. »Ha, der hat arg Pech ghett.

A armer Mou is der. Sei Fraa hat a Schleechle gricht un is no schnell gschtorwa, un sei Dochder wor fünf Johr schbäter drou. A schees Maadle wors, an netti. Leukämie hatt's ghett, un do hasch gor net sou schnell gugga kenna, wie die weg wor!«

Lisa sog scharf die Luft ein. Das war wieder zu schnell gegangen.

Frau Schumacher bemerkte ihre Sprachprobleme und wiederholte den Satz in mühsamem Hochdeutsch, wobei sie die einzelnen Silben extra deutlich betonte:

»Die Frau vom Herrn Held hat-te ein Schläg-le und ist dann ge-stor-ben, und sei-ne Toch-ter ist an Krebs ge-stor-ben.«

Lisa wusste zwar immer noch nicht, was ein ›Schlägle‹ war, aber sie beschloss, sich damit zufriedenzugeben.

»Sie sin net von do, odder?«, fragte Frau Schumacher und lächelte dünn und etwas mitleidig.

Die Kommissarin schüttelte den Kopf und trank wieder Tee.

»Un no, wo dia alle weg woora, des wor reechd schlimm fir en. No hatter alles mögliche Zeich ougfanga. Is in'd Volkshochschul' un hat Spanisch glernt. Spanisch! Zu was brauchten der Spanisch schwätza kenna, frooch ii eich.«

Das fragte Heiko sich auch.

»Un an Combuter hat er sich kaaft, un lauter sou neimodischs Zeich. Un des kou guat sei, dass er sich mit derra ougfreindet hat. Genna däd mer's em ja.«

Heiko nickte. »Und hat der Herr Held denn Vermögen?«

Frau Schumacher winkte ab. »Des is alles druff ganga fir so Heilpraktiker-Gruuschd mit derra Dochder. Die hen do nach jedem Strohhalm griffa! Un brochd hat's ersch nix. Alles weg. Des Haus ghärt em aa nimmi.«

Lisa nippte erneut am Tee und goss etwas Milch hinein. Sie beobachtete, wie sich in der Tasse eine Milchwolke bildete, die den Tee heller färbte und weniger durchsichtig machte.

»Glaawa Sie, der wor's?«, fragte Frau Schumacher und ihre Augen funkelten wie bei einer hungrigen Raubkatze, die gerade zum Sprung ansetzt.

Heiko schüttelte den Kopf. »Das dürfen wir Ihnen nicht sagen, Frau Schumacher«, bedauerte er und es klang ein bisschen tadelnd.

»Uff mii kennt er eich verlassa! Ii sooch nix!«, meinte Frau Schuhmacher, und Lisa hatte Mühe, eine ernste Miene zu wahren.

Heikos Handy klingelte. Es war Uwe.

»Also, Heiko, die DNA vom Campo passt nicht zu der auf der Uhr.«

»Und damit sind beide Campos aus dem Rennen, stimmt's?«, mutmaßte der Kommissar.

»Ja, stimmt genau. Von den Campo-Jungs war es keiner.«

»Dann bleibt Held. Den müssen wir endlich genauer unter die Lupe nehmen.«

»So, so, Spanisch lernt der Held also«, meinte Heiko, als sie im McDonald's saßen und einen Zwischendurchcheeseburger aßen.

»Reden wir doch mal mit den Volkshochschulmenschen«, schlug Lisa vor. »Vielleicht finden wir da was raus.«

»Was machst du heute Abend?«, fragte Lisa, als sie wieder im Auto saßen.

»Ich kann heut leider nicht. Ich muss was erledigen«, antwortete Heiko.

Lisa schluckte. »Okay!«, machte sie leise und fuhr sich durchs Haar.

Heiko berührte flüchtig ihre Wange. »Morgen bin ich wieder für dich da!«

»Sagst du mir, was so wichtig ist?«, fragte Lisa und ärgerte sich hinterher gleich wieder, weil sie so eifersüchtig geklungen hatte.

»Morgen«, beharrte Heiko und Lisa ließ es auf sich beruhen.

Das Telefon klingelte. Hedwig Maler nahm ab. »Maler?«, meldete sie sich und wickelte die altertümliche Telefonschnur um den Zeigefinger ihrer linken Hand. Eine Angewohnheit. Sie sah immer zu, wie sich der Finger spiralförmig weiß verfärbte. »Guten Abend, Frau Maler, hier Walter von der Kriminalpolizei Crailsheim. Ich würde gern mit Ihrem Mann sprechen. Ist er denn da?«

Hedwig schluckte. »Worum geht es denn?«

»Das ist eine … sehr persönliche Angelegenheit.«

»Das können Sie mir doch auch sagen, ich bin seine Frau.«

Hedwig merkte, wie der Mann am anderen Ende der Leitung überlegte.

»Also gut, Frau Maler, Sie können Ihrem Mann sagen, der Test sei positiv. Er weiß dann schon Bescheid.«

»Test ist positiv, ja, ich richt's aus.«

Das Post Faber war eines der besten Hotels in der Stadt. Und es war direkt am Marktplatz gelegen.

Heiko zog noch einmal an der Kippe, bevor er reinging. Er hatte extra die Lederjacke mit den Nieten rausgeholt und heute Morgen auf eine Rasur verzichtet. Das würde dem, was er jetzt vorhatte, zuträglich sein.

Er schlenderte zur Rezeption, an der eine freundliche junge Dame mit Pferdeschwanz in adrettem Kostüm saß. »Guten Abend, wie kann ich Ihnen behilflich sein?«, fragte sie beflissen und lächelte dabei überaus freundlich und geschäftsmäßig.

»Noowad«, grüßte Heiko, extra auf Hohenlohisch. Immerhin waren sie hier in Crailsheim! »Ich will zu einem Freund von mir, Stefan Zeuner!«

Die junge Dame hackte kurz auf ihre Computertastatur ein und informierte dann: »Zimmer 101.«

Heiko murmelte: »Danke schön« und war schon auf dem Weg.

Kurz darauf stand er vor dem Zimmer mit der Nummer 101.

Golden prangten die Lettern auf der Holztüre.

Er klopfte an. Von drinnen hörte er Schritte.

»Wusste ich doch, dass du ...«, triumphierte Stefan Zeuner, als er die Tür öffnete, und erstarrte eine Millisekunde später zur Salzsäule.

Heiko fragte sich erneut, wie Lisa auf so was stehen konnte. Klein, schmächtig und metrosexuell wirkend, die Art von Männern, die sich die Beine rasierte, um gepflegt zu wirken, aber mit einem enormen Adamsapfel, der nun wieder aufgeregt hüpfte, als Zeuner schluckte. »Ja?«, brachte er krächzend hervor.

»Ich muss mit Ihnen reden«, grollte Heiko und fühlte sich ein bisschen wie Arnold Schwarzenegger in Terminator I. Fehlte nur noch die Sonnenbrille.

»Ja?«, krächzte Zeuner noch einmal mit belegter Stimme. Er hatte offenbar nicht vor, ihn hereinzulassen.

»Ich bin Heiko Wüst, der Kollege von Lisa«, begann Heiko.

Wieder schluckte Zeuner.

»Und?«

Heiko betrachtete seine Fingernägel.

»Ich habe das Gefühl, dass Sie Lisa belästigen.«

Jetzt lachte Zeuner, laut, nervös und beinah weibisch.

»Was geht Sie das denn an?«, fragte er dann.

»Ich bin ihr Freund und ich will, dass Sie sie in Ruhe lassen«, knurrte Heiko und zog die Brauen zusammen, so dass sich eine missbilligende Steilfalte zwischen seinen dunklen Augen bildete.

»Und wenn nicht? Das hier ist ein freies Land und ich kann hier wohnen, so lange ich will!«

»Jetzt hör mir mal zu, du Wicht!«, brummte Heiko und versuchte, noch gefährlicher als vorher auszusehen.

»Wir sind hier in Hohenlohe und hier tragen wir solche Sachen wie Männer aus. Also, du hast zwei Möglichkeiten: Entweder du packst ganz schnell deine Sachen und haust ab zurück dahin, wo du hergekommen bist, oder wir gehen vor die Tür und klären das wie Männer!«

Dann fügte er noch hinzu: »Un no zeich i dr, wua dr Bardl da Mouschd hollt!«

Das Display leuchtete auf. Garfield maunzte missbilligend. Lisa angelte nach dem Handy. Eine SMS von Stefan.

Sie drückte auf ›Lesen‹: ›Leb wohl, Lisa. Ich wünsche dir alles Gute mit deinem Steinzeitmenschen! Pass auf, dass er dich nicht verdrischt!‹

Heiko schreckte hoch. Es war mitten in der Nacht. Irgendetwas hatte ihn geweckt. Vielleicht Hansi. Er lauschte, aber alles war ruhig.

Sita, die es sich neben dem Bett bequem gemacht hatte, sah fragend zu ihm hoch, rückte aber bald darauf mit einem Seufzer wieder den Kopf auf ihre Pfoten.

Heiko tastete nach dem Lichtschalter und dabei fiel ein Blatt Papier zu Boden.

Das Licht ging an und Heiko langte nach dem Wisch. Es war eine Kopie der Beschwerde-E-Mail von Held.

Heiko runzelte die Stirn. Irgendetwas konnte damit nicht stimmen. Das hatte er im Gefühl.

Er griff zu seinem Handy, um das Bett nicht verlassen zu müssen, und wählte die auf dem Blatt angegebene Hotline.

Fröhliches Bellen und Miauen ertönte. Dann sagte eine sehr weibliche, sehr erotische Stimme: »Hier ist die Hotline der Firma SchleckiFressi. Sie rufen außerhalb unserer Sprechzeiten an. Das tut uns leid, denn wir hätten uns gerne mit Ihnen unterhalten. Morgen ab acht Uhr dreißig sind wir aber gerne wieder für Sie da.«

Heiko legte auf und grübelte noch lange über den Fall.

DIENSTAG, 5. MAI

»Gehn wir heute zu der Spanischlehrerin, oder?«, fragte er und Lisa nickte.

»Ach, und ich wollte ja die Hotline nochmal anrufen!«

»Welche Hotline?«

»Vom SchleckiFressi«, informierte Heiko.

Lisa blinzelte.

»Die E-Mail vom Held! Die war doch an den SchleckiFressi!«

»Ahja, stimmt.«

»Jedenfalls wollte ich da mal anrufen. Ist es schon nach halb neun?«

»Viertel vor neun«, informierte Lisa, und Heiko schnalzte mit der Zunge.

»Des haaßt dreiviertel neun!«

Lisa grinste. Heiko schnappte sich das Telefon und wählte noch einmal die Nummer von letzter Nacht.

Wieder Bellen und Maunzen. Dann die Stimme von gestern: »Herzlich willkommen bei SchleckiFressi. Wir freuen uns sehr über Ihren Anruf! Im Moment sind leider alle Plätze belegt. Bitte gedulden Sie sich einen Augenblick, Sie werden mit dem nächsten freien Mitarbeiter verbunden!«

Die Warteschleife war eine Version von ›Hänschen klein‹, die von Katzen miaut und von Hunden gebellt wurde.

Vor ›Aber Mutter weinet sehr‹, vielmehr vor ›Miaumiau Miaumiau miaumiau wuff‹, klickte es in der Leitung und eine freundliche Dame meldete sich. »Willkommen bei SchleckiFressi, was kann ich für Sie tun?«, fragte die Stimme, die nun wirklich sehr weiblich war und die ein bisschen an Hotlines anderer Art denken ließ.

»Ja, äh, Kriminalpolizei Crailsheim hier, Wüst, wir bräuchten eine Auskunft!«

»Ja?«

»Nun, wir müssten ein Alibi überprüfen. Hat ein Herr namens Wilhelm Held am Dienstag, dem 14. April, um 1.13 Uhr eine E-Mail an Ihren Kundenservice geschickt?«, wollte Heiko wissen.

Lisa grinste. Sie fand es niedlich, wie unbeholfen ihr Freund am Telefon wirkte. So schüchtern. Heiko hörte das Klacken von Computertasten.

»Ja, das stimmt«, sagte die freundliche Stimme dann.

Der Kommissar seufzte.

»Also, danke.«

»Gern geschehen. Ich wünsche Ihnen noch einen schönen Tag.«

»Si?«, ertönte es aus der Lautsprecheranlage des Mehrfamilienhauses im Roten Buck.

»Policia«, antwortete Lisa und demonstrierte damit ihre Spanischkenntnisse.

»Un momento por favor«, kam es aus dem Lautsprecher, und schon surrte der Türöffner.

»Dritter Stock!«, rief die gleiche Stimme von oben.

Lisa und Heiko stiegen die altertümlichen Stufen hinauf – ein 50er-Jahre-Bau, wo die Außenwand des Treppenhauses aus Glasbausteinen bestand.

Teils waren die Steine bunt, sodass ein diffus-kitschiges Lichtspiel durchs Treppenhaus flutete. Schließlich waren sie oben angekommen und wurden von einem Salzteig-Türschild, auf dem ›Bienvenidos‹ stand, empfangen.

Heiko konnte nicht umhin, das Schild witzig zu finden – so gar nicht passte die urdeutsche Salzteigtechnik zur spanischen Sprache.

Landfrau meets Spanien – nun gut!

Die Tür, die einen Spalt geöffnet war, schwang nun ganz auf. Eine kleine, sehr schlanke Frau kam zum Vorschein. Sie war eine Spanierin, wie sie im Buche stand. Ihr nachtschwarzes Haar, das vielleicht auch gefärbt war, war zu einem strengen Knoten gebunden. Ihr Scheitel war akkurat gezogen und ihr Lippenstift leuchtete dunkelrot.

Sie steckte in einer roten Chiffonbluse mit Rüschen und einer schwarzen Stoffhose. Die Augen betonte ein dunkler Kajal.

Nur ihre große Nase passte nicht so recht zum ansonsten sehr feinen Gesicht.

Lisa fragte sich unwillkürlich, ob das die normale Aufmachung der Frau war und ob sie wohl einen Jogginganzug besaß.

»Si?«, machte die Frau noch einmal und zog die akkurat gezupften Augenbrauen hoch.

»Polizei«, sagte Heiko, »wir hätten ein paar Fragen zu einem Ihrer Schüler, Frau Kaiser!«, sagte er.

»Ah, okay, vale, kein Problem, kommen Sie herein, bitte.«

Die Tür schwang noch weiter auf und die kleine Spanierin machte eine einladende Handbewegung und winkte sie ins Wohnzimmer.

»Bitte entschuldigen Sie die Unordnung«, sagte sie, und Lisa fragte sich, was sie damit meinte. Das Wohnzimmer sah aus wie aus einem Katalog für Wohndesign.

»Was wollen Sie trinken?«, fragte die Gastgeberin.

»Einen Kaffee, wenn Sie hätten?«

»Ich habe auch fantastischen Melonenlikör, muy delicioso, aus Spanien«, lockte Frau Kaiser. Aber Lisa und Heiko schüttelten brav die Köpfe. Kein Alkohol im Dienst.

»Einen Kaffee also.« Die Spanierin verschwand in der Küche. Das gab Lisa und Heiko Zeit, sich über die Bilder an den Wänden auszulassen: Es handelte sich ausschließlich um Kunstdrucke von Stierkampfplakaten, allesamt mit breitem Passepartout weiß gerahmt.

»Warst du schon mal in Spanien?«, fragte Lisa und Heiko schüttelte den Kopf. »Was, noch nie?« Lisa wirkte nun ehrlich entsetzt.

»So, Ihr Kaffee«, meldete sich nun Frau Kaiser und trug ein Silbertablett mit drei elegant wirkenden weißen, schweren Porzellantassen herein. Auf dem Tablett stand fernerhin Süßstoff, aber weder Milch noch Zucker.

Während die Spanierin ihre Tasse mit drei Süßstofftabletten versah, beschlossen Heiko und Lisa unter diesen Umständen, ihren Kaffee schwarz zu trinken.

»Und, wie kann ich Ihnen helfen?«, fragte Frau Kaiser nun.

Heiko räusperte sich. Der Kaffee war schwarz, aber gut.

»Es geht um Willi Held.«

Frau Kaiser blinzelte kurz und sagte dann: »Ah, Guillermo, ein sehr gebildeter Mensch.« Heiko hatte nicht mit dieser euphorischen Reaktion gerechnet, auch passte der Name ›Guillermo‹ nicht wirklich zum Oberstudienrat.

Dann nahm ihr Gesicht einen ehrlich besorgten Ausdruck an. »Ihm ist doch nichts passiert?«

Heiko verneinte.

»Wir fragen uns nur, warum Herr Held denn Spanisch lernt«, schaltete sich nun Lisa ein und trank einen Schluck Kaffee.

»Aber, Señora, Spanisch ist eine Weltsprache, und noch dazu eine der schönsten«, antwortete Frau Kaiser mit gespielter Entrüstung.

Lisa nickte heftig. »Por supuesto«, stimmte sie zu, worauf Frau Kaiser lächelte und einen schnellen, aber kurzen Dialog auf Spanisch begann, von dem Heiko außer Si und No nichts verstand. »Meines Wissens möchte Guillermo nach Spanien auswandern. Er hat sich ein Haus in Ampuriabrava gekauft«, gab sie dann auf Deutsch Auskunft.

»Wo ist das denn?«, fragte Heiko und Lisa antwortete sofort: »An der Costa Brava.«

Frau Kaiser nickte und meinte anerkennend: »Ihre Kollegin kennt sich aus!«

Heiko beschloss, die Spitze zu ignorieren.

»Jedenfalls hat er bei meinem Bruder ein Haus gekauft. Mi hermano vende casas«, fuhr sie im Volkshochschulspanischlehrertonfall fort.

»Und darf ich fragen, ob er das Haus schon bezahlt hat?«, wollte Lisa wissen.

Frau Kaiser schüttelte den Kopf. »Meines Wissens nicht. Er hat aber wohl eine Freundin, die mit ihm dorthin will. Und die hat anscheinend Geld.«

»Wissen Sie auch, woher die Freundin das Geld hat?«

Die Spanierin schüttelte den Kopf. »No, que piensa usted, no soy tan curiosa!«

Heiko klopfte sich auf die Oberschenkel und erhob sich. »Ich denke, wir haben alle Informationen, die wir brauchen. Bei Bedarf melden wir uns!«

Frau Kaiser begleitete sie noch lächelnd und beflissen zur Tür und verabschiedete sich: »Hasta la proxima vez!«

Was immer das hieß.

»Ach, noch eine Frage.« Heiko drehte sich nochmal um. »Hat denn Ihr Guillermo noch andere Kurse gemacht?«

Die Spanierin überlegte. »Ah, si, bei Frederico Klink! Etwas mit Computern.«

»Sie haben nicht zufällig die Nummer von Frederico?«, feixte Heiko.

»Doch, ich gebe sie Ihnen, espera.«

»Die war ja mal arrogant«, regte sich Heiko auf, als sie zusammen im Kaffee Kett saßen. Lisa leckte Latte Macchiato von ihrem Löffel. Vor ihr auf dem Teller lag ein frischer Horaff.

»Die ist halt so«, sagte sie grinsend. »Andalusisches Temperament!«

»Jedenfalls scheint der Held Geld zu brauchen! Oder sich auf Erna Weidners Geld zu verlassen!« Heiko warf zwei Zuckerstückchen in seinen Kaffee und kippte eine Ladung Milch hinterher.

»Den Lebensabend an der sonnigen Nordostküste Spaniens zu verbringen, ist ja nicht unbedingt das Schlechteste«, meinte Lisa und zeigte damit, dass sie wusste, wo genau diese Stadt mit dem unaussprechlichen Namen lag.

»Also, Lisa, wie gebildet du bist, hach ja, die Costa Brava!«, äffte Heiko mit hoher Stimme und grinste. Dafür erntete er einen Schlag in die Rippen.

»Ah ja«, machte Heiko, zückte sein Handy und wählte die Nummer von Friedrich Klink. Es tutete drei Mal, dann hörte der Kommissar ein: »Klink, Friedrich?«

Sofort tauchten vor seinem geistigen Auge Bilder von einem alten, verbiesterten Computernerd auf. Die Stimme passte jedenfalls prima.

»Äh, ja, Grüß Gott, Herr Klink! Wüst von der

Kriminalpolizei Crailsheim, wir hätten da eine Frage bezüglich Ihrer Kurse an der VHS.«

Lisa fiel beim süddeutschen ›Grüß Gott‹ immer sofort der Ruhrpott-Kalauer »Wenn ich ihn sehe, sag ich's ihm« ein.

»Hab' ich was falsch gemacht?«, sagte die plötzlich sehr aufgeregt wirkende Stimme.

»Nein, nein, machen Sie sich keine Sorgen. Wir möchten nur wissen, ob Sie Ihren Schülern auch beibringen, E-Mails so zu programmieren, dass sie sich zu einem späteren Zeitpunkt selbst verschicken.«

»Natürlich, das ist eine der Standardfunktionen von Outlook.«

»Aha. Und haben Sie das einem gewissen Willi Held auch beigebracht?«

Die Stimme am anderen Ende der Leitung lachte nun erleichtert auf. »Ach, der Willi, so ein netter Kerl! Natürlich! Ihm ist doch nichts passiert?«

»Nein, nein«, beruhigte Heiko. »Ihm ist nichts passiert.«

Er verabschiedete sich und legte auf.

»Hm«, machte Heiko. »Wusste ich doch, dass das Alibi für die Katz' ist. Der Held hat im Computerkurs gelernt, E-Mails zu programmieren.«

Lisa schlug vor: »Held und Erna Weidner sind ein Paar. Held will sie endlich ganz für sich haben und bringt seinen Rivalen um. Weil er arm wie eine Kirchenmaus ist, braucht er außerdem das Geld. Er kauft ein Haus in Spanien und will mit Erna dort leben.«

»Hört sich plausibel an«, lobte Heiko. »Dann fehlt uns nur noch eine Kleinigkeit.«

»Nämlich?«

»Nämlich die Fingerabdrücke vom Held.«

Lisa kam ins Büro, in den Händen zwei Becher Automatenkaffee.

»Erzählst du mir jetzt, was du mit Stefan gemacht hast? Du hast ihn doch nicht etwa verprügelt?« Die Vorstellung, dass Heiko ihrem Ex ein paar reingehauen hatte, schmeichelte Lisa, das musste sie zugeben. Trotzdem würde es sie auch befremden. Denn sie fand, dass sich ein Kommissar nicht auf eine Schlägerei einlassen sollte, schon gar nicht aus Eifersucht.

Heiko nippte am Kaffee. »Ich hab' ihm nur gesagt, dass er dich in Ruhe lassen soll!«

»Und?«

»Was, und?«

»Was noch?«

»Nun, und dass wir das wie Männer austragen können, falls er trotzdem hierbleiben will!«

Lisa unterdrückte ein Grinsen. Der arme Stefan! Sie konnte sich schon vorstellen, warum der abgehauen war, denn Heiko konnte bei Bedarf wirklich bedrohlich wirken.

Ihr tapferer Ritter sah auf die Uhr. »Eigentlich wollte ich heute mal früher Feierabend machen. Hast du Lust auf Sauna?«

Lisa schürzte die Lippen.

»Ist das gut?«, fragte sie zögerlich.
»Klar ist das gut.«
»Also, gehen wir in die Sauna.«

Im Park Vital war es schon in der Umkleidekabine wohlig warm. Lisa zog sich ohne Hast und ohne sich etwa verschämt umzublicken aus und legte sich dann seelenruhig ein orangefarbenes Handtuch um. Das gefiel Heiko – seine Freundin mochte ihren Körper.

»Fertig?«, fragte Heiko.

Lisa nickte.

»Dann treffen wir uns drinnen!«

Heiko öffnete die Tür zur Softsauna. Lisa war kein Saunagänger und wollte es erst mal langsam angehen lassen.

»Nach Ihnen«, schmalzte er übertrieben höflich und Lisa kicherte. In der Sauna war genug Platz, nur eine sehr dünne Frau lag in einer Ecke. Aus einem Lautsprecher kam Vogelgezwitscher und eine Lampe spendete waberndes, grünlich-bläuliches Licht.

Sie breiteten ihre Handtücher aus und legten sich hin. Die wohlige Wärme durchströmte ihre Körper, und Heiko, der die Sauna gewohnt war, schwitzte sofort.

Lisa beobachtete ihn verstohlen. Er lag völlig entspannt da, die Augen geschlossen, die Hände auf der Brust gefaltet.

Nun öffnete er die Augen und bemerkte ihre Blicke. Er stützte sich auf einen Ellenbogen und sah sie begehrlich an. Lisa lächelte ihn an und in diesem Moment waren sie beide froh, dass es so war, wie es war.

»Aufguss?«, fragte Heiko im selben Tonfall, in dem er normalerweise eine Kaffeepause vorschlug.

Das finnische Schwitzhaus war draußen. Heiko hatte seiner Freundin einen Platz freigehalten, und als die Saunameisterin mit dem Kübel kam, huschte Lisa schnell hinein.

Eine Wand aus heißer Luft empfing sie und nahm ihr den Atem.

Im Halbdunkel konnte sie Heiko zuerst nicht finden. Statt dessen stellte sie fest, dass die Leute hier dicht an dicht saßen, wie Ölsardinen in einer Konservendose.

»Heiko?«, fragte sie ins Halbdunkel und alle Blicke richteten sich auf sie. Teils waren es Blicke von Frauen, die die Konkurrentin musterten und schnell deren Körper gegen ihren eigenen abwogen.

Teils waren es unbeteiligte Blicke. Teils aber auch Blicke von Männern jeden Alters, die ungeniert auf ihre primären und sekundären Geschlechtsmerkmale starrten.

Lisa hob den Kopf, um selbstbewusster zu wirken.

»Hier, Lisa!«, meldete sich Heiko aus einer Ecke, und Lisa gesellte sich zu ihm. Er hatte auf der höchsten Stufe Platz genommen, wo es am heißesten war. Wie männlich!

Die Saunameisterin hatte bereits ihren Kübel abgestellt und setzte nun ein breites Grinsen auf.

»Nommd!«, grüßte sie und hörte sich damit anders an als die Hohenloher.

Lisa fragte sich, welcher Dialekt um Himmels willen das denn jetzt schon wieder war.

»I bin Diadricksie, un heit habbi fir eich Sauna med. Un no dädi sogn, fang mer an!«

Obwohl ›Diadricksie‹ die einzige bekleidete Frau im Raum war, setzten sofort anzügliche Bemerkungen ein.

»Mit dir däd i aa glei ebbes oufanga, Dricksie«, meldete sich ein Mann Mitte 60, der eine gewaltige Bierwampe vor sich herschob.

Diadricksie kicherte verhalten und sagte dann: »Do ghearn immer zwaa darzua, mei Liawer!«

Der mit der Wampe erntete nun hämisches Gelächter von den anderen Saunagästen. »No winschi eich vill Spaß.«

Diadricksie goss die Flüssigkeit aus dem Kübel mit einer großen Schöpfkelle auf die heißen Steine, die sich auf einem gewaltigen Ofen in der Mitte des Raumes befanden. Sofort stieg mentholiger Eukalyptusduft auf und Lisa wusste nicht, ob sie es genießen oder ob sie sich ducken sollte.

Sie beobachtete die anderen Saunagäste. Hoch aufgerichtet saßen die meisten auf der Bank, am höchsten streckte sich Heiko. Er hatte die Augen wiederum geschlossen und wirkte entspannt–konzentriert. Komische Mischung.

»Guad, gä?«, sagte Diadricksie und erntete zustimmendes Murmeln von den Nackigen. Nun nahm sie ein Handtuch und begann, die heiße Luft zu verwirbeln. Ein wohliges Stöhnen entrang sich einigen Saunagästen, und Diadricksie grinste. »Is ja schee, dass ii eich so heiß mach!«

»Sou muss sei«, sagte einer der Bierbäuchler aus der linken hinteren Ecke.

Lisa verstand nun, dass all die Anzüglichkeiten wohl nicht allzu ernst zu nehmen waren und zu einer Art Spiel gehörten.

Diadricksie goss noch zwei Mal auf und Lisa war am Schluss doch ganz froh, dass sie es geschafft hatte und dass sie letztendlich draußen war.

Sofort lästerte Heiko über den ›laschen Aufguss‹ und behauptete, er könne das viel besser. Wie süß!, dachte sich Lisa.

»Jetzt muss man kalt duschen«, informierte Heiko. Sie schlenderten also wieder nach drinnen, zur Dusche. Er zog voller Begeisterung an einer Schnur, die zu einem mit kaltem Wasser gefüllten Kübel lief. Ein Schwall von Eiswasser ergoss sich über ihn, von dem Lisa auch einige Spritzer abbekam. Sie schauderte und stellte die Dusche, die sie sich ausgesucht hatte, heimlich auf ›Warm‹.

»Ah, tut das gut«, sagte Heiko. »Gell?«

»Ja.«

»Und jetzt einen Kaffee, oder?«, schlug er vor und Lisa nickte. Gute Idee.

»Wo kommt eigentlich die Trixie her? Die ist aber

keine Hohenloherin, oder?«, fragte sie, während sie auf die Bistro-Ecke zugingen.

»Die ist Fränkin«, dozierte Heiko.

Lisa reagierte mit: »Aha«, und dachte sich, dass die Sache mit den Dialekten schon kompliziert sei. Früher hatte sie ja gedacht, alle Baden-Württemberger seien Schwaben. Mittlerweile war sie aber eines Besseren belehrt worden.

»Wer ist denn deine Freundin?«, fragte der Rothaarige mit der stattlichen Figur und dem Bart, als Heiko und Lisa am Tisch saßen. Heiko wies auf den freien Platz am Tisch und der Mann setzte sich mit seinem Hefeweizen dazu.

»Ich bin der Till«, stellte er sich vor und streckte Lisa die prankenartige Hand hin.

»Hallo!« Lisa schüttelte die Pfote.

Die Bedienung, die zufälligerweise auch Diadricksie war, stellte einen Kaffee und einen Cappuccino vor ihnen ab.

Lisa kippte reichlich Zucker in den Cappuccino. »Ich heiße Luft«, sagte sie, und fügte »Lisa« hinzu, als sie bemerkte, dass Siezen in Saunakreisen offenbar unüblich war.

»Ougnehm«, Till lächelte freundlich. Dann begann er mit Heiko ein Gespräch auf Hohenlohisch, dem Lisa nicht wirklich folgen konnte und bei dem sie offenbar auch nicht vonnöten war.

Etwas angesäuert rührte sie in ihrem Getränk. Schließlich stand Till auf und verabschiedete sich.

»Was war das denn?«, beschwerte sich Lisa. Heiko machte ein fragendes:

»Hm?«

»Der hat mich ja gar nicht beachtet!«

Heiko zuckte die Achseln. »Echt?«

»Was für ein Macho!«, ereiferte sich Lisa und stellte die Tasse mit Wucht zurück auf den Tisch, sodass sie geräuschvoll schepperte.

»Och, der meint das nicht so«, beschwichtigte Heiko. »Der weiß nur nicht so recht, was er mit Frauen reden soll.«

Lisa sah Heiko zweifelnd an. Entweder es stimmte, was er sagte, oder Till war der größte Macho, der ihr jemals begegnet war.

MITTWOCH, 6. MAI

Lisa räkelte sich. Sie war gern in Heikos Schlafzimmer. Schon hatte sich Sita aufs Bett gewuchtet und sie schwanzwedelnd begrüßt.

»Guten Morgen, Hund!«, sagte sie und hörte aus dem Wohnzimmer auch das mittlerweile vertraute »Rooooak« und ein fröhliches »Deppdu«.

Sie schälte sich aus der Bettdecke und ging völlig nackt auf die Suche nach Heiko. Sie fand ihn in der Küche, nur mit einer Boxershorts bekleidet. Er kochte gerade Kaffee und sah wieder herrlich zerstrubbelt aus.

»Na, gut geschlafen?«, begrüßte er sie und küsste sie liebevoll. Lisa wiegte den Kopf hin und her. »Gut schon, aber nicht lang«, meinte sie und spielte damit auf die gestrige Nacht an.

Heiko grinste verlegen.

Wieder ertönte ein fröhlich-beschwingtes: »Idiot«, und Lisa ging ins Wohnzimmer, wo Hansis Käfig inzwischen einen festen Platz auf der Fensterbank gefunden hatte. Sie schnappte sich die Futterpackung und erntete dafür ein dankbares: »Deppdudeppdudeppdu.«

»Wie lange behältst du den Papagei eigentlich noch?«, rief sie in die Küche.

»Keine Ahnung«, rief Heiko zurück, »ich denke, der Winterbach kommt im Lauf der Woche heim.«

»Hm«, machte Lisa, ganz nach Hohenloher Art. Heiko kam ins Wohnzimmer und klagte: »Mir geht der Held nicht aus dem Kopf! Da stimmt was nicht.«

Lisa trank Kaffee. »Nun, dann holen wir uns doch von dem auch eine Probe. Ist ja kein Problem. Und wenn er's war, dann schnappen wir ihn.«

Die Rosenbüsche hatten schon grüne Blätter und trieben aus. Der Gartenweg war sauber wie eh und je.

Sie stiegen die Stufen zur Haustüre hinauf und läuteten. Wilhelm Held öffnete die Tür, trat aber nicht beiseite, um die Polizisten einzulassen.

»Ja?«, fragte er und wirkte irgendwie verschlafen.

»Wir hätten da noch ein paar Fragen an Sie, Herr Held«, sagte Heiko und drängte am Oberstudienrat vorbei in die Wohnung. Der bot ihnen resignierend einen Platz im Wohnzimmer an.

Heiko beschloss, gleich mit der Tür ins Haus zu fallen, und zückte die Kopie des Briefes.

»Wir wissen, dass Sie und Frau Weidner ein Verhältnis haben!«, behauptete er mit drohendem Unterton und knallte das Blatt Papier mit solcher Wucht auf den Couchtisch, dass Held entsetzt zusammenzuckte. Der Verdächtige nahm das Blatt und überflog es.

»So ein Quatsch!«, ereiferte er sich dann und lehnte sich scheinbar entspannt zurück, die Hände etwas zu verkrampft ineinandergefaltet. »Außerdem ist der Brief mit HH unterzeichnet. Und ich heiße zwar Held, aber mein Vorname ist weder Heinrich noch Herbert. Ich heiße Wilhelm. Willi Held.«

»HH könnte auch Holländer Hase bedeuten – ein Kosename, Sie verstehen. Und Sie züchten doch Holländer, oder?«

Held schluckte. »Ja, das ist schon richtig, Holländer. Aber ich bin kein Hase, wie Sie sehen. Oder glauben Sie etwa, einer von meinen Hasen hätte den Brief geschrieben?«

»Vielleicht nennt Erna Weidner Sie ja so!«, schlug Lisa vor.

Held schürzte die Lippen und zuckte die Achseln.

»Dann hätten Sie ein Motiv, ist Ihnen das klar?«, fragte Heiko. Der Oberstudienrat lehnte sich zurück und wirkte nun wirklich selbstsicher.

»Soviel ich weiß, muss man da auch noch was beweisen! Und? Wie schaut's denn aus mit Ihrem Beweis? Wo ist er denn?«

Heiko schluckte.

»Und ich darf Sie auch an mein Alibi erinnern. An mein schriftliches, überaus perfektes Alibi, das ich Ihnen beliebig oft ausdrucken kann!«, fuhr Held fort. »Und auch, wenn Sie es vielleicht nicht wissen, aber ›alibi‹ ist Lateinisch und heißt ›anderswo‹! Ich war also anderswo und kann es deshalb gar nicht gewesen sein.«

»Na, ganz so toll, wie Sie meinen, ist Ihr Alibi nicht, Herr Held. Immerhin gibt es technisch durchaus die Möglichkeit …!«, begann Lisa.

»Quatsch!«, unterbrach der Oberstudienrat und wedelte unwirsch mit der Hand. »Ich weiß, wo der

Kasten an und aus geht. Und wie man eine E-Mail verschickt und einen Brief schreibt. Das war's dann aber auch.«

»Ja, das ist ja schön und gut!«, meinte Heiko, der soeben beschlossen hatte, dass Held nicht zu wissen brauchte, dass sie über seine Computerambitionen informiert waren. »Aber jedenfalls brauchen wir Ihre Fingerabdrücke und Ihre DNA.«

Held erstarrte. »Wozu denn?«

»Das lassen Sie mal unsere Sorge sein, Herr Oberstudienrat.«

»Muss ich das?«

Lisa schüttelte den Kopf. »Nein, Herr Held, das müssen Sie nicht. Aber wenn Sie sich weigern, dann hätten wir allen Grund, Sie vorläufig festzunehmen. Und dann nehmen wir die Proben eben mit richterlichem Beschluss auf dem Revier. Ganz, wie es Ihnen lieber ist.«

Widerwillig brummend ließ Held anschließend die Kommissare gewähren.

»Verreisen Sie nicht, Herr Held!«, riet Heiko, während er das Stempelkissen und die anderen Utensilien auspackte. »Auch nicht nach Spanien, bitte.«

Der Kommissar trommelte nervös auf die Tischplatte. Vor einer halben Stunde hatten sie Uwe die Proben hochgebracht. Und nun warteten sie sehnsüchtig auf das Ergebnis.

Das Telefon klingelte. Es war Simon.

»Also, in Schwäbisch Hall hab' ich tatsächlich was gefundän.«

»Und?«

»An diesem Datum haben die Großeltern vom Held, eine gewisse Emma und ein Oskar Held, geheiratet. In Schwäbisch Hall! Soll ich zu denen sagen, sie sollen …!«

»Faxen«, unterbrach Heiko. »Die sollen es faxen, nicht schicken, das dauert zu lang. Besorg das Fax und dann gehen wir gleich zum Staatsanwalt und holen uns einen Haftbefehl.«

Lisas Apparat klingelte nun ebenfalls. »Ja? Uwe? Prima, ja, danke.«

Gleichzeitig legten die beiden auf und Lisa teilte mit: »Uwe hat an der Uhr DNA von Held gefunden! Und die Fingerabdrücke passen auch!«

»Dann machen wir den Sack zu«, freute sich Heiko.

Es war nicht schwer gewesen, Schorsch zu überzeugen. Er hatte den Staatsanwalt angerufen und einen Haftbefehl erwirkt.

»Und jetzt?«, fragte Lisa.

»Jetzt schnappen wir ihn!«

Heiko parkte den Dienstwagen in der Einfahrt und Sekunden später standen die beiden Kommissare erneut vor der Haustür des Oberstudienrates. Aber diesmal öffnete niemand.

Heiko legte die Hand auf seine Dienstwaffe.

»Komm, wir schauen uns mal um!«, bestimmte er und wandte sich nach links, wo ein schmaler Weg am Haus entlangführte.

Der rückwärtige Teil des Gartens war zur Kirchberger Straße hin gelegen und mit einem dekorativen Jägerzaun versehen. Auch hier standen Rosenbüsche, außerdem gab es eine getrimmte Rasenfläche und einen einzelnen Kirschbaum, der wunderschön blühte. Einzelne Blütenblätter lagen schon auf dem perfekt getrimmten Rasen und wirkten wie duftende Schneeflocken.

»Da hinten«, sagte Lisa und deutete auf eine Hütte, die sich an das Nachbargrundstück schmiegte. Schon von Weitem waren die Preisplaketten des Kleintierzuchtvereins erkennbar.

Sie gingen näher heran und betrachteten die Schilder, die nicht ganz so zahlreich waren wie bei Weidners.

»›Kategorie HH, sgt in allen Pos.‹. ›Kategorie HH, gut in allen Pos., II. Preis‹«, las Lisa.

Heiko sah sich um. Anscheinend waren sie noch nicht entdeckt worden. Auch im Haus regte sich nichts.

Probeweise versuchte er, die Klinke der Stalltür herunterzudrücken. Mit leisem Knarren schwang die Tür auf und schnell zog er Lisa ins Innere der Hütte.

Drinnen empfing sie neben Stallgeruch das vertraute Scharren und Stampfen. Nur, dass diese Kaninchen scheuer zu sein schienen als die Deutschen Riesenschecken bei Weidner – sie zogen sich allesamt ins Halbdunkel ihrer Einzelboxen zurück und äugten misstrauisch und mit gesenkten Ohren herüber.

Auch diese Tiere waren schwarz-weiß, aber anders gezeichnet. Sie waren hauptsächlich weiß, nur der Kopf war bis auf eine akkurate weiße Blesse schwarz, ebenso wie der hintere Körperteil.

»Süß«, meinte Lisa und wollte den Finger durch ein Gitter stecken.

»Lieber nicht«, mahnte Heiko und grinste.

»Aber süß sind die«, beharrte Lisa, »ich hätte auch gern eins, aber das würde Garfield nicht wollen.«

Heiko sah sich um. In einer Ecke lagen große Heuballen, von denen ein würziger Grasduft aufstieg. Eine Tränke klapperte, weil einer der Holländer Hasen sich nun doch vorgewagt hatte, um zu trinken.

In einem Regal standen Säcke mit Trockenfutter.

»Nicht da«, stellte Heiko fest. Sie traten wieder ins Freie und plötzlich tönte vom Nachbargrundstück eine Stimme herüber:

»Sucht ihr den Held?«

Die Kommissare entdeckten einen kleinen alten Mann mit einer riesenhaften Gartenschere in der Hand.

»Ja.«

Der Mann schüttelte den Kopf. »Den habt ihr grad verpasst! Des war ganz komisch, der hat drei Koffer in sein Auto geladen und ist losgefahren.«

»Wann?«

»Och, so vor fünf Minuten.«

»Und ich weiß auch, wo er hin ist!«, meinte Heiko.

Sekunden später waren sie unterwegs.

Heiko entdeckte Held sofort. Er stand vor der Haustür wie ein Schulbub in der Ecke. Die beiden Kommissare bogen in die Einfahrt. Sie parkten den Wagen neben Helds weinrotem Kombi und stiegen aus. Im Heck von Helds Passat türmten sich die Koffer.

Die Hunde waren im Stall und kläfften wütend. Held drehte sich um, langsam, wie in Zeitlupe, und erstarrte, als er die Ankömmlinge erblickte.

Von drinnen wurde die Türe geöffnet und Erna Weidner trat heraus, stellte sich neben Held und sah irritiert erst den Oberstudienrat an, dann zu den beiden Kommissaren hinüber. Dann war es still, ganz still, außer dem gedämpften Hundegebell und dem Geräusch, das Leon mit seinem Ball verursachte, wenn er ihn gegen die Stalltür donnern ließ, und dem aufgeregten Muhen der Kühe, das immer auf das Poltern folgte.

Es war seltsam, die vier Erwachsenen, die allesamt unangenehm berührt waren, und im Vergleich dazu das unbefangene, spielende Kind.

Plötzlich öffnete sich die Stalltüre und Karl Weidner trat heraus, wie immer, wenn er arbeitete, im Blaumann. »Was is denn hier los!«, rief er und brach damit die Starre, in der die anderen verharrt hatten.

Erneut krachte Leons Ball gegen die hölzerne Stallwand, was diesmal einen ohrenbetäubenden Lärm verursachte.

»Wir haben einen Haftbefehl für den Herrn Held. Kommen Sie bitte mit, Herr Held!«

Held schüttelte den Kopf. Langsam zuerst, dann so vehement, dass sein spärlich-schütteres Haupthaar energisch wehte. »Gor nix werd ii. Erna, komm, mir fohra jetz.«

Erna Weidner stand immer noch neben dem Oberstudienrat und wendete nun wieder langsam das Gesicht in seine Richtung.

»Wohin denn?«, fragte sie entgeistert.

»Nach Spanien! Das hab' ich dir doch gesagt! Nach Ampuriabrava, in unser Haus, unser neues Haus! Des waasch doch, Erna!«

Heiko und Lisa bewegten sich langsam auf Held zu, jeweils eine Hand auf der Dienstwaffe. Wer konnte schon wissen, ob Held nicht auf dumme Gedanken käme.

Je näher sie kamen, desto deutlicher erkannten sie, was sich in Helds Mimik abspielte. Ein wildes Konvolut aus Gefühlen war in dem Gesicht, das plötzlich um Jahre gealtert wirkte, zu lesen. Panik, das Bewusstsein, dass das Glück in Reichweite war, so nah und doch so fern, Gehetzt-Sein und Verzweiflung.

Erna Weidner stand immer noch mit verschränkten Armen neben Held, während die Kommissare sich weiter näherten.

»Wir haben einen Haftbefehl«, wiederholte Heiko und zerrte ein Blatt Papier aus der Tasche. Held schüttelte wieder den Kopf. »Des kou net sei! Ii hobb doch a Alibi.«

»Ihr Alibi zählt nicht, Herr Held«, erklärte Lisa. »Sie haben die E-Mail vorher geschrieben. Programmiert. So, wie Sie das im Computerkurs bei Herrn Klink gelernt haben.«

Held schwitzte wieder stärker.

»Und? Des beweist gar nix! Ich kann daheim im Bett gelegen haben. Ganz gemütlich.«

Heiko nickte. »Theoretisch, ja. Aber da wäre noch diese Uhr hier. Eine Taschenuhr, die das Mordopfer in der Hand hielt! Rudolf Weidner hat sie seinem Mörder während der Tat abgerissen. Erkennen Sie die Uhr, Herr Held?«

Der Oberstudienrat starrte auf den kleinen, goldenen Gegenstand in der Hand des Kommissars. »Des is net mei Uhr!«, behauptete er. »Des müsst ihr ersch beweisa.«

Heiko drehte die Uhr um und hielt sie hoch, sodass sie im Sonnenlicht aufgleißte. Dann deutete er mit großer Geste auf die Gravur. »Der 27. Oktober 1914. Hochzeitsdatum Ihrer Großeltern, Herr Held. Väterlicherseits. Noch dazu hat unser Spurensicherer Ihre DNA auf dem Ding gefunden! Reicht das?«

»Na und?«, versuchte Held. »Ii hobb doch gor ko Motiv.«

»Ihr Motiv steht vor Ihnen!«, erläuterte Lisa. »Wollen Sie wirklich mit dem Mörder Ihres Mannes nach Spanien durchbrennen, Frau Weidner?«

»Erna«, begann der Mann, und seine Stimme klang

weinerlich. Helds Augen füllten sich mit Tränen, und schließlich schluchzte er hemmungslos. Sein Blick suchte den seiner Geliebten.

»Ich hab's doch für uns gemacht, Erna! Wir wollten doch nach Spanien, du und ich! Ich wollte einmal glücklich sein in meinem Leben. Nur einmal! Mit dir! Alle sind sie tot, die Helga und die Berta, und ich hab' nur noch dich, und ich wollte mit dir glücklich sein, ich liebe dich doch so, Erna! Meine Erna!«

In Erna Weidners Hirn arbeitete es sichtlich. Für einen kurzen Moment glaubte Heiko, sie hätte ebenfalls etwas mit dem Mord zu tun. Dann brach Held in einem Weinkrampf zusammen und die Bäuerin nahm langsam die Arme auseinander. Sie bückte sich, zog das schluchzende Bündel Elend an sich und wiegte ihren Geliebten hin und her wie ein kleines Kind. »Is scho reechd, du hasch's ja net sou gmoont«, murmelte sie beruhigend.

Jemand schob sich von hinten an Heiko vorbei und es dauerte nur den Bruchteil einer Sekunde, bis er registrierte, dass Karl Weidner vor hatte, den Mörder seines Vaters mit einer Schaufel niederzustrecken.

Heiko setzte sich in Bewegung. Karl brüllte wie ein Tier, sein Gesicht war wutverzerrt und gleich wäre er bei dem Oberstudienrat.

»Bleiben Sie ruhig, Herr Weidner! Machen Sie keine Dummheiten!«, rief Lisa.

Held sah hoch, fixierte den Sohn seines Opfers und war offenbar willens, sich in sein Schicksal zu ergeben.

Leon begann im Hintergrund laut zu weinen und nach seiner Mutter zu rufen. Karl bremste irritiert ab, hetzte aber nach einer kurzen Pause gleich wieder die Stufen hinauf. Da stellte sich plötzlich Erna Weidner vor ihren Geliebten und hob beschwörend die Hände. Sie wirkte wie eine archaische Priesterin, und das verfehlte seine Wirkung nicht.

Auch nicht auf Karl, der plötzlich verwirrt blinzelte und die Schaufel sinken ließ. Seine Stimme überschlug sich, als er brüllte: »Mutter, geh aus dem Weg! Der hat den Vatter umbracht, Mutter! Der verdient's net andersch.«

Heiko hatte sich inzwischen hinter dem verzweifelten Jungbauern postiert, jederzeit bereit, einzugreifen.

»Du, sei still, du waasch goor nix!«, zischte Erna und gab dem immer noch wimmernden Oberstudienrat einen Kuss auf die Wange, bevor sie ihn wieder in ihre Arme zog.

»Tragisch irgendwie, findest du nicht?«, fragte Lisa, als sie wieder im Auto saßen.

Heiko brummte ein undefinierbares: »Hm.«

»Mir tut Held leid. Der hatte bisher wirklich kein schönes Leben! Und der alte Weidner scheint ja wirklich ein Ekel gewesen zu sein!«

Heiko wiegte den Kopf. »Das kann alles sein. Aber das ist noch lange kein Grund, jemanden umzubringen!«

Es klingelte. Lisa und Heiko sahen von ihren Spaghettitellern auf. »Roaak!« und »Idiot!«, krächzte Hansi, und Sita bellte.

»Wer kann das sein?«, fragte Lisa.

Heiko zuckte die Achseln und stand seufzend auf. Von den Spaghetti Bolognese, in Hohenlohe auch »Baschdaschudda« genannt, stieg ein verführerisch-würziger Duft auf.

Er lief zur Tür, begleitet von Sita. Wieder klingelte es.

»Gleiglei«, murmelte er und öffnete unwillig. Vor ihm standen Herbert Winterbach und Karl Weidner. Winterbach hatte den Arm noch im Gips und sein Auge schillerte in allen Farben des Regenbogens, ansonsten aber wirkte er wieder fit.

»Wir wollten den Hansi holen«, sagte er. »Und wir haben da auch noch was für euch dabei«, ergänzte der junge Weidner und hielt einen enormen Werkzeugkoffer hoch. Heiko trat beiseite und bat die Gäste ins Wohnzimmer.

»Ah, die Kommissarin.« Winterbach grinste. »Un do is ja mei Hansi!«

»Ach, ihr seid grad beim Essen«, stellte Karl fest.

»Wollt ihr auch?«, bot Heiko an, aber Winterbach und Weidner schüttelten die Köpfe. »Wir wollen auch gar nicht so lang stören!«

Der Vogel hatte die vertraute Stimme erkannt und stimmte ein fröhliches Pfeifkonzert an, während dem er sein Vokabular erstmalig um »Bertibertiberti« erweiterte.

Winterbach ging zum Käfig und kraulte den Papageien, der plötzlich gar nicht mehr gefährlich, sondern irgendwie glücklich aussah.

»Also, danke fürs Aufpassen«, meinte er dann, an Heiko gewandt.

»Was bin ich schuldig?«

Heiko winkte ab.

»No bedanki mi reecht schee«, sagte Winterbach.

»Aweng werrin ja vermissa«, log Heiko und zwinkerte Lisa zu.

Karl Weidner räusperte sich. »Ii wollt mi noch bedanka, dass ihr da Mörder vom Vatter geschnappt habt. D'Muader kou ii net verstänna – aber egal, jedafalls hobbi do ebbes fir eich!«

Er stellte den großen Werkzeugkoffer auf den Boden, an dessen Griff eine ungelenke Schleife befestigt war. Sofort platzierte sich Sita direkt daneben, linste durch eines der Löcher im Plastik und schnupperte aufgeregt. Ihr Schwanz pendelte wild hin und her. Lisa hatte sich erhoben und war um den Tisch herumgelaufen.

»Ou, des wär doch net needich gwee«, wiegelte Heiko ab. »Wissa Se, des is Bestechung.«

Als er in Karl Weidners ehrlich erschrockenes Gesicht blickte, sagte er: »Quatsch!«, und grinste.

Lisa betrachtete sinnend den Werkzeugkasten.

»Macha Se ruhig auf«, ermunterte Winterbach.

»Danke«, sagte sie, während Heiko nochmals »Des wär doch net needich gwee« brummte.

Lisa machte sich neugierig am Verschluss zu schaffen. Die Schnallen klappten hoch. Heiko ahnte, was kommen würde, und schnappte sich Sita, die sich sofort protestierend wand und leidend jaulte.

Lisa hob den Deckel an. Als Erstes sah sie ein Paar sehr schwarze und sehr lange Ohren, die sich ihr entgegenreckten. Dann einen weißen Kopf mit einer dunklen Schnauze. Samtig braune Augen betrachteten sie prüfend.

»Des is der schönschde Junge vom letzten Wurf. Der Vatter ist der Alfred, der beschde Rammler im Stall von meim Vatter. Der junge Alfred wird mal echt wertvoll«, erläuterte Karl stolz.

Heiko beobachtete Lisa, die offenbar nicht wusste, wie sie reagieren sollte. Schließlich streckte sie die Hand aus und streichelte das Kaninchen. Sofort duckte es sich wohlig und genoss die Liebkosungen.

»Scheint, wir haben ein neues Familienmitglied«, sagte Lisa zu Sita, die bestätigend bellte.

ENDE

Weitere Krimis finden Sie auf den folgenden Seiten und im Internet: www.gmeiner-verlag.de

UTA-MARIA HEIM

Feierabend

327 Seiten, Paperback.
ISBN 978-3-8392-1178-6.

WIR HABEN ES ZU LANGE TOTGESCHWIEGEN Zusammen mit ihrer Tochter Susanne lebt Helene in einer Kleinstadt am Rand des Schwarzwalds. Die Wochenenden verbringt sie mit Marius, der am anderen Ende wohnt. Alles scheint geregelt und eingespielt. Bis bei ihr eingebrochen wird. Der Dieb stiehlt nur ein Parfüm. Aber auch Jakob Silberzahn, der jüdische Psychoanalytiker, der deportiert wurde und als Geist im Arbeitszimmer haust, ist verschwunden. Dafür taucht wenig später eine dubiose Putzfrau auf, Marius entzieht sich und Susanne führt ein Doppelleben.

Unaufhaltsam schlittert Helene in eine Lebenskrise. Sie beginnt sich mit der verdrängten Vergangenheit zu beschäftigen. Zu der auch Brunhilde gehört – die behinderte Zwillingsschwester ihrer Mutter, die vor 70 Jahren in der NS-Tötungsanstalt Grafeneck umgekommen sein soll.

ERICH SCHÜTZ

Bombenbrut

368 Seiten, Paperback.
ISBN 978-3-8392-1176-2.

TÖDLICHE ERFINDUNG Es ist ein heißer Sommer. Das Ferienparadies Bodensee ist Ziel von Millionen Touristen, aber auch von skrupellosen Waffenschiebern und internationalen Geheimdiensten. Der Erfinder Herbert Stengele hat eine sensationelle Strahlenwaffe entwickelt, sie könnte den Krieg der Sterne entscheiden.

Journalist Leon Dold hat den Auftrag, das Leben des Luftfahrtpioniers Claude Dornier nachzuzeichnen, doch plötzlich steckt auch er mitten in diesem Krieg am Ufer seines idyllischen Bodensees …

GMEINER

Wir machen's spannend

ERICH SCHÜTZ

Doktormacher Mafia

416 Seiten, Paperback.
ISBN 978-3-8392-1220-2.

»HERR DR.« GEGEN CASH Leon, Journalist aus Stuttgart, träumt nicht von einem akademischen Grad, sondern von der ganz großen Story. Bei Recherchen über falsche Doktoren und Professoren gerät er in das Netz einer international operierenden Titelhändler-Organisation. Leon dringt tief in die mafiösen Strukturen ein, bekommt ein nicht ganz seriöses Angebot und trifft auf die mysteriöse »Spinne«. Die Spur führt ihn an den Bodensee …

HARALD PFLUG

Tschoklet

370 Seiten, Paperback.
ISBN 978-3-8392-1198-4.

BESATZUNGSGEBIET Karlsruhe 1945. Captain John Edwards, Leiter einer Scoutpatrouille der 7. US-Armee, macht sich kurz nach der Kapitulation Deutschlands mit seiner Truppe auf den Weg nach Karlsruhe. Unterwegs werden zwei seiner Soldaten erschossen. Anschließend versucht ein Unbekannter, das Fahrzeug des Offiziers mit einer Panzermine auszuschalten. Der Versuch misslingt. Edwards und seine Leute wissen nicht, warum man ihnen nach dem Leben trachtet. Bis sie in der ehemaligen Panzerkaserne in Schwetzingen erste Hinweise auf den Täter bekommen …

GMEINER

Wir machen's spannend

SABINE FINK

Kainszeichen

418 Seiten, Paperback.
ISBN 978-3-8392-1184-7.

BAUSÜNDEN Mike Hartmann, als Bauleiter für ein Erlanger Unternehmen in Tschechien tätig, stirbt bei einem Autounfall. Seine Verlobte Chrissy leidet sehr unter dem Verlust, auch wenn die Beziehung in der Krise steckte. Als sie ein dreiviertel Jahr später zufällig Mikes ehemaligen Chefs Johannes und René Ducros über den Weg läuft, tauchen verdrängte Fragen auf. Warum verhielt sich Mike damals so seltsam? Hatte es mit der Baustelle zu tun, auf der er arbeitete? Und welche Rolle spielen die beiden Brüder? Chrissy hat das Gefühl, dass etwas nicht stimmt. Erst recht, als am nächsten Tag ihre Wohnung brennt und sie nur knapp den Flammen entkommt …

TODESFRAUEN

Jan Beinßen

228 Seiten, Paperback.
ISBN 978-3-8392-1196-0.

IN DER FALLE Nürnberg, 1993. Antiquitätenhändlerin Gabriele Doberstein erhält ein vielversprechendes Angebot: Der serbische Taxifahrer Vladi berichtet von einer Gemäldesammlung, die in den Wirren des Jugoslawienkonflikts ihren Besitzer verloren hat und nun wieder auf dem Markt ist. Gabriele wittert ein schnelles und risikoarmes Geschäft. Sie beschließt, Vladis Naivität auszunutzen, sich die wertvollen Gemälde anzueignen und Vladi mit einem Almosen abzuspeisen. Noch ahnt sie nicht, dass sie sich damit in große Gefahr begibt …

GMEINER

Wir machen's spannend

WILLIBALD SPATZ

Alpenkasper

229 Seiten, Paperback.
ISBN 978-3-8392-1175-5.

HOCHZEIT MIT HINDERNISSEN Panik in Augsburg. Birne ist verschwunden! Und das kurz vor seiner Hochzeit mit Katharina. Zum Glück gibt es da Jakob, Birnes Bruder. Der macht sich auch gleich auf die Suche. Doch seine einzige heiße Spur ist schnell kalt: Ein Rentner, zu dem Birne zuletzt Kontakt hatte, wird vor seinen Augen ermordet. Was hat der dubiose Heilpraktiker Lugner, den Jakob auf einer Premierenparty im Stadttheater kennenlernt, mit der Sache zu tun? Warum verhält sich Katharina so seltsam? Und wieso werden Birnes Kollegen auf einem Schützenfest fast gelyncht? Fragen über Fragen, auf die nur einer die Antworten weiß: Birne – Augsburgs letzter Krimiheld!

FRIEDERIKE SCHMÖE

Wasdunkelbleibt

273 Seiten, Paperback.
ISBN 978-3-8392-1199-1.

ANGRIFF AUS DEM CYBERSPACE Halloween. Ghostwriterin Kea Laverde staunt nicht schlecht, als vor ihrem Haus weit vor den Toren Münchens ein junger Mann seinen Roller parkt. Noch verwirrender ist die Geschichte, die Bastian Hut ihr auftischt: Er sei vor drei Jahren im Alter von 15 von Kriminellen als Hacker angeworben worden. Seine Erlebnisse habe er in einem Text zusammengefasst, aber er brauche die Hilfe der Ghostwriterin, um daraus ein Buch zu machen. Kea sichtet die Aufzeichnungen. Sie hält den Jungen für einen Wichtigtuer, nimmt den Auftrag aber an, um ihre Kasse aufzubessern. Wenig später ist Bastian tot – und ein Hacker namens x03 in das Intranet des LKA in München eingedrungen …

GMEINER

Wir machen's spannend

Alle Gmeiner-Autoren und ihre Romane auf einen Blick